VENTOS DO APOCALIPSE

PAULINA CHIZIANE

Ventos do Apocalipse

Romance

Copyright © 1999 by Paulina Chiziane e Editorial Caminho S.A.

A editora manteve a grafia vigente em Moçambique, observando as regras do Acordo Ortográfico da Língua Portuguesa de 1990.

Capa e ilustração
Angelo Abu

Preparação
Adriane Piscitelli

Revisão
Ana Maria Barbosa
Natália Mori

Dados Internacionais de Catalogação na Publicação (CIP)
(Câmara Brasileira do Livro, SP, Brasil)

Chiziane, Paulina
    Ventos do Apocalipse : Romance / Paulina Chiziane. —
1ª ed. — São Paulo : Companhia das Letras, 2023.

    ISBN 978-65-5921-522-5

    1. Literatura moçambicana (Português) 2. Romance moçam-
bicano (Português) I. Título.

23-144001   CDD-869.09

Índice para catálogo sistemático:
1. Literatura moçambicana em português : História e crítica
    869.09
Eliane de Freitas Leite – Bibliotecária – CRB 8/8415

Todos os direitos desta edição reservados à
EDITORA SCHWARCZ S.A.
Rua Bandeira Paulista, 702, cj. 32
04532-002 — São Paulo — SP
Telefone: (11) 3707-3500
www.companhiadasletras.com.br
www.blogdacompanhia.com.br
facebook.com/companhiadasletras
instagram.com/companhiadasletras
twitter.com/cialetras

*Ao GETUP (Grupo Especial de
Trabalho nas Unidades de Produção)
Um grupo de jovens lutadores pela liberdade
que a história se esqueceu de registar.*

Sumário

Prólogo, 9
PARTE I, 19
PARTE II, 135

Agradecimentos, 263
Glossário, 265

Prólogo

Vinde todos e ouvi
Vinde todos com as vossas mulheres
e ouvi a chamada.
Não quereis a nova música de timbila
que me vem do coração?

Gomucomu, 1943

Escutai os lamentos que me saem da alma. Vinde, sentai-
-vos no sangue das ervas que escorre pelos montes, vinde, escutai
repousando os corpos cansados debaixo da figueira enlutada que
derrama lágrimas pelos filhos abortados. Quero contar-vos histórias antigas, do presente e do futuro porque tenho todas as idades
e ainda sou mais novo que todos os filhos e netos que hão de nascer. Eu sou o destino. A vida germinou, floriu e chegamos ao
fim do ciclo. Os cajueiros estão carregados de fruta madura, é
época de vindima, escutai os lamentos que me saem da alma,
KARINGANA WA KARINGANA.

A xipalapala soou, mamã, eu vou ouvir as histórias, eu vou. O culunguana ouviu-se do lado de lá, chegou a hora, mãe, conta-me aquela história do coelho e da rã. O búzio enfureceu os meus tímpanos, quero ouvir coisas de terror, da guerra e da fome. Esta noite faremos uma grande fogueira, meu irmão, vamos à floresta buscar lenha. Ao anoitecer, enquanto os mais velhos se requebram na chingombela, deliciar-nos-emos com o contador de histórias, dando tempo para que os papás se amem e nos brindem com um novo irmãozinho na próxima estação. Os corpinhos invisíveis na noite seguem em desfile o caminho do som, transportando cada cabecinha um feixinho de lenha, hoje não há lua. Caminham invisíveis, fantasmazinhos negros, que o homem negro é camaleão depois do pôr do sol, comungando a sua cor com a cor da noite. Os meninos em sonhos atravessam florestas verde-sonho, cinzentas da noite. Mergulham os pés em ondas de ervas imaginárias, escutando o rumor das águas dos riachos e os cânticos das cigarras, que as corujas ainda dormem. Chegam todos ao mesmo tempo. Preparam a fogueira e quando tudo está a postos dizem em uníssono: aqui estamos, avô. Conte-nos bonitas histórias.

Um rosto velho floresce de sorrisos, no desabrochar dos sonhos.

O MARIDO CRUEL

Há muitas gerações passadas, os homens obedeciam às leis da tribo, os reis tinham poderes sobre as nuvens, o negro dialogava com os deuses da chuva, e Mananga era terra de paraíso. O verde dos campos era exagerado, e as águas desprendiam-se de todas as ravinas.

Perante as infâmias das novas gerações, os deuses começaram a vingar-se. Enviaram o sol que queimou as nuvens, as chuvas, os rios e a terra. Das árvores restaram os ramos e troncos nus, o verde ficou amarelo e os prados incendiados apresentavam um aspecto triste e desolador.

Nos regatos ressequidos os quadrúpedes aparavam toda a erva. Os homens comeram todos os quadrúpedes e ficaram sem sustento. Fizeram-se gatos, comeram todos os ratos, cobras e lagartos. A bicharada acabou e ficaram de novo sem sustento. Daí fizeram-se macacos saltando de árvore em árvore, comendo frutos silvestres, e até descobriram novos cardápios que adicionaram aos tradicionalmente conhecidos.

As pessoas caíam como cajus maduros. A alegria vem da barriga, se há guerras no mundo é pela posse de pão, na casa onde há fome todos ralham e ninguém tem razão.

Vivia na Mananga um homem bonito, que tinha uma mulher encantadora, e filhos adoráveis. Todos eram felizes porque a natureza também o era. Os tempos mudaram, o casal feliz tomou-se infeliz.

O homem resmungava sempre, descarregando a fúria sobre a pobre companheira, mulher, toda culpa está contigo, habituaste as crianças a comer demasiado, e o milho acabou depressa; mulher, tu pariste tantos gatos, agora a comida é pouca e não chega para tantas bocas, enche mais o meu prato, sou o chefe da família, preciso de comer mais para resistir e ter força para procurar alimentos por aí, mas ah, mulher, se não fosse a responsabilidade que tenho para contigo e as crianças, eu sairia deste inferno à procura de outros mundos, toda culpa está contigo, ah, mulher!

A situação piorava. O homem começou a vaguear pelos campos, comia sozinho o que conseguia arranjar, voltando sempre de mãos vazias e com a língua cheia de lamentações: os tempos vão mal, não consegui nada, nada.

Numa das suas buscas guiou-o boa estrela e descobriu uma

grande colmeia. Colheu o mel com que encheu um pote e foi enterrá-lo perto da machamba. No dia seguinte, marido e mulher foram para o trabalho. Depois de trabalharem um pouco, largou a enxada e gritou:

— Sim, já vou!

A mulher, espantada, perguntou ao marido com quem falava.

— Não ouviste, mulher, não ouviste? É uma voz que me chama do além, é a voz dos antepassados.

Partiu correndo. Chegou ao esconderijo, acocorou-se junto ao pote, e com uma cana chupou o mel até ficar saciado. Esta cena repetiu-se todos os dias até que a mulher desconfiou. Sempre que o homem ia para a dita chamada dos defuntos, voltava sorridente lambendo os beiços, engordando, enquanto todos definhavam.

Um dia seguiu-o e, quando chegou perto, subiu a uma árvore para ver melhor e descobriu o marido sugando o mel. Ela regressou amargurada e nada disse.

Depois de muito sofrimento as chuvas voltaram a cair e os campos ficaram verdes de novo. Quando chegou a altura da colheita, a mulher preparou uma festa e convidou os familiares. Estando todos reunidos debaixo da sombra, ela condenou a atitude criminosa do marido em voz alta e disse:

— Homem que mata, jamais merecerá o meu perdão.

Arrumou todos os seus pertences, pegou nos filhos e abandonou o marido cruel para todo o sempre.

"MATA, QUE AMANHÃ FAREMOS OUTRO"

Este é o ditado dos tempos do velho Império de Gaza, que se tornou célebre, sobrevivendo muitos sóis e muitas luas e, como o grão, semeado de boca em boca, até os nossos dias.

Há mais de cem anos, as terras de Mananga foram invadidas por guerreiros de tronco nu, pés descalços, orelhas furadas e saiotes de pele, ornamentadíssimos com colares multicolores, amuletos, braçadeiras felpudas, trazendo longas zagaias à direita e escudos de pele à esquerda. Os generais deste exército, os verdadeiros ngunis, laureados com coroas de penas, marchavam na retaguarda e em segurança, enquanto o grosso do efetivo formado por changanes marchava à frente, servindo de proteção aos senhores ngunis, pois em caso de ataque seriam os primeiros a morrer.

Eram os guerreiros do exército de Muzila, marchando de vitória em vitória, espalhando ordem e soberania por essas terras, chacinando os inimigos, submetendo as tribos conquistadas, apoderando-se das suas mulheres e incorporando no exército todos os jovens das terras usurpadas.

Quando os guerreiros de Muzila marchavam, a terra abalava em violentos sismos, o sol parava, as árvores abriam alas e até soldados de Portugal buscavam abrigo nas trincheiras. As populações em bando fugiam para cá e para lá, procurando refúgio no interior da savana.

Os grupos em fuga estabeleceram normas de segurança: é proibido falar, tossir ou espirrar no esconderijo. Podes borrar-te, ou mijar-te, mover-te é que não, porque é perigoso. As crianças são livres, nada as detém. Quando têm fome, choram até enrouquecer a voz. Quando têm sede, berram até enervar, e quando estão felizes, cantam até demais. Não suportam a fome, a sede e o calor e choram. As vozinhas dos meninos ouviram-se no espaço, em direção aos tímpanos atentos dos heroicos guerreiros, que seguiram as ondas do som até descobrir o esconderijo. A vingança foi implacável, e até os fetos foram estripados dos ventres das mães. Deste modo estabeleceram-se novas normas de segurança: é preciso silenciar o choro dos meninos.

A caminho do novo abrigo, os maridos aproximavam-se delicadamente das esposas com crianças de colo e transmitiam a ordem: mulher, o menino vai chorar e seremos descobertos. Mata este, que depois faremos outro.

Nos momentos de perigo, a solidariedade é a lei: ou morre um por todos ou todos por um.

Com gestos desesperados, a mulher puxava a ponta da capulana, sufocando a crença que se batia até a paragem respiratória. O menino morto era escondido na vegetação, não havia tempo para enterrar os mortos. Cuidado, mulher, é proibido chorar, mas também não vale a pena, a quem comovem as lágrimas no tempo de guerra?

O marido abraçava carinhosamente a mulher, sussurrando ao ouvido: coragem, mulher, tinha que ser assim. Este já morreu, amanhã faremos outro.

A AMBIÇÃO DA MASSUPAI

Em todas as guerras do mundo nunca houve arma mais fulminante que a mulher, mas é aos homens que cabem as honras de generais.

Ainda hoje, nos limites do velho império de Gaza, ouve-se das bocas já desdentadas a história da Massupai, a negra sereia das terras chopes.

Massupai era cativa dos guerreiros de Muzila. A sua beleza resplandecia, como um diamante à luz do dia. Ela era a mais bela entre as cativas; e ainda mais bela que as nobres ngunis esposas dos guerreiros. Todos os homens a saudavam de joelhos tal como a Terra venera o sol. Os grandes disputaram posse do corpo mais soberbo que os deuses moldaram sobre a terra, mas as mulheres gostam dos homens fortes. Massupai vendeu cara a sua beleza e entregou-se ao general, que era o homem mais poderoso de todos os homens. O general enlouqueceu, e o amor que dedicou a essa mulher transcendeu os limites toleráveis da paixão. Na sua vida nunca possuíra mulher tão perfeita, e chegara ao ponto de proclamá-la rainha, votando ao desprezo as suas doze nobres esposas. Massupai passou a vestir capulanas vermelhas e missangas de luxo, trajes reservados só à primeira dama. A ambição da Massupai progredia sem limites, e a loucura do homem aumentava. Entre sussurros e abraços fogosos, ele delirava:

— Mulher, sou poderoso. Pede-me o sol que eu te darei.

— Maxalela, meu valente general, já não suporto este lar, com todas estas doze mulheres. Quero-te só para mim. Elas odeiam-me, e qualquer dia acabarão por enfeitiçar-me.

— Um bom touro faz a cobrição de todo o curral. O galo que não aguenta com a capoeira é sacrificado, não presta. Massupai, pensa na minha posição.

— Disseste que me darias o sol.

— O que exiges de mim também exijo de ti. Divides o teu coração pelos três filhos que tens do outro homem e para mim fica apenas um pequeno espaço. Não gosto de rivais. Quero-te só para mim.

— Oh, não!

— Escuta o meu plano: silenciando os teus filhos, seremos mais livres para o amor. Com a minha valentia, conquistarei territórios, dominarei todas as tribos, desde o Save até o Limpopo, por que não? Sou poderoso. Hei de organizar o meu império e derrubar Muzila, e depois abandonarei todas as minhas mulheres. Serei rei de todos os reis e proclamar-te-ei mãe de todas as mães.

— Ah, senhor, seja feita a tua vontade.

— Tens de ajudar-me. Os chopes são gente da tua e oferecem muita resistência. Podes ajudar-me a aniquilá-los.

15

— Sim, sim, sim, por ti farei tudo, meu senhor. Com a minha ajuda serás o rei de todos os reis. Com a tua valentia, serei a mãe de todas as mães.

— Depois faremos outros filhos que terão a tua beleza e a minha valentia. Adoro-te, mulher!

Inspirada pelas ideias do poder, Massupai regressou à sua aldeia natal, vendeu a sua beleza aos guerreiros chopes, e os homens hipnotizados deram-lhe todas as informações que ela passou para o lado do inimigo.

As expedições agressivas fortificaram, as batalhas foram renhidas. O sangue dos chopes regou todas as savanas, fertilizando os sonhos de grandeza da bela sereia, cuja ambição e arrogância ultrapassavam todos os limites.

As nobres ngunis conspiraram e recorreram ao Muzila. Alertaram-no sobre os planos de traição do seu general, atentando contra a vida do homem mais alto do Império, propalados aos quatro ventos pela ambiciosa chope.

— Oh, Maxalela incomodou o leão no seu repouso — disse Muzila —, desprezar as nobres ngunis por uma chope, por muito mel que ela tenha, é condenável, mas atentar contra a vida do soberano é imperdoável. Que seja silenciado ao pôr do sol à vista de toda a gente. Que o seu corpo seja abandonado ao relento, de modo que as pessoas acabem por afastar-se do seu fedor. Que os cães o consumam até o desprezar e que os vermes engordem à vista de todos. Quanto à cadela, deixai-a ladrar e que pague na alma o preço da sua ousadia. Prestou grandes tributos ao Império, o peixe grande pesca-se com o miúdo. Sem a inteligência e a beleza dessa louca, os poderosos chopes jamais seriam abalados.

Massupai enlouqueceu e começou a revolver as sepulturas com as mãos, para ressuscitar os filhos que perdera. Depois fugiu para o mar, e nunca mais ninguém ouviu falar dela. Ainda hoje o seu fantasma deambula pela praia nas noites de luar, e quando as ondas furiosas batem sobre as rochas, ainda se ouvem os seus gritos: sou a rainha! Sou mãe desde o Save até o Limpopo!

As folhas caem no outono na ceifa do vento. As águas do rio desembocam no mar, voam para o céu e voltam, enchendo de novo os rios. As estações do ano andam à roda. Até nós, seres humanos, morremos para voltar a nascer. Somos a encarnação dos defuntos há muito sepultados, não somos? A Terra gira e gira, a vida é uma roda, chegou a hora, a história repete-se, KARINGANA WA KARINGANA.

PARTE I

Maxwela ku hanya! U ta sala u psi vona.
(Nasceste tarde! Verás o que eu não vi.)

Provérbio tsonga

1.

Tudo dorme. Até os ramos tenros das árvores magras não balançam, estão sonolentos. Uma silhueta desenha-se no escuro, mirrada, cansada, mais negra que a cor do carvão. Sianga sente o peito comprimido, o ar falta-lhe. Abandona o conforto da cama e procura o fresco da madrugada. Não sofre de doenças pulmonares não, que nessa coisa de doença é homem rijo. Olha para as quatro direções. Nos cantos do horizonte o manto negro se destapa. A frescura do ar arrefece-lhe os olhos entumescidos de insónia e pesadelos. De corpo encostado ao tronco da figueira grande, Sianga abre a boca e pragueja numa expressão de desalento.

— Que noite! Que pesadelos terríveis! Os sonhos malditos são o presságio dos dias de amargura, isso são. Morre o fogo, morre o fumo, a vida é apenas cinza e pouco falta para que dela não reste um pedaço de pó. Que noites as minhas!

Minosse desperta e, instintivamente, a mão procura o parceiro do leito. Não está lá. Para onde terá ido? Nunca foi madrugador, é um preguiçoso crónico, um inútil. Ouve-se uma voz débil nas traseiras da casa e ela recrimina. Sianga é mesmo imprudente, sem dúvida alguma. A porta da casa não se abre a um estranho quando o chão ainda está frio, os feitiços funcionam melhor no ventre da madrugada. De repente, inquieta-se. Talvez tenha vindo alguém informar de uma grande desgraça, quem sabe? Abandona a cama e aproxima-se da porta. Apura os ouvidos. Coloca o olho no postigo e tenta observar. Lá fora o céu está mais claro, amanhece. A voz de Sianga escuta-se forte, numa prece desesperada.

— *Gugudja, gugudja Mambo, ndirikuza!*

Sianga dialoga com os defuntos. Faz oferendas para acalmar a sua fúria. Enquanto fala, vai espalhando sobre o chão o milho, a mapira e uma boa porção de rapé e aguardente. A voz vai ganhando maior êxtase.

— Escutai defuntos, amparai defuntos, abri as vossas portas para o filho que sofre, dizei-me alguma coisa, aguardo a vossa mensagem, *gugudja, ndirikuza Mambo, ndirikuza!*

Minosse preocupa-se. Uma prece aos defuntos no final da madrugada é coisa muito séria. A curiosidade impele-a a aproximar-se do marido para conhecer os motivos da prece matutina. Dá uns passos. Recua. O temperamento do marido é mais azedo que todos os limões do mundo. Lamenta-se. Regressa ao leito preocupada e acaba por adormecer.

Sianga passeia os olhos no céu cinzento que clareia. Sonha. Divaga. As mãos trémulas procuram o frasco de rapé amarrado na cintura por uma corda de sisal. Abre-o. Deposita o seu conteúdo na palma da mão, um a um, os grãos do divino pó.

Um burro zurra e outro responde. De súbito, os pássaros despertam num alarido sufocante. A galinha mãe, cacarejando, arrasta os recém-nascidos para a marcha do dia. Um raio de luz risca o céu e, de repente, a noite se desfaz em dia.

Enquanto Sianga saboreia o delicioso rapé, o galo maluco

precipita-se sobre as ofertas dos defuntos e abocanha todos os grãos de milho e mapira.

— Xô, xô, suca, seu chit — vocifera Sianga.

Os galos são tolos, podem ser perdoados, mas acontecer uma coisa daquelas num momento solene tem significado. Os defuntos não aceitam a oferta muito menos a conversa. A frustração de Sianga cresce e explode:

— Minosse, Minosse wê?

Ela desperta. A chamada repete-se e ela tapa os ouvidos. Abandona a cama. Espreita o marido pelas fendas das paredes decaídas. Vê, nas proximidades, um bando de rapazes movimentando-se rápidos de cabeças erguidas ao céu, saraivando fisgadas contra um bando de pássaros em pleno voo. Os gritos dos meninos em combate confundem-se com os grasnidos dos corvos. Uma das aves traça espirais em queda acompanhadas pelos hurras dos vencedores. Hoje haverá petisco, afirmam eles. Mas o povo diz que os corvos não se comem porque cheiram mal e dão muito azar. Preconceitos dos tempos da fartura. Agora o lema é: aquilo que não te come, come-o tu. Sianga ausenta-se dos movimentos da vida, aprisiona-se no seu mundo, pensa, repensa e rumina rabugices.

— Minosse wê, foi a fome que te ensurdeceu?

Ela sai da palhota simulando passos apressados. Esposa dos velhos tempos, ainda preserva as tradições e o respeito dos antigos. Aproxima-se do marido, faz uma vénia, ajoelha-se solenemente, de olhos fitos no chão.

— Sim, pai.

— Sim, pai, é a cabra que te pariu. Minosse, lobolei-te com dinheiro vermelho e deves-me obediência.

— Sim, pai, aqui estou para te servir.

— Prepara-me algo para matar a fome, rápido.

— Queres comer?

— Sim, minha cabra, e depressa.

— Oh, Sianga, pai de Manuna, chegou o tempo de comer as crostas da nossa lepra. Foi ontem mesmo que engolimos os últimos grãos de milho, juro.

— Pedi-te comida, mãe de Manuna, não te pedi lamentos. Vamos, traz-me algo para enganar as tripas e aquecer o estômago, minha cabra.

Sianga lança um jato de saliva que vai desembocar rente aos joelhos da mulher. Sente pruridos nas costas e esfrega-se no tronco da figueira como um quadrúpede. Volta a abrir o frasco de rapé.

— Já não resta nada, pai de Manuna, nem um grão de mapira, juro.

— Ah, maldita. Gastei as minhas vacas comprando-te, mulher preguiçosa e sem respeito.

A agrura das palavras impele Minosse a sentar-se sobre as nádegas porque as forças lhe faltam. Dos olhos aciona faróis de fogo com que fulmina o homem. Inútil. Ele é invulnerável. Minosse baixa a cabeça e, com a palma da mão, acaricia o dorso do chão. A terra está seca e teimosa como uma burra, a ponto de recusar-se a levantar uma nuvenzinha de poeira. Os olhos embaciados passeiam na planície deserta à procura do refúgio da alma. As cabanas dispersas na aldeia perderam os biombos de ervas que preservam a intimidade de cada lar. Nos céus reina o verde inútil nas copas das árvores. A mente de Minosse trabalha na descoberta de novas fórmulas de sobrevivência. As folhas do cajueiro, da figueira e da mangueira não se comem. As da abacateira serão comestíveis? Todos dizem que não, mas quem já experimentou? Se comemos os frutos dessas árvores, por que não podemos comer também as folhas? É verdade, eu o digo, Deus não é bom — fala com os seus botões —, veja só a quantidade de areia que colocou sobre a terra. Para que serve? Que felizes são as cabras roendo pedras nos montes. Os ratos mastigam qualquer coisa em qualquer lugar e vão engordando à custa do nosso sofrimento, por que é que não roem também a desgraça da gente? O rato é senhor, agora, como pode ser ele superior aos homens, minha gente? É por isso que digo que Deus não é bom. Ah, mas se eu fosse Deus, todos saberiam o que é a vida!

— Minosse, não me ouves?

— Ah, maldito!

— Não me insultes. Não te ponhas contra mim, esposa minha. A felicidade está convosco, mulheres. Encerram no vosso mundo o segredo da longa vida. Nasceram com o milho no corpo e não querem extraí-lo, cabras de um raio. Minosse, tens alimento dentro de ti, por que não me dás?

Ela ergue-se num salto. A lança penetrou certeira no peito dela.

— De que me acusas, velho tonto?

— Por que te assustas? Não é a um macaco velho como este que sou que vais convencer da tua ingenuidade, doce mulher. O teu pilão é mágico, faz nascer grãos de milho e canta quando o celeiro vaza. Traz-me o sustento da tua fonte. Esclarecendo melhor, estou a par dos teus movimentos. O milho que acabamos de consumir veio do celeiro de outro homem, estou a mentir? Não te condeno, é a lei da sobrevivência. Arranja mais um amante que te pague bem, ainda não és tão velha como pensas.

Minosse enfrenta o marido com fúria de fêmea. Os olhos dela são o céu inteiro desabando em catadupas de fúria. Pragueja numa revolta silenciosa, mas que mal fiz meu Deus? Que espécie de marido tenho eu? Confesso, meu Deus, e peço perdão. Tu bem sabes, deste-me como marido um inútil. Vendi amor a alguém que só a ti direi quem é, em troca de sustento para a minha família. Ai, Deus, homem que se preza, morre de fome preservando a honra, mas o meu vende-me para encher a pança.

Ah, maldita fome, maldita vida. Onde a desgraça penetra a honestidade é expulsa, é verdade. Ela olha o marido com desprezo e exclama:

— Espantoso! Como te transformaste num miserável! Dizias-te filho e ministro principal do Zuze, o grande espírito. Dizias que reinavas nas montanhas do sol-posto, que dançavas sobre os escombros dos homens e o demónio era teu servo. Mentiroso sem vergonha. Amedrontavas o povo para roubar-lhe os poucos bens que produzia. Para onde foi o teu poder, desgraçado?

— Em vez de estares aí a tratar-me como um diabo velho e feio, devias mas é dar-me de comer. Sabes muito bem a importância que tive nesta maldita terra. O bom nome que te dei. Os momentos grandiosos da nossa vida, graças a essa mentira que hoje pretendes condenar. Esquece a cantiga morta e procura algo para comer.

Minosse deixa-se vencer pela angústia. Murmura. O desabafo é uma coisa louca. Umas vezes é tímido, outras é ousado. Não gosta da solidão nem da prisão do peito. Abandona o profundo e corre na estrada de ar, invade os tímpanos alheios e encrava-se no sentimento de outrem. Minosse monologa em voz alta. Em poucas palavras resume a sua trajetória de esposa de um velho tonto. Fala para si e para o ar, quem quiser escutar que escute.

— Yô, Minosse, filha da minha mãe. Dizem que marido velho é garantia de carinho, felicidade, e enganaram-te sem dúvida alguma. Das nove esposas do Régulo Sianga apenas ficaste tu, porque não tens onde cair morta. Até a Teasse, mulher mais amada, abandonou o lar. Que fazes ainda aqui, Minosse, filha da minha mãe?

Linguagem de ausência. É a solidão dialogando com a consciência. E as palavras carregadas de fel encravam-se no peito como um rosário de espinhos nas feridas do coração jamais cicatrizadas. Sianga fora apanhado de surpresa. Quando os mudos falam, é chegada a hora fatal, é mau agoiro. A língua da ovelha afila-se como a da serpente, revolteando a turbulência do passado. O que virá depois? Sianga arrepende-se de ter proferido propostas tão imortais. O desejo de ser perdoado incomoda a consciência, mas o orgulho trava o pedido da remissão da culpa. Entristece. Como sempre a tristeza convida à recordação, à meditação. As imagens do passado desfilam com rapidez. Vê o trono a ser arrastado pelos ventos da revolução e independência. São as oito esposas que abalam, ficando apenas a mais nova e a mais desprezada. É mais que certo que ela também se vai embora. Quando uma mulher derruba o orgulho do marido com golpes de mestre, já está no limiar da porta e o amante espera-a a dois passos.

Sianga ainda tenta levantar a voz com arrogância, mas esta acaba desfalecida em lamentos.

— Mas que linguagem a tua, mãe de Manuna! Não consigo reconhecer-te, hoje. Será que te tratei assim tão mal?

— Sempre me trataste bem, Sianga, tão bem que até a tua sombra me causa repulsa. Não sei o que me prende aqui. Na minha aldeia natal os poços estão mais cheios que os rios e até os patos se alimentam de carne.

— Não rumines tristezas, esposa minha. Tudo o que andei a dizer são apenas tagarelices de velho. A minha boca transpira agruras, frustrações. Sabes bem que não consigo conciliar o passado e o presente. Fui árvore, fui flor e régulo desta terra. Agora não sou mais do que um ramo seco ou fruta podre. Já não sou nada nem ninguém, minha querida esposa. Comprei-te com dinheiro vermelho a ti e às outras oito. Veio o vendaval e carregou as que partiram pelo mundo levando cada uma todos os filhos que geraram. Todas foram mas tu ficaste. És tu a senhora dos meus aposentos, a rainha das minhas noites e dos meus pesadelos. Ainda gosto da Teasse, mas, infelizmente, está escrito nas páginas do destino que é contigo que morrerei. Nessas coisas o destino é mais forte que o desejo do homem, querida Minosse. Minosse levanta-se e caminha para a palhota. Para na entrada e respira o cheiro do mundo. O céu sobre a cabeça torna-se mais azul à medida que o sol atinge a altura das palmeiras. O cinzento é uma miragem matinal e mantém-se lá no guemetamusse onde o céu abraça a terra e as mulheres mais respeitosas do mundo pilam de joelhos. Chegou a perdição de Mananga. Já não há remédio que sirva; nem Deus, nem espíritos, nem defuntos. A terra abre violentas fendas ávidas de água. Será necessário desabar o céu inteiro para dar de beber à terra e aos homens com ela. Se isto continua assim, morrerá o último homem e a última mulher, predigo eu, pensa Minosse, aí Deus vai aprender a lição. Terá a grande maçada de recriar de novo o Licalaumba e a sua companheira Nsilamboa, mas, antes disso, será necessário reinventar a paisagem original, trabalho que ele pode evitar enviando alguns grãozinhos de chuva.

A cabeça de Minosse abandona a fantasia. A mão direita desenha riscos no chão com a vassoura de ramos que afasta as folhas secas para o canto do lixo. O chão levanta uma furiosa nuvem de pó, abafando a respiração de quem a provoca. Ergue-se e espirra com violência. A voz do parceiro chama com benevolência.

— Mãe de Manuna?

— Sim, pai.

— Aproxima-te, esposa minha.

— Ahêêê!…

Faz má cara, mas o coração delira, contente. Ser chamada pelo nome do filho mais querido é coisa boa. É um abraço, um sorriso, é reconciliação. Larga a vassoura de ramos, caminha segura e ajoelha-se perante o seu senhor.

— Senta-te, mãe de Manuna, que a conversa é longa. O teu

marido é um velho tagarela, deves perdoar. As amarguras da vida azedam-me o espírito, querida minha. Preciso dos teus conselhos, do teu conforto. Passam-se coisas muito estranhas nas minhas noites. Diz-me uma palavra amiga, rainha das minhas agonias.

Minosse sorri. Cerra os olhos com deleite de gata. As palavras doces massajam-lhe o coração como carícias de sol. Pela primeira vez se sente mulher do seu senhor, awêêê!... Pela primeira vez Sianga reconhece o valor da sua presença. Lobolada na adolescência, jamais conheceu o prazer da intimidade e o calor de um sorriso de amor. O coração envelhecido de Minosse mergulha num galope desenfreado como uma adolescente enamorada. A alma em festa baila nas nuvens a cantiga de roda. Porque a mulher que não guarda segredo não penetra nos mistérios dos homens. Hoje, Minosse entra nos aposentos do seu senhor, confia-lhe as amarguras, é uma mulher madura, está de parabéns a pobre Minosse.

— Sabes, eu não durmo, sofro.

— Eu sei e também sofro. Mas o que se passa?

A esposa envelhecida esboça um sorriso cândido, infantil. Afinal não é muito difícil fazer a felicidade de uma mulher. Basta uma palavra de carinho, um sorriso, uma guloseima tal como se amima uma criança. Sianga também sorri, sente-se perdoado.

— Tenho viajado em florestas calcinadas, regadas de sangue e ossos humanos espalhados por todo o lado. Esta noite estava rodeado de espectros dançando à minha volta. Bebiam vinho tinto em taças feitas de crânios dos mortos passados e recentes. E o vinho que bebiam era sangue puro, sangue inocente. Empurrei os espectros que fechavam o meu caminho e tentei fugir, mas eram tantos os ossos dos mortos que não sobrava um espaço para meter o pé. Foi daí que, na tentativa de fuga, pisei um crânio e um osso fragmentado de um maxilar que me feriu a planta do pé. Senti dores e gritei. As dores despertaram-me e dei por mim gritando como um menino. Saltei da cama acariciando o pé e este doía-me na realidade. Quando já me convencia a mim mesmo de que não passava de um sonho mau, ouvi trovoadas distantes no ventre da madrugada.

— Trovoada! — interrompe Minosse. — Deve ser chuva, awêêê!…

— Chuva não, mãe de Manuna; era fogo. Saí da palhota para escutar. O ribombar ouvia-se distante. Trepei o cume da figueira e vi. Os clarões eram enormes, acendiam e apagavam, fogo aceso calcinando a terra tal como vi nos sonhos.

— Ahá?…

— Antes de o sol nascer, roguei aos espíritos do amanhecer. Ofereci milho, aguardente e mapira. Os cereais da oferenda o galo maluco comeu. Desesperado, procurei um amigo àquelas horas da manhã para calar as inquietações do peito. Bati à porta do compadre Tonela e infelizmente esse estava mais inquieto do que eu. Recebeu nessa noite um sobrinho vindo de Macuácua, que lhe contou histórias terríveis de guerra e de morte.

— Mas isso foi no tempo das guerras antigas, pai de Manuna.

— E está a acontecer outra vez, agora.

— Maiwê, não me digas que voltamos às celebres guerras dos ngunis, yô!

— A história repete-se, minha mulher. E pela narrativa que escutei, os tempos dos ngunis ainda foram melhores.

— Não digas mais horrores que as amarguras da fome nos bastam. Estás nervoso, meu velho. Vou preparar-te alguma coisa, homem, tenho alguns grãos de milho escondidos no celeiro. Guardava-os para possíveis sementeiras, mas o céu está decidido a castigar-nos e a semente acabará apodrecendo.

— Fica aqui, não te preocupes comigo. A Wusheni partiu há um bom pedaço de tempo levando as cabras para o vale, deve estar de regresso e ela vai preparar a refeição.

— Eu faço, não custa nada. É só um instante. Essa rapariga pode demorar-se por aí, já sabes como ela é.

Minosse abandona o marido pensativo. Caminha apressada. Pegadas estranhas desenham-se bem nítidas na orla do celeiro. São pegadas de botas e em Mananga ninguém as usa porque ninguém as tem. Poucos são os que usam sapatos e só os põem em dias de gala. Que o ladrão é esperto, isso é. Usou as botas para disfarçar a marca do pé, ai meus queridos grãos. Que vou eu dar ao meu marido? Minosse está mais fula que a galinha chocalheira. Num só gesto escancara a porta do celeiro.

— Pai de Manuna, yô!

Lança um grito de terror, dá dois passos à retaguarda e cai de costas. Cobra mamba, com certeza, grita Sianga em pleno voo. Não teve tempo sequer para espreitar o celeiro. Baixa o tronco para socorrer a infeliz que desmaia. Um relâmpago de sol fere-lhe os olhos. O afiadíssimo punhal impõe respeito rente ao seu pescoço. Escancara os olhos e a boca de surpresa e pânico. Um homem magro com olhos de fera empunha o facalhão. É jovem. Tem a pele suja e escamada como uma couraça de elefante. O cabelo parece um tufo de ervas fulas, pisoteadas, mais espesso que a peruca do doutor feiticeiro. De andrajos mais que exóticos, ele parece-se com o secreto e divino Nhau, mas é um guerreiro, pois transporta uma metralhadora igual à dos que guarnecem a vila de Manjacaze.

— Mais um grito e a minha arma funciona — aterrorizou-o o estranho. — Não tens nada a temer, bom homem, porque te trago boas novas. Em nome dos lutadores escondidos na floresta, eu te saúdo, Régulo Sianga!

Sianga alarga mais os olhos transtornados pela surpresa e pelo ópio das palavras.

— Vens em paz? Trazes boas novas?

— Sim, em paz.

— Hã?…

O susto destrava o esfíncter de Minosse e a urina acre corre abundante. Marido e mulher unem-se num abraço de ânsia e de terror.

2.

Ninguém entende este rapaz. É tímido, desconfiado, fugidio como uma gazela assustada, mas o vemos todos os dias nas savanas como um rei, solitário, altivo, tocando a flauta de cana. Quando passeia nos carreiros, muitas vezes esconde-se nos arbustos para evitar o cumprimento de qualquer viandante. Parece mudo. Responde sempre com meias-palavras e de cabeça baixa. Da sua boca nunca se ouviu injúria, um queixume de fome, de sede ou de qualquer outra coisa. Algumas vezes brinca ao lado dos rapazes da sua idade, mas nunca com eles. Nada o parece incomodar. No seu rosto não se lê esperança ou desespero. Umas vezes dá a impressão de ser feliz e noutras infeliz. Num dia parece ter oito anos e noutro dia parece ter oitenta. Ninguém lhe conhece a idade, parece homem, parece criança. Está sempre em todo o lado e em lado nenhum. Filho da comunidade, todos lhe atiram um pedaço de alimento, mas nos últimos dias ninguém dá porque não há. Enquanto todos os rapazes se juntam em bando fisgando pássaros, caçando ratos, ele dorme tranquilo na sombra das figueiras. Ninguém sabe o que ele come, mas vai engordando enquanto outros se definham. Até parece um javali roendo os ossos das nossas sepulturas, ninguém entende esse rapaz. Dizem que ele se chama Dambuza, mas o povo chama-lhe Mufambi, aquele que caminha. Nasceu numa aldeia distante da nossa. É da nossa tribo, mas não é do nosso clã. É um estrangeiro. É filho do irmão da tia Mafuni, e foi ela que o transportou para aqui. Dizem que foi abandonado pelo pai; que depois morreu a mãe. Dizem que não tem irmão, nem avós, sendo a tia Mafuni a única parente viva. Quando chegou a Mananga parecia ter seis anos ou mais, era pequeno de estatura com juízo de homem. O rapazinho era trabalhador, e a malvada da tia Mafuni não tardou a transformá-lo em escravinho da família. Dizem que o menino até lavava as roupas indecentes da filha preguiçosa da tia Mafuni. Criança homem não conheceu os prazeres da infância. Comia sozinho e escondido atrás da palhota, com medo de ser vaiado pelos primos que lhe macaqueavam o apetite quando mergulhava a mão inteira na bacia de madeira, e lambia o prato esvaziado. É um selvagem, não tem a finura do nosso clã, é um estrangeiro. Mesmo nas brincadeiras, a discriminação era notória. No jogo da homa ele é que procurava as bolas de laranja-macaco que saltavam o risco perdendo-se na mata. O mesmo acontecia no jogo de paulito. Nas escondidas cabia-lhe sempre o papel da procura, enquanto os outros gozavam a melhor parte do jogo. Dizendo a verdade, todo o mundo o atormentava. Para que tratá-lo bem se ele não é do nosso clã? É um estrangeiro, e se se sente mal que regresse à sua origem.

Dizem que um dia, os malvados filhos da tia Mafuni fizeram desaparecer uma galinha que chocava e todos os ovos. Levaram para o mato, esfolaram, assaram e comeram. Cozeram os ovos e dividiram entre si. A tia Mafuni ficou mais terrível que uma pulga. Investigaram os rapazes um por um, e todos afirmaram que fora Dambuza, o caminhante. A tia Mafuni não podia suportar semelhante perigo. Foi proferida a sentença, e Dambuza expulso de casa.

Foi assim que iniciou a carreira de peregrino, esse menino que ninguém entende. A tia Sigaule recolheu-o no seu ninho. A tia Mafuni arrepende-se, lamenta-se, e dizem que uma vez derramou lagrimazinhas de crocodilo porque mais tarde descobriu a verdade, os filhos dela é que são malandros, não prestam, continuam a fazer desses roubos, e ela tudo fez para que o sobrinho regressasse à casa, o que este não aceitou. Toda a gente sabe que o que ela quer é um escravinho, os filhos não ajudam nada.

Esse rapaz é um animal, dizem as mães. É uma gazela que só conheceu a mãe na hora da mama. O vento e a chuva cuidaram dele, agora é um touro, é um búfalo, ninguém o vence.

Ninguém entende esse rapaz. Especulações envolvem a vida do rapaz que é um mistério, ninguém o entende.

O sol ultrapassa o centro e desliza nos chapéus dos imbondeiros com ameaças de se afundar. Dambuza, o Mufambi, vagueia nos campos ressequidos com passos lentos e negligentes, verdadeiro senhor das savanas. Ele sabe que as raparigas se torcem de amores por ele, mas têm medo dele; que os rapazes invejam a bela figura e a destreza felina conseguida na luta pela sobrevivência. Desce até o vale das cabras. O sol unge-o de suor e luz, tem o corpo ardente, peganhento. Os pés descalços não sentem o espicaçar das raízes das ervas mecanicamente aparadas pelas cabras. O suor escorre pela carapinha despenteada, passa pelas orelhas, pela nuca, vai até os ombros, tem o tronco molhado como se tivesse mergulhado a cabeça numa bacia de água. Procura uma sombra e abriga-se. Chega-lhe às narinas o cheiro da bosta seca. Os olhos perdem-se na transparência do ar que corre rubro, calcinando tudo. Passa por ele um velhote de catana na mão que o saúda. Ele não responde, mergulhado nos seus devaneios. Mais atrás, duas mulheres com feixes de lenha na cabeça passam-lhe de largo, friccionando os pés na areia escaldante. Dambuza cumprimenta-as; não respondem. O ar quente queimou a saliva das bocas. Estende-se. Passeia os olhos na copa da árvore, ramalhudo denso, onde sobram frestas por onde se infiltram três pedaços de sol. À altura do chão, contempla os ramos desnudos das acácias estampadas no azul do céu e esboça um sorriso, ah, descobri; o mundo é diferente visto do chão. Para os animais que rastejam, os ramos das árvores grandes parecem estar colados no céu. Que bonito!

Aguarda com expectativa a chegada da namorada. Um cão ladra ao longe. Ergue-se e contempla. No fundo do vale divisa um cenário bonito: uma figurinha mágica esculpida em pau-preto, escoltando meia dúzia de cabras ao calor.

— Awêêê!…, é ela mesmo, e vem para aqui.

Dá um salto de coelho. Esconde-se num dos arbustos que as cabras vão roer. Quer ser a fera assustando a presa e surpreendê-la agradavelmente. Dambuza imita o ladrar de um cão; as cabras espalham-se em pânico e ela assusta-se. Enquanto move a cabecinha pelos cantos do mundo para descobrir o cão, escuta o cantar desafinado de um galo. Do interior do arbusto surge a cabeça do rapaz.

— Ah, Dambuza, assustaste as minhas cabras.

— E a ti não? Diz a verdade, medrosinha.

Abraçam-se; riem-se. Riso distante das cabras e sustos, riso de liberdade.

— Wusheni, bonita quando te ris, bonita quando caminhas, bonita quando falas, és o meu tormento.

— Exageras, mentes, diabinho.

— Wusheni, quando é que Deus nos dará a graça da felicidade completa?

Os amantes trocam um olhar de silêncio, silêncio de amor. Entardece. Em silêncio toda a natureza luta pela sobrevivência. Os lagartos depositam o último ovo e morrem. As plantas protegem a última semente que germinará nas próximas chuvas e morrem. Os homens botam cada dia mais ovos nos ventres das mulheres, e elas, já grávidas, suspiram: os outros já morreram. Talvez os deuses me protejam e deem a vida a este que trago no ventre. Dambuza não resiste ao desejo de um abraço ardente. Ela recusa.

— Aqui não. E erva é escassa e não escaparemos aos olhares curiosos que hão de informar a minha mãe, e tu sabes, a minha mãe...

Caminham na terra flagelada pisando a vegetação calcinada que dá múltiplos estalos aterrorizada pelo pisoteio. Como os pássaros na época do amor, homem e mulher procuram um pedaço confidente dos seus segredos.

— Aqui também não. O pôr do sol já chegou, em breve será noite, há túmulos por todo o lado, é tempo de lua cheia, e os fantasmas, tu sabes, aqui também não, as urtigas, os lagartos da comichão, ali sim, que lugar tão agradável, vamos para ali que o ninho é bem melhor.

A cigarra canta o adeus ao dia, o sol já no horizonte crava-se nos ramos dos imbondeiros morrendo vencido. Os seus raios são de agonia, inofensivos, e é apenas uma bola enorme, amarela, com uma auréola vermelho-sangue como a gema de um ovo. Sim. Ovo maior que o da avestruz. O céu acinzenta-se, a terra arrefece, o sol desaparece nos estômagos dos imbondeiros. Os pássaros saúdam, a derrota do sol e a vitória da terra. Os corações apaixonados suspiram emocionados pois em breve irão deleitar-se com a beleza das árvores desnudas ao luar, mergulhando em abraços amorosos no brilho das estrelas.

Sim, o lugar é bom. Entregam-se ao calor do abraço, murmurando doçuras e loucuras.

— Wusheni, diz ao menos que me amas.

— Meu Dambuza, amo-te, sim. Esta linguagem de amor só é válida para nós os dois. Na nossa tribo a palavra amo-te significa vacas. Vacas para o lobolo e nada mais. Sem lobolo não há casamento.

— Sou um rato solitário e sem covil. Sou um cão danado sem dono. Tenho a sabedoria da miséria. Do sofrimento sei eu. Sou mais que pobre, não tenho nem um pato, nem uma galinha, nem pelo menos um ovo.

— Mesmo que tivesses tudo, meu Dambuza, não és do meu clã, e não só. E o meu pai, esse antigo régulo ranhoso e cheio de preconceitos? Não sei, não sei.

— O que é que não sabes?

— Não sei... Já não sei o que digo.

— Eu sei, sei muito bem o que dizes não saber. Sou filho de ninguém e por isso ninguém me quer. Sou um estrangeiro, não sou deste clã. Será a orfandade motivo suficiente para impedir a felicidade de um homem? Sou melhor que todos os franganotes da aldeia. Tenho a mão sempre aberta para qualquer um. Empresto a minha força a quem dela precisa. Tudo faço para agradar e o que recebo em troca? Humilhações, humilhações, humilhações. Todos os ditados e provérbios exaltam a generosidade da nossa terra, como uma religião, um ritual de virtudes legadas pelos antepassados. Onde é que se perdeu toda esta bondade e fraternidade? Ah, quem me dera ser tartaruga, ser caracol e carregar nas costas as minhas tristezas, a minha casa e o meu mundo. Agora pergunto-te, Wusheni: por que razão aceitas a minha companhia quando todos me desprezam? Serás tu diferente dos outros?

— Oh, Dambuza!

— Vês? Não tens resposta para me dar, não tens. Tu és a santinha que protege os desfavorecidos. Aqueces na tua lareira o gatinho perdido na noite de frio. Adoras os pintainhos porque são fraquinhos. Não consegues suportar o choro de um pássaro. És uma mulher sensível, bondosa, diferente, de coração fino. Exibes a tua força defendendo os fracos. Sou para ti o pobre diabo que merece compaixão. Não sentes um pedaço de amor por mim, confessa, Wusheni.

— Ah, como me torturas!

— Wusheni, a vida para mim não tem nenhum significado. Sem ti ainda é mais vazia. O que faço eu neste mundo? Por favor, escuta o meu testamento, tu és a única testemunha. Eu vou partir.

— Partir? Quando? Por quê?

— Quero procurar a residência da minha mãe. Ela espera-me onde não há fome nem tortura e todos vivem em paz. Adeus, Wusheni.

Dos olhos do rapaz brotou uma torrente de água salgada, quente. Wusheni espiou o rosto dele. Não havia farsa, não havia fingimento, mas sim sofrimento. O homem não foi feito para sofrer os tormentos da viuvez, solidão e lágrimas. Para cada homem foram destinadas tantas mulheres como o número dos seus ossos. Mulher, se um dia um homem derramar lágrimas de amor no teu ombro, celebra e canta porque és abençoada entre todas as mulheres. A estrela não brilha em todas as jornadas, amor é fortuna, nunca nascem dois reis no mesmo ventre, quando a estrela brilhar, sorri, mulher, porque de todas foste a eleita.

Wusheni assusta-se, os homens não choram. Aninha o homem no peito dela no gesto de embalar, chora com ele, sofre com ele. As lágrimas dele e dela formam um só riacho. As vozes em soluços cantam a mesma melodia.

— Adeus, Wusheni.

A voz dele era grave e suave porque de despedida. Era triste e amarga porque de partida. No coração de Wusheni há alegria e festa. Na tempestade de sentimentos ela treme convulsiva, debate-se contra as ondas que a arrastam, é a fúria da fêmea a defender o seu ninho, não, não quero perder o meu homem, tem que viver. Diz determinada:

— Sim, eu serei a tua mulher. Com lobolo ou sem lobolo, eu serei a tua mulher.

Dambuza surpreende-se pela súbita decisão.

— Serei a tua mulher, sou a tua mulher agora. Deixa-me cantar para ti esta canção de embalar porque és o meu menino. Quero ser a mãe que Deus te roubou tão cedo. Farei de ti o meu herói porque sou a tua deusa.

O encanto desfaz-se e descem das nuvens. A lua já dera muitos passos no céu.

— Dambuza, já é tão tarde, a minha mãe...

Não espera o último abraço e parte disparada. Escolta as cabras atirando-lhes chicotadas impiedosas nos dorsos para que sigam o passo dela. Para no cruzamento dos caminhos. Arranca ervas secas em cada esquina e amarra-as na ponta da capulana. Esse feitiço irá abrandar o coração da mãe, conforme lhe ensinou uma amiga sua. Chega à casa transpirando por todos os poros e aguarda o sermão que não tardou a vir.

— Wusheni, são horas de voltar?

— Desculpa, mãe, mas eu levei as cabras a pastar em zonas distantes porque no vale já não há ervas verdes e uma delas perdeu-se. Foi por isso que demorei.

— Sim, filha malparida. Estavas sim com um cabra macho. Olha-se para a tua cara e adivinha-se. Para a tua maior felicidade, o teu pai está ausente. Não sei o que anda naquela cabeça, passa o dia espreguiçando-se como jacaré, mas à noite é mais irrequieto que um macaco. Perde o tempo nas matas, conversan-

40

do com gente estranha. Diz a toda a hora que voltará a ser régulo e quer lobolar uma nova mulher. Está misterioso esse teu pai e muito me preocupa. Agora estás também a aumentar-me as preocupações.

— O pai vai lobolar uma nova mulher?

— Sim, e passam-se coisas estranhas neste lar. Os meus espíritos dizem-me que não é uma coisa boa. Minha filha, gostaria muito de te ver longe desta casa. Se ao menos pudesses casar com um homem diferente do teu pai.

— O que se passa, mãe?

— Cala-te, maldita. Eu estou louca, deliro, já nem sei o que digo, enervas-me.

— Diz, mãe, o que é que há a ponto de desejar a minha partida deste lar?

— Cala-te, maldita.

Minosse descarrega todas as suas frustrações sobre a filha, dando-lhe uma violenta bofetada, atitude que não é habitual. Estava desvairada, via-se.

Wusheni viu estrelas e a face ardeu-lhe. Reprimiu o desejo louco de chorar para não aumentar a fúria da mãe.

— Vai já dormir na tua esteira. Andar à noite é serviço de vaca, e não de mulher.

A noite vai adiantada e Sianga não volta. Enquanto Minosse rebola na cama, Wusheni dorme o sono dos anjos. Dambuza, por seu lado, sonha com o novo lar, e o ventre fecundo de Wusheni esperando um filho.

Lá fora, a lua pinta de prata a noite silenciosa e fria. A calma é quebrada pelo coro de mochos e morcegos, bichos de mau agouro. É o prelúdio da desgraça, a procissão ainda vai no adro.

3.

A aldeia repousa tranquila envolvida no manto de escuridão. Os galos deram as boas-noites e dormiram. As aves notívagas voam agressivas num azafamado bater de asas e rapinam algures. A noite é negra, a noite é misteriosa. É à noite que os homens se amam, que as crianças nascem, que as vidas se esfumam.

Tudo cai. O ciclo da desgraça evolui e está prestes a atingir a fase crucial: a colheita do diabo.

Há cavaleiros no céu. O som das trombetas escuta-se no ar. Na terra há saraivada e fogo e tudo se torna em "absinto". Quem tem olhos que veja, quem tem ouvidos que escute.

Os cavaleiros são dois, são três, são quatro. São os quatro cavaleiros do Apocalipse, maiwêê!, é tempo de cavarmos as nossas sepulturas, yô! Descem do céu do canto do pôr do sol. São majestosos, fortes, brilhantes como o sol. São invisíveis como o vento e impiedosos como o fogo, yô!, quem tem olhos que os veja!

O terceiro e o quarto já poisaram no solo de Mananga. Agem como serpentes, secretos, felinos, traiçoeiros, ninguém os vê. Abriram clareiras nas savanas e em todas as machambas. Preparam o terreno para a chegada do segundo cavaleiro. Parece que pertencem à brigada de reconhecimento. São oficiais subalternos, são de pouca categoria.

O segundo cavaleiro é escravo na hora e comandante do batalhão genocida. Paira no céu de Mananga, galopando serpentinamente nas ondas do vento. Está a fazer tempo para que tudo esteja a postos; aguarda a escolta da hora para fazer uma aterragem triunfal. Este cavaleiro é um grande senhor.

O número um é o mais galante, o mais augusto de todos os cavaleiros. Tem dificuldades em aterrar. A brigada antiaérea estacionada na zona estratégica conseguiu detectá-lo através do radar. Lançou o míssil. Por incrível que pareça, o míssil, no lugar de destruir os intrusos, apenas decepou a pata dianteira do cavalo, deixando o cavaleiro ileso de espada erguida e tocha acesa. Cavaleiro e cavalo repousam sobre uma nuvem. O cavaleiro galhardo está preocupado, o cavalo perdeu muito sangue e está a entrar em estado de choque, talvez morra. Ele chora e grita para que os companheiros na terra redobrem a vingança, e roga pragas. Já enviou uma mensagem pedindo reforços ao seu senhor, mas o socorro não vem. Toda a terra está na expectativa e em pânico. Não se sabe se o cavaleiro será evacuado para o céu, ou se lhe será trazida uma nova montada. As forças de combate em terra uniram já os seus esforços às forças de defesa antiaérea na ação de vigilância, e todos estão alerta. No povo reina o medo e a insegurança, o pior pode acontecer a qualquer momento, estão a caminho os quatro cavaleiros do Apocalipse, é tempo de cavarmos as nossas sepulturas, yô!

O sono do sol contaminou a terra. Mestre sol: durma! Embale o seu cortejo de inocentes, que a noite e as estrelas são confidentes dos dissidentes.

Perto da figueira há uma cabana decadente. Há sete homens que não dormem e estão dentro dela. Conspiram. Acocorados em círculo no negro da palhota, os sete personagens são muralhas mudas, sombrias, cadavéricas. Só os olhos ávidos de vingança iluminados pela escassa luz da fogueira, alargados de alegria e espanto, e o menear suave das cabeças em gesto de aprovação, são testemunhas da mobilidade dos homens de breu. A fogueira tremeluz, discreta, e de vez em quando alguém coloca mais ramos secos para avivar a fonte de luz.

Sianga é o cabecilha da conspiração, arrastando consigo os seis ex-súbditos mais devotos. Conhece-os bem. Passaram a mesma infância, e juntos fizeram armadilhas às lebres, fisgaram pássaros e roubaram galinhas nas capoeiras da aldeia. Na adolescência unira-os o desregramento e a malandragem da idade. Quando Sianga ascendeu à posição de régulo, chamou-os ao seu reino. Que maior recompensa poderia dar aos seus compinchas senão nomeá-los ministros da sua corte? Quando os ventos da independência chegaram, juntos foram escorraçados, a vida fez o seu nó, unindo-os eternamente na alegria e na dor.

Sopram ventos de novas mudanças e tudo voltará a ser como antes. Num discurso bastante efusivo, Sianga transmite aos seus companheiros os últimos acontecimentos. Primeiro falou da mágica aparição do estranho jovem escondido no celeiro naquela manhã de tormentos. Vinha em nome da paz trazendo a mensagem do seu chefe supremo que desejava uma conversa séria, uma conversa de homens com o antigo régulo. Tudo ficou combinado. No dia marcado, na hora combinada, apareceu um velho como todos os velhos da zona. Pediu licença, entrou, sentou-se e cumprimentou. Depois pediu água, com uma voz gasta, arrastada, cansada. Os andrajos que trajava, yô defuntos, eram capazes de revolver a piedade de qualquer demónio. Minosse serviu-lhe água e um pouco do alimento que restava. O velho ergueu-se, virou-se para o poente, lançou algumas gotas de água ao chão invocando os defuntos e por fim bebeu. Agradeceu a hospitalidade com o soberbo agradecimento dos anciãos antigos. Nos gestos do velho, o cansaço e o sono eram transparentes como a água. Como água não, porque a água arrasta consigo os detritos e os excrementos de peixe, que a turvam. Aquele cansaço tinha a transparência do ar ou do vidro incolor. Ofereceu-se ao velho uma esteira para nela descansar no interior da palhota. Sianga estava intrigado. O desejo de interrogar o caminhante queimava-lhe o peito, mas as boas maneiras impediam-no de cometer tamanho sacrilégio, logo com uma pessoa muito mais velha. Que o velho era doido, lá isso era. Nem os mais jovens se atrevem a atravessar aquele deserto de fogo. Quem era o velho? De onde vinha e para onde ia? Sianga quebrou os hábitos e lançou a pergunta. Quis saber tudo sobre a vida do velho, e este respondeu-lhe: eu sou aquele que reside nas montanhas do sol--poente, que espalha o terror e a morte procurando a paz entre os escombros. Sou aquele que faz da floresta o seu ninho, o seu lar, o palco de amor, do ódio e da vingança. Tenho a idade imemorial porque existi e existirei em todas as gerações. Eu sou aquele… sou aquele… Enquanto isso o velho despia os andrajos, tirava o chapéu nojento e esfiapado; arrancava a barba branca, e!… Eu sou aquele cuja aparição se fez anunciar, Régulo Sianga. O homem desfeito do disfarce era mais jovem que o milho tenro. Falou dos problemas da nossa terra; da seca, das lojas vazias, das catástrofes infindas causadas pela ausência dos cultos. Na verdade, o discurso feito por esse rapaz não é muito diferente daquele que faz o secretário da aldeia. Existe diferença, mas pequena. Enquanto o secretário da aldeia fala dos opressores, este jovem chefe também fala de opressores. O primeiro fala de grupos obscurantistas que devem ser banidos, e este enaltece estas práticas e promete restaurá-las. Disse ainda mais: que os atuais secretários da aldeia são uns estrangeiros, pois não pertencem à tribo nem ao clã. Disse que os régulos são os verdadeiros representantes, medianeiros entre os desejos do povo e os poderes dos espíritos. Falou ainda da liberdade, fraternidade, unidade, e muitas coisas iguais àquelas que diz o secretário da aldeia. Não há dúvida de que o rapaz tem sensibilidade. Falou também das belas mulheres e disse mais: Sianga, tu és régulo em potência, única personalidade reconhecida pelo povo perante os espíritos de Mananga. O poder derrubado, as terras usurpadas voltarão às tuas mãos, tu és o legítimo representante do povo perante os deuses. A resignação é um cancro que condena o homem ao desterro, disse ele. Junta-te a nós e luta pela reabilitação do teu reino. Vinga-te de todos os que te derrubaram, condenando-te ao desprezo. O dia da vitória está próximo. Todo o mundo se ajoelhará aos teus pés, e quanto às mulheres, nem há necessidade de falar.

Não há dúvidas de que as palavras estão gastas, lá isso estão. Os homens devem esgaravatar a língua de modo a encontrarem maneiras de chamar as coisas pelos seus verdadeiros nomes. Existem dois sentimentos em contrabalanço que são o amor e o ódio. Estes dois inimigos são expressos com o mesmo fervor, quase com as mesmas palavras, como se se pudesse cozinhar o mel e o fel na mesma panela. Fala-se de amor, liberdade, justiça, fraternidade, quando se pratica o amor. Torna-se a falar de amor, liberdade, justiça e fraternidade, tanto na guerra como na paz. A linguagem dos homens é curta, imperfeita. O secretário da aldeia e o comandante das armas dizem a mesma coisa com sentido diferente. Só o cérebro mais do que inteligente pode entender tamanha bagunça.

O velho Sianga enamorou-se do jovem comandante como uma rapariguinha que escuta pela primeira vez as mais doces palavras de amor. Havia razões de sobra: o jovem tratara-o com o primor digno de um representante de uma grande tribo.

O espírito dos seis homens que ouviam a nova pela primeira vez ganhou asas na noite, como os anjos, como os pirilampos, como as corujas, como os feiticeiros. Voaram sobre as nuvens como os meninos em sonhos de fantasias, como os apaixonados no universo do amor. Cavalgaram na viagem do prazer que só o poder confere, cada um à sua maneira. Havia um só mundo onde todos se interceptavam: no ouro verde dos campos cobertos de milho, amendoim, gergelim, rigorosamente tratados pelos prisioneiros condenados ao trabalho forçado por não ter pago o imposto na devida hora. E depois, o desfile das colheitas ensacadas a serem metidas nos camiões do cantineiro branco para serem vendidas nos mercados das cidades. E no fim, o dinheiro fluindo nas mãos, as orgias, as mulheres bonitas, enfim... Sianga imaginava-se nas trevas bramindo a lança de fogo, dirigindo um exército potente, trajando com exotismo à semelhança dos magníficos generais ngunis, caminhando sobre as aldeias em fogo, fumo e gritos de terror como viu em sonhos. Sentia já os pés mergulhados no rio rubro de sangue das suas vítimas, pisando os corpos até as ossadas das caveiras lhe ferirem a planta dos pés descalços como aconteceu na noite de revelações.

— É como vos digo — dizia Sianga —, Mananga sucumbirá sob o fogo das armas da nossa vingança. Reunimo-nos esta noite para um juramento secreto. Juremos que lutaremos até a vitória.

— Juramos! — responderam em uníssono.

Lá fora cães ganem com fúria, há um fantasma a rondar a casa. Os grilos cantam com mais força. Há algazarra na capoeira, a jiboia abocanha os ovos e as galinhas. Estranhos acontecimentos na hora do juramento. Os jurados, como bons soldados, conseguem disfarçar os arrepios que lhes percorrem o sangue e os cabelos. As mentes caem vertiginosamente das nuvens para o abismo das trevas. Será que os defuntos não abençoam o juramento?

Sianga, para disfarçar o embaraço, ergue-se e inicia a segunda parte da cerimónia. Derrama no centro de cada cabeça o unguento sagrado enquanto apela à proteção dos deuses. Em seguida todos cantam em surdina a canção dos velhos guerreiros quando partiam para o combate. Falta a dança guerreira em torno da fogueira, não pode ser realizada porque o juramento é secreto.

Os compinchas aceitaram o juramento, mas alguns deles estão demasiado velhos para se meter em novas encrencas.

— Sianga, velho amigo, eu já tive a minha conta de boa vida, fazendo o balanço. O meu desejo é morrer de velho e tranquilo. Agora, começar novos vendavais!...

— Todos desejamos morrer na tranquilidade, mas morrer como nobres que sempre fomos, com todos aqueles rituais que acompanham à última hora; o povo inteiro chorando por nós e rendendo homenagem com toda aquela batucada e cânticos. Ainda se lembram de certeza do majestoso funeral do meu pai. Vale a pena entrar magnanimamente na casa dos defuntos depois de apreciar o sabor da vingança. Lutemos pelo bem dos nossos filhos e de todas as gerações vindouras.

— Hum!...

— Coragem, meus amigos, nada receiem que a razão está do nosso lado. Agora é preciso começar a agir. Primeiro é necessário fazer com que o povo sinta a nossa presença. Este povo está desorientado. Tem fome no corpo e no espírito. Precisa de umas gotas de água. Para um rato esfomeado nada melhor que um grão de milho para atraí-lo. É pela água que vamos começar.

— Onde iremos encontrar a água?

— O mbelele, vamos realizar o mbelele.

— Que entendes tu de mbelele, Sianga?

— Muitas coisas. Tenham calma e escutem. Vocês os três, Guezi, Languane, Mathe, são os mais indicados para esta tarefa. Têm a cabeça algodoada e barba longa, ótimo perfil de um pregador. A partir de amanhã visitem as casas das mulheres mais linguareiras; conversem com elas, lamentem a situação da fome, condenando as novas gerações por terem abandonado o culto dos antepassados. É preciso fazer crer que a falta de chuva é castigo supremo. Falem sempre da seca, da miséria, fome, morte e doenças e quando tiverem saturado os ouvidos delas, convençam-nas de que o mbelele é a única saída. Depois falem das boas colheitas, não esquecendo que só os dirigentes espirituais, portanto, nós, é que temos o poder sobre as nuvens. Que os novos líderes só têm o poder na língua; que o negócio dos defuntos só os antigos é que entendem. As linguareiras irão transmitir imediatamente estas ideias de boca em boca. Haverá balbúrdia, o povo dirigirá apupos às autoridades atuais. Depois vão conspirar e procurar-nos em segredo, e aí entraremos na segunda parte do plano, e ah!, encheremos os nossos celeiros com milho que vamos cobrar pela realização do mbelele.

— Eu volto a insistir: que mbelele podes tu realizar, Sianga? Desde quando recebeste os poderes para falar com as nuvens?

— Falando claro, não vamos realizar o mbelele, mas sim a primeira parte do plano. O que interessa é o objetivo a alcançar.

— É injusto enganar um povo desesperado.

— Mais injusto ainda foi usurparem-nos o poder e as nossas terras. Injusto foi queimarem-nos os lugares de culto, e todas as amarguras que passamos. Muitos dos meus homens viram-se obrigados a procurar exílio noutras paragens porque aqui a vida era impossível. É preciso ter fé, que o nosso reino voltará. Formaremos um comando ainda mais forte que nos tempos de outrora.

— E depois do mbelele?

— Tudo sucederá naturalmente como as águas caindo nas pedras, em cascata.

— Está certo, chefe.

— Cuidem dos olhos e da língua, meus homens. Este encontro é o princípio do fim, e haverá muita atividade. O segredo é a alma do negócio. Já conhecem a lei. Aquele que trai acaba a vida na ponta do punhal!

O homens abandonam a palhota, como rapineiros, levando cada um parte do milho que lhe cabe dentro do plano. Há pirilampos no céu, há estradas no céu. As estrelas, como os morcegos, como as corujas, alimentam-se da noite, guardiões do diabo. Há uma corrente fria. Respira-se uma calma grave e grande temor dos feitiços no cruzamento dos caminhos. Nada se escuta, senão o farfalhar da peleja entre a terra pisada e os pés negros que rebuscam os caminhos do abrigo. O cantar dos galos da meia-noite é uma orquestra alternada, sem maestro, saindo dos pontos mais dispersos da aldeia. A noite já ultrapassou a puberdade.

O ciclo da desgraça está quase consumado. O golpe final está planificado. A hora caminha ao encontro do segundo cavaleiro. Vem das trevas do céu, caminha devagar bramindo tempestades. A sua marcha é ritmada, tem a música dos choros. Caminha às ondas porque navega nos rios do sangue que corre dos mártires. Atravessa o Cruzeiro do Sul e segue a direção norte. Está quase tudo preparado, a seca já abriu clareiras em todos os bosques para que o segundo cavaleiro faça uma aterragem triunfal na hora. Os homens trabalham de sol a sol no preparo da grande ceifa; faltam poucos instantes, é hora de cavarmos as nossas sepulturas, yô!

4.

Tudo morre. As plantas, os rios, a vida, acuda-nos Deus do céu, acudam-nos deuses do fundo da terra e do mar! Mandem-nos chuva, uma gota de chuva!

Os tempos são maus, maus mesmo. Só as figueiras e embondeiros, que conhecem a morada dos defuntos, é que parecem alegres com folhas verdes, altivas e arrogantes. As mandioqueiras não atingem a altura de um vitelo, e o milho não atinge a altura de um cabrito. Os feijoeiros não dão mais do que seis pequenas folhas, e as vagens têm o tamanho do dedo menor.

No luto dos campos, espelha-se a desgraça dos homens: rostos magros, braços finos, ventres dilatados numa mistura de fome e doenças. Corpos outrora robustos são apenas sacos de ossos, tronco curvado, braços caídos e pés rastejantes.

Da terra molhada nasce o verde, do verde a flor, da flor o algodão e o tecido. A natureza quebrou o ciclo e os corpos andam em andrajos. As raparigas só têm trapos para esconder os mamilos e as ancas. As mulheres adultas, de tronco nu e o traseiro em farrapos, exibem no peito duas papaias caídas e flácidas. Homens de calças rotas nos joelhos e no traseiro, deixando o rabo à espreita, espalhando sorrisos para toda a gente. Como os meninos, oh, para esses não há problemas. Uma tanga no rabinho ou mesmo nus ao ar quente, não faltando amuletos no pescoço, nos punhos, na cintura, para afastar os maus espíritos.

A desgraça penetrou em Mananga. Já se ouvem rumores da guerra em Macuácua, mas ultimamente os roquetes de bazucas e rajadas de metralhadoras aproximam-se de Alto Changane. Já se ouvem notícias de camponeses mortos e capturados.

O momento é de dificuldades. Quem escapa da fome não escapa da guerra; quem escapa da guerra é ameaçado pela fome. Os jovens arrumam a trouxa e partem. Os velhos, as mulheres e as crianças ficam.

Os deuses são os alicerces do homem. O que seria do desespero dos seres humanos sem esses omnipotentes invisíveis? Em cada alma há lamentos, mas os deuses são a esperança. Quando o sol adormece, há cânticos em todas as fogueiras de todas as famílias. São cânticos para os deuses do pai, outros para os deuses da mãe, e os mais sublimes para o mais forte de todos os deuses.

Defuntos, salvem os meus rebentos nascidos dos meus pecados, alimentados com o sangue do vosso sangue. Muzimos, poupem-nos o sofrimento. Desobedecemos às leis da tribo, não cumprimos os vossos desejos, não seguimos os caminhos por vós ensinados. Esquecemos de saudar o sol cada manhã. O uputo, bebemo-lo e esquecemos de lhes oferecer. Muzimos, reconhecemos os nossos erros, por amor aos nossos filhos que são os vossos, mandem-nos chuva!

— Já não tenho forças. Os meus olhos negros, de tanto olhar para o céu, acabaram por ficar com a cor do firmamento. Nos músculos já não restam forças para erguer os braços ao céu e suplicar a vida ao Deus de todos os deuses.

— É tempo de fazer o mbelele.

— Gastei a enxada de tanto arranhar a terra que não sangra.

— Chegou a hora do mbelele.

— Pedi a bênção a todos os muzimos, a todos os defuntos, já nada resta mais. É inútil.

— Que esperam para fazer o mbelele?

— Sim, o mbelele.

— Desgraça, desgraça, só desgraça.

— A expressão sublime de submissão e humilhação é o mbelele.

— O mbelele? Que vergonha! Mulheres nuas com traseiro de melancia a exibir as mamas aos pássaros e o cu aos gafanhotos faz chover? Que vergonha!

— A nudez das fêmeas é a súplica da chuva; o sangue dos justos e inocentes é o reconhecimento das nossas culpas. É tempo do mbelele.

— Sim, sim, sim, o mbelele, seja feito o mbelele.

— Comadre, diz-se por aí que haverá mbelele.

— Também ouvi dizer que sim, comadre. Sabes como é?

— Já ouvi falar nisso. A minha avó diz que o último foi realizado quando ela começou a ser menstruada. Imagino que já tinham passado setenta anos.

Reacendem-se os sorrisos e a conversa entre os compadres e as comadres. Nos olhos há um novo brilho e nas almas novas esperanças. Nos sonhos de cada um há riachos correndo sobre os vales, e campos verdes com o milho maduro. Os braços caídos e pés rastejantes estão revigorados, o desespero é enterrado pela força da esperança.

— Fala-me sobre o mbelele, comadre.

— Mbelele é uma grande cerimónia, em que as mulheres desempenham o papel mais importante. Os reis e os eleitos con-

53

versam com os deuses da chuva. Dizem que é uma cerimónia difícil, porque para ser bem-sucedida deve correr sangue virgem. Escolhe-se entre a população um galo que ainda não tenha sonhos de desejo e uma galinha que ainda não conhece a lua.

— Não percebo onde está a dificuldade de sacrificar um galo e uma galinha.

— Não percebes? Um galo e uma galinha.

— Ah, sim, entendi, um galo e uma galinha. Que horror, há de ser assim?

— Que seja. O céu deve parir a chuva.

— E se for escolhido um dos teus filhos?

— Cala a boca, comadre, não me torture.

Os costumes e as tradições sofreram alterações nos últimos séculos. As gentes ouviram as palavras dos homens vindos do mar e transformaram-se; abandonaram os seus deuses e acreditaram em deuses estrangeiros. Os filhos da terra abandonaram a tribo, emigraram para terras estrangeiras e quando voltaram já não acreditavam nos antepassados, afirmaram-se deuses eles próprios. Chegou a hora da verdade. Os que tinham poderes sobre as nuvens morreram há mais de um século com o seu saber. A quem o haviam de transmitir se os jovens escarneciam deles? Quem vai fazer o mbelele?

Chegou o momento crucial e não se encontra a saída do grande labirinto. Não resta outro caminho a seguir senão regressar ao passado, com a cabeça no presente.

Os chefes, durante o dia, apregoam de viva voz a ordem, o progresso, banindo os grupelhos supersticiosos e obscurantistas para não perder o emprego, mas quando chega a noite, esquecem a doutrina do desenvolvimento sem Deus e entregam-se com todo o fervor às preces do criador de todos os seres. Os mafundisse e outros padres reatam as suas relações com os defuntos da família, cujo divórcio se realizou há mais de cem anos. O grosso da população, livre de compromissos ideológicos, rogava livremente a qualquer deus, exibindo, em todo o corpo, unguentos e amuletos como nunca se viu na história de Mananga, de tal sorte que um bebé de três quilos carrega no pequeno corpo amuletos com cerca de dois quilos. Tudo para agradar aos deuses. Os deveres que não cumpriram durante mais de um século, procuram realizá-los em apenas poucas luas. O céu de Mananga é um manto adornado de mitos, revivem-se tradições centenárias de modo imperfeito, pois já não conseguem divorciar-se das divindades estrangeiras.

Que poderes tem o secretário da aldeia para realizar o mbelele? Noutros tempos havia régulos e eleitos, autênticos representantes da tribo perante a reunião do Grande Espírito. Tinham nhamussoros dos bons que pressagiavam tudo. A revolução transtornou tudo. Agora não há chicote, nem xibalo, e o negro jamais será deportado. E o mbelele? Quem vai realizar o mbelele se os régulos foram banidos?

As gentes conspiram. Escolhem os seus representantes, e na calada da noite dirigem-se à casa do antigo régulo, humilham-se, submetem-se, imploram. A chuva tem de cair.

— Escorraçaram-me como um cão, e só Deus sabe como é que não me degolaram — desabafou o antigo régulo, fazendo uma pausa para retomar o fôlego, enquanto o cérebro agia maquinalmente, preparando a vingança —, sim, meu povo. Hoje sinto-me feliz, pois vejo que finalmente escutaram a voz da razão. Não tiveram culpa, foram enganados. Agora querem o mbelele? Posso realizá-lo, ainda sou membro da reunião do Grande Espírito. Tenho poderes sobre as nuvens, os defuntos vivem comigo. Querem o mbelele? Tê-lo-ão. Mas antes expulsai o usurpador.

— Ah, mas é impossível — rematou o porta-voz —, eles têm

o poder das armas. Nós somos impotentes, insignificantes, tende piedade de nós, hosi.

— Então não querem chuva — levanta-se da esteira, ergue o braço em gesto de expulsão. — Ide! E quando a fome apertar mais, arrancai os vossos pentelhos um a um e alimentai os vossos filhos. Quando estes tiverem acabado, catai os piolhos dos vossos cus até que os corpos não tenham mais energia para caminhar. Nesse tempo os vossos filhos respirarão dos vossos peidos porque até o ar há de acabar. Os vossos corpos vestir-se-ão de sarna, que, como a lepra, nunca mais há de curar. Ide!

— Hosi tenha piedade de nós. Expulsai o usurpador.

5.

Pouco falta para ser o que sempre fui, o que não sou e o que sempre serei. Sianga monologa com voz amena como se receasse ferir os próprios tímpanos.

Sentado debaixo da sua sombra predileta, contempla o parto de cada manhã quando o sol emerge do ventre da terra-mãe laureado com a coroa real. Contempla a evolução do dia até a cor da agonia, de despedida, quando o astro-rei se deita no caixão azul-cinzento do lado oposto do Nascente. Sianga é, sem sombra de dúvida, o guardião do sol.

É ambicioso, ocioso e solitário. O ódio e a vingança acasalaram-se dentro dele e escolheram o ninho do lado esquerdo do coração que se desequilibra para o ponto negativo. A Terra é uma roda que gira, ele sabe disso, mas a vida só tem interesse quando a bola da vida gira no centro do nosso mundo.

Abre a mão e aproxima-a da vida cansada. Observa as linhas do destino para confirmar pela milésima vez a sua sina. A linha da vida é um sulco forte, quase que dividindo a mão em duas partes. A linha da sorte é vincada apenas no ponto de partida e vai morrendo aos poucos, desaparece, para voltar a surgir ainda mais forte que nos pontos anteriores. Sim, a minha sorte será maior no fim da caminhada. É bem verdade que voltarei a ser o que sempre fui e ainda maior, aqui está dito. Foi tudo escrito antes do meu nascimento, pensa Sianga.

Viaja embalado nas longíquas recordações, e a ideia daquilo que foi e voltará a ser adocica-lhe o espírito. De repente entristece. As amarguras e os ódios cadaverizados começam a ganhar vida num milagre de ressurreição e colocam achas na fogueira da vingança. A vida corre rapidamente para o fim da estrada. Sente o desejo febril de saborear o prazer derradeiro de sentar-se na cadeira real, nem que seja por um pequeno instante. Sonha. Projeta. Imagina. Calcula. O golpe tem que ser forte e dar certo. Levanta os olhos para o chapéu da figueira e distrai-se com a corrida dos lagartos em peleja. O chilreio dos pássaros vem do cume da figueira. À distância o uivar dos cães é igual ao choro dos meninos, pouco falta para que eles morram, e alguém já propôs que se comam, mas que ideia repugnante. Empresta uma carantonha de nojo ao seu rosto maldoso. Cospe sobre a areia seca. Descola o traseiro da esteira de juncos e dá passos mortos em redor de si próprio. A sua estatura é mediana, seca, mais esguia que os lagartos que correm nos ramos da figueira grande. A caixa do peito côncavo, o tronco curvado e o negro-fome da pele pregueada fazem-no parecer escultura de pau revestida de uma solenidade diabólica. É uma figura desagradável, tenebrosa.

Regressa ao poiso e senta-se. Prefere a solidão, a calma, ao rebuliço da vida. É um homem distinto, julga-o. Perdeu todos os poderes de atrair a atenção, e a ausência é uma forma de marcar a presença porque todos se perguntarão da razão dessa mesma ausência. Para ele todos os dias são feriados, sempre o foram, pudera, ele é de sangue nobre e não nasceu para as canseiras da vida. É um grande senhor que nada faz e tudo tem. É um homem inútil. A doença da preguiça paralisou-o na infância e parece mesmo que nasceu com ela. É uma doença crónica, não tem remédio possível.

Estende-se; semicerra os olhos como um jacaré. Rebola para cima, para baixo, para a esquerda e para a direita, até parece uma coxa de rã a ser tostada na brasa. É sempre assim. Passa os dias espreguiçando-se ao calor, em bocejos de sono e preguiça, como um papa-moscas. Arrasta a esteira para a sombra, para o sol, para a outra sombra e de novo para o sol.

O mundo pergunta-se e admira-se da razão de tanta inércia, e vezes sem conta as pessoas lançam-lhe palavras pejorativas não conseguindo ferir-lhe a sensibilidade.

— Que a paz esteja contigo compadre Sianga, ahêêê!... Que fazes aí semeado todo o santo dia? Não te doem as nádegas de tanto sentar? Já deves ter os ossos colados de tanta preguiça, yô!... Descola o rabo, vamos dar uma volta e tomar um trago.

Sianga oferece um sorriso sardónico e justifica:

— Estou no mesmo lugar a observar a decadência do mundo, o desnudar da terra quando as folhas amarelecem gradualmente até o dourado e, já enegrecidas, se desprendem dos ramos. Observo os galagalas de cabeça azul na luta pela sobrevivência e divirto-me quando um deles abocanha a presa e os outros, invejosos, o perseguem de um lado para o outro sem sombras de cansaço, desperdiçando a energia que seria útil para a caça de novos insetos. Comparo a luta dos lagartos à luta dos galos e dos homens. Todos os seres são invejosos, egoístas, ambiciosos. Afinal, não há nenhum mistério nisso. Homens e bichos são feras fabricadas pelo mesmo diabo.

O interlocutor escuta a justificação descabida; abana a cabeça, roda os calcanhares e bate em retirada sem uma palavra de despedida.

E Sianga regressa aos devaneios. Vai parodiando a vista nos

quatro cantos do mundo, a terra triste exibe penhascos, colinas, montículos de areia. A paisagem seca é o cemitério dos sonhos. Os salalés ergueram mausoléus nas partes altas e baixas da planície. Se em cada morro fosse colocada uma cruz, a homenagem à morte seria perfeita. Por todo o lado cheira a terra morta, a erva seca. O cheiro da bosta seca estimula as narinas, sugere o gosto do rapé. Tira uma pitada. Aspira. Alarga os olhos, a sensação de deleite percorre-lhe o íntimo. Sorri. Sorriso bonito, sorriso de menino. Até parece que semeia flores nas areias do deserto.

— Obrigado e igualmente, muito boa tarde, irmão Sianga, sim. Passas o dia a ronronar como um gato preguiçoso. Quando estás desperto, devoras o mundo com os olhos mais encovados que o lago Sule. O que te hipnotiza no ar?

— Rendo homenagem a Satanás, meu protetor — responde Sianga. — Enviou o fogo de vingança na hora exata, castigando todos os que me condenaram. Os homens são mais esguios que as serpentes e caminham de tronco curvado, com o nariz quase colocado à altura do solo farejando o chão da sepultura. A areia estala sob a força do fogo que suga a seiva da vida como um chupa-sangue invisível alojado nas entranhas.

Sianga faz uma viagem ritual em torno das orgias dos velhos tempos, e o coração é tocado de ligeira tristeza. Fala em surdina. Puxa a garrafa, bebe um trago. Ri-se. Enerva-se. Grita como um louco chamando a mulher para colocar-lhe nos ombros o peso das frustrações. Bebe mais um trago e alivia-se.

Hoje, Sianga mergulhou no mundo da contagem logo ao nascer do sol. Conta o número de moscas que poisam nas feridas sangrentas do seu cão. O número de feixes de ar que lhe batem o rosto: os raios de sol que se espalham na copa da figueira e o número de vezes que rebolou para a frente, para trás, para a esquerda e para a direita. Contou o número de viandantes que passaram pelo carreiro ao largo da casa. São quarenta e cinco, contou-os bem. Nove eram garotos de menos de treze anos, caminhando em grupos de dois e três, armados de fisgas pequenas. Treze eram rapazes acima dos quinze, carregando nos ombros um enorme sáurio verde com mais de dois metros de comprimento, que se agitava gravemente ferido, soltando movimentos de agonia. Sianga ficara deslumbrado, pois passa uma boa temporada que não vê semelhante maravilha. Os filetes de lagarto verde são bons assados na brasa. Retirou o traseiro do chão, aproximou-se dos rapazes interrogando-os sobre o precioso achado, fazendo propostas para comprá-lo por um bom pedaço de dinheiro. Os rapazes disseram que não, e ele, enraivecido, vomitou torrentes de pragas prometendo vingar-se de toda a gente. Os rapazes riram-se aproveitando a ocasião para troçar da preguiça do velhote. Outros onze viandantes eram mulheres de enxadinha no ombro e cestinhos de palha pendurados nos braços magros. Iam e vinham do desenterro das raízes suculentas, da apanha do cato doce, da colheita de cardos e hortaliças amargas. Cinco eram homens apressados, solitários, de catana na mão e alguma carga preciosa no ombro, tão secos, tão sujos, tão esfarrapados que bem se assemelhavam a cadáveres em movimento. São homens habituados à atividade caminhando apenas para embalar a fome, pois é quando se repousa que o estômago reclama. Os restantes passantes eram velhos desprezíveis, teimosos, caminhando aos arrastos para as machambas, embora conscientes de que lá já não há vida. Querem ser testemunhas da sua própria morte. A morte da terra é a morte da gente.

Sianga conhece apenas o descanso, o alimento e o repouso, e quando não dorme fica a contemplar o céu e a terra como se tivesse descoberto algo de precioso no descampado vazio da abóbada.

As crianças são água, são patos, não percebem nada — justificam os pais perante o homem que todos julgam destituído de razão. Os meninos, esses eternos foliões, encontraram no Sianga um motivo para zombarias e brincadeiras muitas vezes de mau gosto. Não são poucas vezes em que, de barriga cheia, se reúnem em conspiração, organizando um exército forte para violentar e macaquear o velho de rabo no chão.

Em grupos de três e quatro passam ao largo da casa, oferecendo ao Sianga uma saudação solene com a voz mais inocente do mundo. O velho não responde porque o rosto dos rapazes denuncia macaquice programada. Caminham lentos, tranquilos, como se seguissem para algum destino. Alcançada a zona de total segurança iniciam o ataque, lançando uma saraivada de provocações:

— Vovô Sianga, rabo amolgado do tamanho do chão.

— Pobre Sianga. Já não tens rabo, as formigas comeram-no de tanto colar-se à terra. Elas pensaram que estivesse abandonado.

— Sianga, descola o traseiro, olha a cobra, olha o cão que te vem morder, corre, descola o traseiro e foge.

— Vovô Sianga, rabo no chão.

Sianga fervilha sob os risos dos meninos, defendendo-se com injúrias, pragas, ameaças, tentando enxotá-los com palavrões fortes, atitude que só serve para alimentar a fogueira porque os marotos riem-se, gritam batendo palmas, disparando provocações ainda mais jocosas. A brincadeira atinge o clímax; Sianga levanta-se e como um cão enraivecido persegue o bando na intenção de agarrar um deles e administrar-lhe a merecida lição. Aí é que começa a maior algaraviada. A criançada abala hábil como pássaros em voo formando um enorme círculo com o Sianga aprisionado dentro dele. Uma nova provocação parte de um ponto do círculo; Sianga tenta apanhar o atrevido, em passos cambaios. Cai. É quando se levanta que escuta outra zombaria do lado oposto. Roda os calcanhares e tenta perseguir de novo, e nesse momento todo o grupo lança um ataque forte ao mesmo tempo. Grita e corre para todos os lados vociferando pesados insultos, meneando todo o corpo com gestos de raiva, e os meninos já em fuga gritam: o velho ainda está em forma, até corre, o rabo dele está inteiro, as formigas ainda não conseguiram devorá--lo; o fantasma está em movimento, quer morder-nos, salve-se quem puder.

As crianças são piores que as feras e causam-lhe tormentos. Vê-se à distância; pais e filhos são cúmplices da mesma trama porque se assim não é, por que é que os adultos se alheiam?

Os meninos desaparecem com os estômagos doloridos de tanto rir. Sianga regressa ao poiso, esbaforido. Grita com a mulher. Rebola na esteira vezes sem conta até que a calma o embala e adormece. Alguém o desperta.

— Irmão Sianga sempre a dormir em pleno sol. Vamos dar volta e queimar as desgraças tomando um trago.

Falando a verdade, Sianga bem necessita desse trago. A sua garrafinha esvaziara-se e os nervos secaram-lhe a garganta. Quer aceitar o convite, mas, num relance rápido, aprecia o aspecto do seu interlocutor, a aparência humilde, o corpo trajado em farrapos, as mãos calosas e cheias de cicatrizes. Formula logo um violento não. O convite é demasiado rústico para o seu paladar. Prefere passar sede a uma companhia asquerosa. Chama a mulher e ordena-lhe que vá comprar uma garrafa de aguardente.

— Sabes, irmão Sianga, a desgraça caiu na terra e vive dentro das tripas da gente. Se soubesse o que aconteceu ao compadre Dombissa!

— Se não sei? Sei de tudo, isso sei. Não é preciso que alguém me diga, adivinho, sou vidente. Sei de tudo o que aconteceu a esse desgraçado, mas isso não impede que me contes todos os pormenores.

Na verdade ele sabia de tudo porque Manuna, o seu filho preferido, passa as manhãs, as tardes e as noites namoriscando as raparigas da aldeia, fazendo companhia às viúvas e às mulheres solteiras. Recolhe novidades frescas e em primeira mão para entregá-las ao pai. No dia anterior, Sianga estivera com o compadre Dombissa com quem travou uma longa conversa, chamando-lhe a atenção para o perigo que corria a sua vida. Fazer corte à mulher do vizinho nas barbas de toda gente, para além de ser tabu é algo que dá azar. Pouco depois da conversa com o Dombissa viu o Joshua, o marido ofendido, caminhando com passos de fera ferida em direção à casa da comadre Mafuni, de certeza seguindo as pegadas do rival. Diz-se que depois de beber um pouco de aguardente, o suficiente para tirar a vergonha, Joshua lançou-se furiosamente sobre o Dombissa que, apanhado de surpresa, não teve outra alternativa senão socorrer-se da navalha e, encravando-a bem no peito do adversário, fê-lo viajar para o repouso eterno. Para aumentar a desgraça, na madrugada do dia seguinte o filho menor do assassino deu o último suspiro. Até já andam rumores de que o Dombissa será absolvido do crime que cometeu, uma vez que os defuntos fizeram já a justiça suprema. A morte do menino é a cobrança da dívida de sangue, pois se assim não fosse, a criança não teria morrido conforme testemunham os curandeiros.

O êxodo aumenta em Mananga, Sianga está bem informado sobre isso. O amor é uma fantasia inventada pelos homens, não existe e nunca existirá, isso é claro e evidente. No passado, os homens organizaram exércitos e mataram-se por amor à terra, em defesa do território, da soberania, e agora que a coitadinha já não tem nada, deu tudo o que tinha a dar, foi terrivelmente sugada, os homens abandonaram-na porque está na desgraça. Os mais fortes foram trabalhar nas minas das terras do Rand e um dia voltarão com motorizadas, bicicletas e roupas baratas para aliciar as mulheres da terra. As mulheres mais jovens foram para os subúrbios das cidades vender a sua honra em troca do pão, fazendo reviver, subtilmente, os antigos centros de prostituição já banidos pela lei. Sianga sente uma necessidade urgente de tomar uma decisão, não vá a sua filha Wusheni tomar desses caminhos vergonhosos. Ela é bonita, madura, e o casamento será a melhor solução para arrumá-la. É verdade que já não há homens válidos em Mananga, mas que importância tem isso? Pode até ser um velho, o que as mulheres precisam é de alguém que lhes garanta proteção e alimento. Da vida de toda a aldeia Sianga sabe, mesmo com o rabo colado à esteira. É vidente. O bom profeta não precisa de deslocar-se ao monte, porque este corre fluido aos seus pés, nos sonhos, nos devaneios.

Ultimamente Sianga já não permanece tanto tempo sentado, algo despertou a sua atenção. Levanta-se e dá passos lentos em redor da casa e dos campos. O cão magro é amigo, está satisfeito, vai ao encontro do dono abanando a cauda que lhe roça as velhas pernas. Sianga retribui a carícia enquanto o sorriso se vai desvanecendo à medida que a vista se perde na distância e abraça o alvo da cor da terra, uma figura de ouro negro que se move com gestos graciosos. Alguém o saúda.

— Hoje é um grande dia, é capaz de chover, compadre Sianga, finalmente te vejo em pé, mas o que fazes aí especado, de boca escancarada, babosa, de olhos esbugalhados, hipnotizados, o que vês daí, Sianga? Até parece que segues o rasto das borboletas, o que tem no ar? Já não chove, os pecadores expulsaram as nuvens, estão ausentes, distantes.

Sianga ignora o cumprimento e continua a navegar no espaço. Persegue os passos da filha que caminha despreocupada pelas matas apanhando cardos, flores e espigas de ervas. Imagina-a nua e sente os raios de sol que irradiam dentro dela. A preocupação despertou sentimentos novos no coração do velho que ultimamente se agita quando a menina se aproxima, Wusheni vai trazer a cabaça de água, vai guardar o meu frasco de rapé, agora vai buscá-lo. Desde quando se separa do milagroso frasco? Quando a menina vira as costas, acompanha atentamente os gestos dela, e quando vem e se ajoelha perante ele em sinal de respeito, espreita-lhe os bicos dos seios. Está madura, confirma, e sorri satisfeito enquanto passa a mão no fundo das calças como se quisesse ressuscitar um cadáver adormecido. Quando sente que a mulher o espia, disfarça, chama-a com autoridade e delira.

— Minosse, esposa minha, veja o andar gracioso da nossa filha. Ela é elegante, é bonita, não é?

— Ainda bem se é.

— Minosse, casaremos a nossa filha com um homem rico, poderoso, um homem de verdade. Vai ser com vacas das boas, o lobolo dela. Hei de oferecer-lhe um vestido de renda, bonito, finíssimo, verás.

— Estás louco, pai de Manuna, isso estás. Os homens de valor estão longe de Mananga, estás louco, sim. Deixa-me acabar de preparar a farinha, está bem?

Ela abandona-o e regressa à cozinha. Sianga acompanha-a com o olhar. Wusheni é a imagem da Minosse rejuvenescida. O mesmo andar, o mesmo sorrir, a mesma estatura, o mesmo busto. É bondosa como a mãe, bonita como a mãe, melhor que ela em Mananga não há. Lobolara a Minosse quase na adolescência mas só agora é que se apercebe da sua presença depois de tantos anos de coabitação. Houve razões para isso. Teve nove esposas; com exceção da Minosse, que era demasiado tímida, cada uma das oito mulheres lutava por parecer mais agradável do que as outras, e Minosse foi ficando para trás, despercebida. Sianga deixou-se prender pelos poderes mágicos da Teasse a quem a beleza não faltava e até sobrava, mas que não era meiga nem carinhosa e nem inspirava segurança interna. Sianga foi sempre um boneco de trapo destituído de todos os poderes nas mãos dessa mulher. Com a Minosse sente o contrário. É demasiado submissa e ele pode dar ordens e dominar.

A refeição está pronta. Sianga come-a desatento, quase que não lhe sente o sabor e ainda bem, porque está amarga e desagradável. Os olhos vagueiam na rua aguardando o regresso da menina. Quer vê-la a caminhar de frente, para medir bem a elegância dela e pesar o número de vacas com que se equilibra. Ela vem aí; o velho larga a colher e grita para a mulher:

— Minosse, vem cá depressa.

— Sim, pai.

— Minosse, a nossa filha vem aí. Não é bonita vista de frente? O caminhar dela, o gesto dela, não é de enlouquecer? Casaremos a nossa filha com um homem de bem.

— A velhice enlouquece-te, Sianga, pai de Manuna.

— Não, não estou louco. Tu eras assim como ela: bonita, meiga, agradável. Mas como é que só agora descobri isso? Já é tão tarde. Casaremos a nossa filha com um homem de bem, um homem com fortuna.

— Mas esse homem de onde virá, pai de Manuna?

— Não sei, mulher, mas pela Wusheni vou cobrar umas boas dúzias de vacas, isso é que vou. Ah, lembrei-me do Muianga. Ele tem o curral cheio, ah, isso tem. Dos bois dele vou comer bem e uma boa parte passará para o nosso curral, mulher, faremos um bom negócio.

— O Muianga? Estás louco de verdade. Esse homem está mais velho que um cadáver, que felicidade poderá dar à nossa filha, Deus do céu?

— Estás a chorar? Por mais que chores, digo-te, esse lobolo será feito, e Wusheni será a quinta esposa desse velho e, com o dinheiro que ele trouxer, irei lobolar outra mulher mais jovem e mais bela que tu, minha velha, verás.

Minosse quis argumentar, mas a aproximação da filha eliminou os seus intentos. Disfarça a preocupação dizendo à filha qualquer coisa sem sentido, mas esta entende que era dela que falavam. Rodou os calcanhares em direção à cozinha deixando pai e filha em conferência.

Sianga regressa às suas loucuras. Agora a preocupação centra-se nas vacas, e a felicidade da filha já está longe das suas intenções. Pensa e repensa na melhor forma de levar avante os seus planos. O Muianga vai agradecer a oferta e até chegará a ponto de oferecer o que não lhe for exigido.

6.

O pôr do sol chegou, as ruas conhecem uma nova movimentação. São as comadres no limiar do quintal pronunciando mil despedidas sempre adiadas pelo início de uma nova conversa; são os meninos que interrompem o jogo porque a noite vem aí; uns vão e outros voltam da recolha dos cabritos, o universo é musicado, os pássaros fazem a sua despedida solene. Os homens caminham em sentido contrário ao da habitação, vão a casa da tia Mafini entregar a moeda que resta no fundo do bolso e comprar o esquecimento, o entardecer convida para um copo. Enquanto se conversa com os amigos desabafando as angústias, serenando o espírito, talvez consigam angariar alguma energia para uma noite de amor. As vozes alternadas dos bichos da aldeia entrecruzam-se em todos os cantos abafando os ruídos dos homens. Chegou a hora do repouso, a terra traja uma cor de sono.

Dambuza vai ao encontro da Wusheni. Tem o coração cheio de alegria e canta. O sol adormeceu de novo, nesta noite não haverá lua, as estrelas brilharão com maior intensidade. Na penumbra do anoitecer os meus olhos vão embriagar-se com os contornos do teu corpo enquanto te despes ao sabor da melodia do meu canto. Nesta noite seremos apenas dois. Como no dia da criação eu serei "Licalaumba" porque tenho a concha bem acesa no meu peito e tu minha "Nsilamboa", a primeira e única mulher no universo da nossa tribo.

Vamos vaguear no caminho, vaga-lumes no esplendor dos campos enegrecidos pela noite, nas sombras medonhas das figueiras, porque seremos os únicos habitantes da Terra. Vem, coração, as cigarras oferecem-nos esta música de paz. Encontram-se. Wusheni ergue os braços, duas asas negras balançando nas nuvens. Dambuza levanta-a, fardo leve, doce, precioso.

— Wusheni, Wusheni, Wusheni.

Poisa na palha o fardinho leve, o braço é forte, violento. Mil vezes rebolam no chão numa saudação de fúria, são duas cobras em peleja mortal. Depois da saudação brutal, violenta, a conversa amena, melódica.

— Wusheni significa aurora, deve ser por isso que és a minha luz. Onde tens andado, sol da minha vida?

— Pela casa, pelas ruas, pelos montes, pela terra seca. E tu, o que tens feito?

— O mesmo que tu, aguardando pela chegada de melhores dias. Que novidades me trazes esta tarde?

— Muitas.

— Conta-me.

— A primeira é esta: o meu pai vai dirigir os grandes cerimoniais do mbelele. Este povo distinto perdeu o uso da razão. Como é que podem confiar um trabalho dessa envergadura a um tonto? Se visse a movimentação que há naquela casa; de manhã ao pôr do sol há gente a entrar e a sair, levam para lá galinhas, mandioca, milho, há um que até trouxe cabritos. Não sei o que é aquilo, mas dizem que estão a preparar a tal cerimónia. No fim da semana serão as grandes celebrações. Virás?

— Eu? Acho que não sou convidado. Essas coisas são para os deuses de Mananga. Eu aqui sou um refugiado, um estrangeiro ao vosso clã. Os meus defuntos repousam em terras distantes.

— Dambuza, o que aqui conta é a solidariedade. Todos os habitantes, mesmo os estrangeiros, devem dar o seu voto. A desgraça é grande, olha para os campos.

A paisagem moribunda abre-se ao desfile. As árvores meigas e mansas exibiam os ramos desnudos. A canção do vento e o cair ininterrupto das folhas é o mais triste de todos os anoiteceres. As aves notívagas nos cotos dos ramos em voos tristes não encontram uma copa coberta para construir os seus ninhos. Não é nessa época do ano que as folhas caducam. A morte das árvores vaticina a morte dos homens.

— É verdade, Wusheni. Eu entendo a desgraça do mundo porque vivi sempre nela. Mesmo assim, não irei às cerimónias. Os defuntos não se zangarão com a minha ausência, de resto nunca quiseram saber de mim.

— Dambuza, é preciso respeitar os mortos.

— Os vivos e os mortos estão ausentes do meu mundo. Respeito apenas os animais porque também me respeitam.

— Blasfesmas contra as divindades. Não te protegerão dos grandes males.

— A mim nem o diabo protege. Vivo nas tocas mais escuras que as das toupeiras, num subterrâneo em pleno sol. Não acredito em espíritos nem em defuntos.

— Ao menos acreditas em Deus? Eu creio. Deus é bom, Dambuza.

— Para mim não.

— Deus castiga a quem não crê.

— Isso é evidente. A mim castigou sempre.

Wusheni baixa os olhos aborrecida, surpreendida, não conhecia essa face do seu homem. Os nervos fizeram um nó na garganta e não consegue articular uma só palavra. Os músculos em tensão incitam-na à fúria. Descarrega toda a frustração sobre as ervas ao acaso, tira-lhes a vida separando-as da terra.

— Não era meu desejo ofender-te, minha Wusheni. Eu gostaria de acreditar na vida como todos os homens, mas como posso fazê-lo no meio de uma completa desproteção, tão abandonado e tão só? Wusheni, dá-me a tua mão, dá-me alicerces, ajuda-me a ter fé.

— Então, virás à cerimónia? Virás, Dambuza?

— Virei, sim, mas por ti. Continuo a não acreditar nessa história. Durante todos os anos da minha existência nunca ouvi dizer que um homem desviou o caminho do sol. Se esse mbelele resultar, prometo que serei o mais crente de todos os crentes.

A escuridão avança atingindo severamente todas as coisas. As estrelas mais vivas do que nunca agrupam-se em constelações. Mantêm uma conversa animada, o que se adivinha pela força de cintilação. Wusheni inveja-as. Como as pedras, como os montes, como a areia, elas são felizes, não dependem dos ventos nem da chuva. Não têm pai, nem rei, para fazer ajustes de contas. São indiferentes à vida e à morte.

— Wusheni, sinto que sou a razão da tua tristeza esta noite. A minha conversa ofendeu-te, não foi?

— Ah, o problema está comigo, Dambuza, está comigo. Passam-se coisas estranhas na minha vida.

— Diz-me, diz-me o que se passa, o que te atormenta. Será que te poderei ajudar?

— Lá em casa a vida corre mal. O meu pai embriaga-se todos os dias e agride a minha mãe. Diz que vai lobolar outra mulher e já nomeou oficiais para tratarem disso. Pressinto que uma desgraça está para acontecer. A minha mãe confessou-me que o seu maior desejo é ver-me afastada dali e eu ainda não entendi por quê.

— E tu o que pensas, Wusheni?

— O mesmo que a minha mãe. O velho tem algumas intenções a meu respeito e não deve ser nada de bom, venho notando isso há bastante tempo. Ele persegue todos os meus passos, espia-me. Receio que ele descubra algo de anormal em mim, estou desesperada, não sei o que vai acontecer.

— Mas que coisa anormal, vamos, diz-me.

Ela solta um queixume pesado, doloroso. Morde os lábios, baixa a cabeça.

— Não há nada de anormal, penso, o problema é que eu… eu… não estou bem de saúde. Tu… tu deixaste-me grávida, Dambuza, eu tenho medo.

— Mas… mas por que não me disseste isso logo, por quê? Por que retardaste a minha felicidade? Que boa notícia me trazes, hoje, sou um homem feliz, agora.

Era a sua vez de ficar com a garganta apertada, engasgada como em todos os momentos em que engolimos com avidez o que sempre desejamos saborear. O cérebro do rapaz é fortemente atingido por uma tempestade de emoção.

— Wusheni, terás orgulho do teu homem, juro-te. Farei de ti a mais feliz das mulheres. Ah, que o sol tarda a nascer para começarmos a edificar o nosso lar.

— Vai ser um rapaz e terá o nome do teu pai.

— Eu nunca tive pai, Wusheni. Será uma menina, eu quero que assim seja, ela terá o nome da minha mãe.

— Dambuza, o meu pai tem intenções de casar-me à força com um homem dos seus interesses. Eu não quero esperar que isso aconteça.

— Entendo. Não tenho ainda o meu abrigo. Deixa-me antes construir uma palhota, por mais miserável que seja. Em breve virei te buscar.

73

— Não, leva-me agora. Caminharei contigo pelos campos, viverei contigo em qualquer lugar, em qualquer condição.

— Está bem. Nesta mesma noite falarei com a tia Sigaule. Sim. Amanhã, a esta hora, estaremos juntos para sempre.

Os pombos constroem os ninhos nos ramos que lhes agradam. Os bichos da selva escolhem o parceiro que lhes agrada, que amam, reproduzem as suas crias em liberdade e felicidade. Os lagartos são livres; desovam onde lhes convém e partem. As vacas no curral não têm a mesma sorte. As galinhas, as cabras, as porcas também não. A estas, o macho é imposto, goste ou não goste, cumpre-se a vontade do dono. Com as mulheres é assim mesmo.

Durante todo o dia Wusheni suporta os gritos da mãe transmitindo-lhe ordens: arruma a casa porque no fim do dia teremos visitas. Não sai de casa porque teremos visitas. Prepara a comida porque teremos visitas, e, quando chegar a tarde lava-te, penteia o cabelo, esfrega os dentes e traja-te de conveniência porque teremos visitas. Este é um dia muito especial para ti, Wusheni.

Os familiares chegam na frescura da tarde com uma pontualidade exagerada. Os não convidados também se apresentam reclamando o seu direito de família. Estão todos apinhados na palhota quente. Para alegrar o encontro, iluminam os rostos murchos arrastando conversas que são autênticos arrepios de fome. Todos aguardam ansiosamente o grande momento das negociações do lobolo, pois no fim será servida a cada um dos presentes uma tigela de milho e carne.

Wusheni sente-se leve, agradável com a sua figura trajada de fresco cheirando a sabão e cânfora. Avaliando a boa disposição dos presentes, conclui que aquela reunião acabará numa catástrofe, pois está decidida a dizer não a todas as propostas. Depois virão as cenas de pancadaria, insultos, gritos, lágrimas, o socorro da vizinhança alvoroçada, comentários e má-língua das comadres no dia seguinte, as intrigas e o resto. Esses pensamentos abalam-na provocando-lhe arrepios e mal-estar. O corpo encharca-se de suor. Pelas paredes falhas do abrigo consegue identificar o céu onde a noite se adensa e as estrelas mais atrevidas já se põem à espreita. É a hora marcada para o encontro com o Dambuza no esconderijo dos sonhos. Mas a mãe disse para não sair de casa. Se pudesse, fugiria com asas de pássaro; se pudesse, comunicar-se-ia à distância como os seres dotados de poderes telepáticos ou tocaria um tambor emitindo uma mensagem sonora para que ela e ele partilhassem as torturas a que a vida os condena. Vou aguentar esta tortura porque será a última. O meu pai vem aí e em breve saberá que eu sou mulher e amo o homem mais extraordinário deste mundo.

As conversas interrompem-se e tudo cai no silêncio. Os cães ladram lá fora, o vento sopra, os galos cantam, Wusheni enerva-se e Minosse acende a luz da fogueira. O chiar aflitivo de um rato ouve-se de um canto subterrâneo, deve ser o macho a agredir a fêmea e, quem sabe, talvez seja a cria que não aceita o macho imposto ou cometeu qualquer outra imprudência. Um ratinho deixa aparecer a cabeça no limiar do esconderijo. Assusta-se. Regressa ao buraco e ouvem-se novos chios. O pobrezinho ergue a cabeça de novo, hesita, vence a timidez, salta e corre em direção à porta, mas a tia Rosi lança a pesada mão, asfixia-o, recolhe-o carinhosamente para o cestinho de palha e suspira: ah, meu pequenino, ficas aqui para um petisco.

As conversas reacendem para queimar o tempo, o chefe da família não se decide a iniciar a conversa, dá voltas e mais voltas no quintal, talvez espere por mais alguém. As vozes crescem, reduzem-se, voltam a crescer. Sianga entra e tudo cai no silêncio. Descerra os lábios, lança o cumprimento no ar, despregueia o rosto exibindo, num sorriso ímpar, os dentes falhos e sujos de rapé como pedras talhadas sem habilidade. Senta-se. Leva minutos intermináveis a sorver o inseparável rapé. Dirige aos presentes palavras apressadas para as quais não aguarda resposta.

— Saúde para todos, aqui a vida vai bem, muito obrigado; ouvi dizer que a netinha da Sigaule está doente, como está agora, comadre? Comadre Maria os meus pêsames pelo sucedido. A minha família está na paz de Deus, ahêe... Agradeço a vossa presença. Chamei-vos para um assunto importante. Aproveito a presença de todos para ser porta-voz dos meus filhos. Eles despedem-se porque em breve partirão para a África do Sul. Vão emigrar à procura de sustento, a vida aqui já não tem futuro. As esposas vão ficar na nossa companhia. Bem, o que nos reúne aqui é minha Wusheni.

Faz uma pausa. A voz de Sianga é uma verdadeira punhalada no peito da filha. Ela remexe-se inquieta como quem se prepara para a guerra. O mal-estar ataca-lhe os intestinos e o estômago, provocando-lhe náuseas. Levanta-se e corre para o mato. Vomita. Regressa ao seu poiso com passos trémulos. Senta-se.

— A minha Wusheni está madura, está bela. Está na altura de produzir frutos. Chegou a altura da colheita, de receber a minha recompensa e o preço de todas as canseiras que suportamos pelo seu crescimento. O compadre Muianga pede-lhe a mão, eu consinto. Estamos aqui para falar do lobolo. Ele é um dos grandes homens desta terra, e em sua casa o milho não falta. Minha Wusheni, nas mãos desse homem não passarás fome.

— Eu não quero esse homem nem outro qualquer.

— Mas quem te pediu opinião, moça? Enlouqueceste? Aqui quem decide sou eu, sou o chefe da família, não sou?

— Pai, eu nunca viverei com esse homem.

— Com quem queres viver então?

— Com o homem mais maravilhoso deste mundo, que todos desprezam e eu adoro. Ele é pobre, é forte e é bom.

— É o Dambuza com certeza. O que viste tu nesse cão?

— Ele é homem e eu sou mulher, não basta?

— Prostituta, desvergonhada. Os tempos são maus, a juventude de hoje é desgraçada, onde é que se ouviu isso da boca de uma filha? Onde já se viu tanta desgraça? Casarás com Muianga, eu é que decido.

— Que me torturem, que me matem, com esse homem não viverei um só instante.

Sianga levanta-se, atravessa o umbral da porta com passos que trituram o chão. Berra, insulta, gesticula. Haverá pancadaria dentro de instantes. Sorve um pouco de ar puro e grita para o interior da palhota.

— Irmã Rosi, tu entendes esse ofício. Trata de convencer essa cabra enquanto tomo um pouco de rapé. Que os homens se retirem por algum tempo.

A tia esforça-se por ganhar a parte da recompensa que lhe caberá no desfecho do caso. As esposas do Júlio e André desempenham bem o seu papel e só a velha Minosse é que permanece muda. Minosse e Muianga conheceram-se na intimidade. Para resolver alguns problemas, ela vendeu-lhe amor em troca de milho. Mas está mesmo à vista que o tipo é um grande cretino, isso é verdade. O desgraçado dormiu com a mãe, agora quer a filha, mas onde está a moral que nos legaram os nossos antepassados?

— Minha filha — diz tia Rosi —, os velhos são bons amantes. Com o Muianga terás tudo de bom e de melhor: vestidos de renda, sapatos e ainda terás alimentos para dar à tua mãe.

— Não quero, já disse.

Sianga ouve tudo e não está disposto a perder o jogo. Os bois do Muianga há de comê-los e bem. Entra na palhota de rompante e grita:

— Se as boas maneiras não convencem, há métodos mais eficazes. Manuna, mostra-lhe a lei. Não vale a pena machucá-la, lava-lhe apenas a cabeça.

Manuna ergue-se num salto e coloca-se diante de Wusheni oferecendo-lhe um sorriso malicioso. Pega-lhe pelo pulso erguendo-a com a força de ferro. Sente-se feliz. O amor à violência fora adquirido nas pastagens onde os rapazes desenvolvem a autodefesa e o valor dos homens se mede pela força dos punhos. Vem o espetáculo da pancadaria com todo o seu cortejo de gritos, insultos e curiosidade da vizinhança. O mesmo de sempre, só que dessa vez a coisa é mais violenta. Wusheni reage com uivos aos golpes infernais desferidos pelo próprio irmão. A cabeça enche-se de ruídos e as estrelas começam a girar com maior velocidade. Desmaia. Vem nova onda de gritos, dessa vez soltados por Manuna.

— Wusheni, acorda, meu Deus, matei a minha irmã!

A vizinhança acode. Há um momento de silêncio e expectativa. Nova vaga de murmúrios, lamentos, comentários, conselhos, confusão. Wusheni recobra os sentidos. Há outros gritos para acalmar as mulheres que choram em coro no interior da palhota. Maldição! Mesmo no delírio da reanimação, Wusheni repudia o marido proposto. Está tudo estragado, os donos da casa já não vão servir o jantar. A noite cresce e com ela o silêncio. Wusheni geme e chora. Está no seu quarto a receber os cuidados da tia Rosi que vela por ela. As feridas sangram demasiado, mas está fora de perigo. Minosse está triste, mas satisfeita. A ideia de ver a filha casada com aquele fardo velho repugnava-lhe.

— Minha filha, não deves ser assim teimosa. O Sianga é mau e qualquer dia mata-te.

— Eu desejo morrer.

— Estás doida, enfeitiçaram-te. Logo que o sol nascer irei

consultar os ossos, isto aqui não é normal, tenho que saber o que se passa, há feitiço aqui.

Wusheni geme. As feridas abertas provocam-lhe dores. Chora. Delira.

— Mãe, tia Rosi, ah!

— O que é?

— Estou grávida.

— De verdade?

Minosse fica radiante. A existência de uma vida no ventre da única filha coloca de lado todos os preconceitos que tem sobre a origem do homem que a engravidou. Todas as possibilidades estavam vedadas ao Muianga, esse cretino. A tia Rosi cai fulminada. O jogo está perdido.

— E ele já sabe disso?

— Sim.

— E o que diz ele?

— Está feliz.

— Também estou. Não se pode fugir do destino. Os defuntos assim o quiseram. Receba a minha bênção. Que o todo-poderoso guie o teu caminho. O teu pai é mau, mas tem coração, vai compreender.

— Outra coisa, mãe, vou partir para juntar-me ao homem do meu destino.

— Vá com os deuses, minha filha, que os defuntos te protejam.

Sianga, que rondava a palhota e escutava a conversa, abriu a porta baixa e entrou.

— Ouvi tudo. Ah, mas como é triste o dia de hoje. Tive uma filha que acabou de morrer agora. Segue o teu caminho já, na certeza de que morreste no coração do teu pai. Estou desgraçado, a vida entristece-me. Adeus.

7.

O conselho supremo já foi eleito pelo povo. Está erguido o templo dos espíritos onde irão decorrer as sessões magnas, porque o anterior fora devorado pelo fogo nas campanhas antiobscurantistas. É lá que decorre a reunião preliminar à recepção na mesa do Grande Espírito.

Sianga é o chefe do conselho. Como nos velhos tempos, ocupa o posto do poder, sentado na sua cadeira de braços acolchoada de peles de leopardo. Já não precisa de fazer esforços para atrair a atenção porque é de novo o centro do mundo. Olha os presentes com solenidade de coruja, para demonstrar-se inteligente, profundo, usando uma linguagem complexa mesmo nos casos mais simples.

A reunião começa. Sianga recebe a cabaça de água das mãos da tia Rosi, ajudante de culto, e sorve-a enchendo as bochechas. Expele-a em seguida num gesto ritual. Molha as mãos sacudindo as gotas de água que salpicam o rosto dos presentes enquanto murmura frases imperceptíveis. Depois profere a prece da abertura.

— O galo cantou, a luz rasga as cortinas da noite, tudo se esclarece. Deuses, vós sois a vida e a morte. A vingança trouxe os filhos à razão e por isso vos agradeço.

Há silêncio e fervor nos espíritos dos presentes. Há lágrimas e expectativas nos olhos dos ausentes. É o ventre que se rasga no princípio da vida. Há culunguanas, há sorrisos, há esperança, Sianga fala, na linguagem dos homens, das desgraças e aspirações dos homens, e parece ser solidário com o sofrimento dos homens.

— Defuntos, recebemos o prémio dos nossos insultos. Imploramos perdão. Escutai os nossos lamentos. Restabelecei a paz connosco e convosco, poupai-nos a maiores desgostos, são graves as hecatombes que caíram sobre nós.

A voz de Sianga é grave, é melódica, tem o ritmo do tumulto do sangue. O som abafado do bater das palmas saudando os defuntos tem o ritmo excitado dos corações em êxtase.

— Siavuma!

— Pelos filhos que sofrem, imploramos perdão.

— Siavuma!

Em resposta, todas as cabeças se curvam, e o som oco, abafado, escoa das palmas das mãos.

A reunião começa. O nervosismo aumenta. É chegado o momento por todos esperado. A vaga de silêncio ataca a sala e todos os olhos convergem numa só imagem. Sianga gera um momento de *suspense*; primeiro toma o seu rapé. Abre o frasco. Fecha o frasco. Aspira a sua pitada e já saciado ergue a voz.

— Adivinhos e curandeiros: vós sois os conhecedores dos mistérios da vida e da morte. Digam: que maiores desgraças ainda nos esperam? Que caminhos nos indicam os defuntos? Haverá ainda alguma esperança? Dizei-nos se o mbelele terá sucesso. Tomai a palavra. Mungoni, és o mais célebre de todos os adivinhos e o povo te venera, por isso elegemos-te para abrir esta sessão. Mostra-nos agora o teu valor.

Mungoni prepara os seus materiais e espalha os ossos divinatórios na pele de cabra. Olha atentamente para a disposição com que os ossos caíram, concentra-se neles profundamente, demoradamente. Exibe uma expressão grave que arrepia todos os observadores.

— Fala, homem, diz alguma coisa. És famoso e por alguma razão o povo te venera.

— As conchas aprisionam os sorrisos, as tartarugas recolhem aos abrigos e os sóis escondem-se no ventre do mar. Há conspiração na alma dos mortos.

— Isso não é verdade — sentencia Sianga. — Os antepassados nunca se calam perante a desgraça dos seus protegidos. Pergunta aos ossos o que os defuntos pretendem.

— Jamais responderão.

— Talvez aceitem a vítima negra.

— Nada resolverá.

— E se derramarmos sangue virgem?

— É impraticável nos tempos que correm.

— Estou desapontado — vocifera Sianga gesticulando com aborrecimento —, os teus ossos para nada servem. Enganas o povo, Mungoni.

— A mensagem da vida não reside apenas nos ossos — disse Munguni. — Olhai o Céu e a Terra. Há uma mancha de sangue à volta do sol no parto de cada manhã. A direção dos ventos tem um segredo. Há nova cor nas asas das cigarras.

— E daí?

— As maiores desgraças estão a caminho.

— Que mais nos dizes?

— Nada.

— Tempo perdido. Passemos para outro adivinho. Os su-

82

cessores de Mungoni sentem-se acanhados. É uma questão de prudência, ninguém tem coragem suficiente para discordar do mais célebre de todos os adivinhos.

Chegou a vez do Nguenha, famoso pela vigarice. Tem com o Munguni uma dívida antiga. O aparecimento deste na sociedade dos adivinhos roubou-lhe os clientes. Desejara vingar-se do seu rival, nunca tendo surgido uma oportunidade para um ajuste de contas. O grande momento chegou, e Nguenha dispõe-se a jogar tudo o que está ao seu alcance para destruir a reputação do outro.

Nguenha entra em ação. Segura os ossos enquanto vai invocando os defuntos.

— Espíritos dos Nguenha e dos Quive, acudi-nos, estamos aqui reunidos em nome do sofrimento, as chuvas não caem, passamos fome, dizei-nos, avós, o que é que está errado, o que estará errado, digam?

Lança os ossos. Num gesto cerimonioso pega na varinha mágica e apontando inicia o discurso espetacular.

— A coisa vai mal, *danger, danger*. Olha aqui: um monstro enorme. É uma velha feiticeira com cabeça de serpente de asas largas e braços muito compridos. A coisa está feia, a coisa está feia, maiwê, *be careful*. Cobra aqui, cobra acolá, *very bad*! Pata de vaca aqui, hiena atrás, siabamba, siabamba, ah, sim, siabamba.

O discurso do Nguenha é rápido como a marcha do vento; exibe tonalidades ondulantes intercaladas de assobios, espirros, grunhidos, suspiros. Serpenteia a cabeça ao ritmo do seu discurso numa algaraviada de idiomas adocicada por palavras estrangeiras que de certeza foram aprendidas nos subterrâneos do Rand. Faz uma pausa; move o tronco magro aconchegando o traseiro ao chão. O rosto exibe uma expressão de loucura absoluta.

Os membros do conselho franzem as testas, entreolham-se na procura de uma explicação. Não entendiam nada daquela geringonça. Como os outros, Sianga não percebe nada. Mesmo assim, abana a cabeça afirmativamente e aplaude.

— Isso mesmo, isso mesmo, continua.

— Ahêê, aqui está a verdade. Os defuntos nunca conspiram em silêncio perante a desgraça dos filhos. Ossos em círculo, conchas marinhas ao norte, isoladas, vidas no poente, ossos de mamba ao nascente, galo aqui, galinha ali, ossos de macho sobre fêmea, cobras, cobras, há prostituição aqui. Mas onde estão as sementes de abóbora que o sol não viu? E o sangue que as cabaças não colheram? Aqui está dito. O mal está dentro delas.

Nova pausa. Nguenha espia o rosto atónito de todos e a atitude do régulo dá-lhe a certeza da vitória. A vingança contra o Mungoni está quase ganha. Sianga aplaude de novo.

— Siavuma, siavuma, bateu certo, este adivinho é um mestre!

O discurso recomeça mais enérgico, revitalizado pelas palavras do chefe.

— Xingumbungumbo persegue, vidas em suplício, risos de conchas beijando o chão. No meio da morte há uma clareira para o nascente, sim, sim haverá recompensa. Na boca da palhota descansa um peixe enorme de cabeça dourada e escamas prateadas, é certo, haverá recompensa.

As adivinhas estão terminadas. Nguenha ergue a voz altiva piscando os olhos de troça.

— Que me dizem a isto, digníssimos membros do conselho?

— Não entendemos nada — rugem as vozes em revolta.

— Com que então não entenderam, hem? Que ignorantes — interveio o antigo régulo —, com certeza, a linguagem do Nguenha é especial, técnica, inacessível, só entendida por peritos na matéria, como eu, por exemplo. Mas tudo tem a sua lógica. O negro surgiu dos pântanos e os Nguenha nele residem. É por essa razão que o Nguenha, nosso grande adivinho, domina o conhecimento da vida. Este adivinho é um mestre, bravo!

Sianga aplaude com vigorosas palmas. Os restantes membros do conselho, embora humilhados e revoltados, fazem o mesmo. Os tímpanos, e as paredes da palhota, sentem-se abalados com a violência dos aplausos.

Nguenha sente-se vingado. Os seus ossos disseram a verdade. Algumas vezes a verdade é tudo o que é dito para agradar o rei.

Vieram as discussões efusivas e as decisões impostas. A seca é um castigo supremo, o povo confirma. Os pecados dos homens é que afugentaram as nuvens e estas afastaram-se desnudando o céu.

Foi decidida a purificação da terra, da gente e de todas as coisas. Criou-se um tribunal para julgar todos os violadores da lei e realizar a consequente purificação. Todos concordaram que os feiticeiros seriam julgados e humilhados em público. Silenciaram-se todos os batuques e foram encerradas todas as bangas. Homem e mulher não podem dormir na mesma esteira. Ingerir alimentos com sangue na semana sagrada é proibido, aumenta a fúria dos deuses.

O tribunal estreou-se com o julgamento das mulheres. Quer as velhas quer as jovens sofreram um julgamento dramático. Havia argumentos de sobra: a mulher é a causa de todos os males do mundo; é do seu ventre que nascem os feiticeiros, as prostitutas. É por elas que os homens perdem a razão. É o sangue impuro por elas espalhado que faz fugir as nuvens, aumentando a fúria do sol. Os juízes instigados pelos homens do Sianga flagelam impiedosos as mulheres desprotegidas.

Dos ventres fecundos da Mananga germinaram sementes. Onde estão as flores que o sol não viu? Onde é que foram enterrados os rebentos dos homens, semeados com os ideais da multiplicação da vida? A vossa maldade abafou-os. O sangue desses inocentes clama por vingança, expulsa os ventos que trazem as nuvens e a chuva. Onde foi enterrado o fruto dos vossos crimes, vergonha de todas as mães do mundo? Os vossos pecados infestaram os poços, poluindo as ruas, minando as machambas, as casas e todos os lares. A chuva não cai, mulheres, a culpa está convosco. Ide aos lugares escondidos, às sombras das árvores, às ruas e desenterrai com as vossas mãos os frutos da vossa vergonha. Trazei os ossos dos recém-nascidos por vós assassinados, os trapos do sangue imundo e todos os vestígios do crime para que tenham o tratamento apropriado e sejam enterrados em terra húmida, pois, se não o fizerem, a desgraça cairá sobre vós, os vossos filhos e todos os habitantes de Mananga.

E tu, Sigaule? Já não tens marido, o que fizeste dele? Onde estão os vossos maridos todas as Sigaules de Mananga? Confessa que mataste o teu homem e comeste-o: do crânio do malogrado fizeste uma tigela para servires banquetes macabros com que te refastelas nas noites de lua com o teu bando de corujas. Dos seus olhos fizeste faróis da noite para fulminar as vítimas; do nariz fizeste o búzio para com ele chamar as tuas parceiras; dos dedos e das unhas fizeste as garras com que apanhas novas presas, Sigaule, confessa que és feiticeira. Se não confessas, o tribunal condena-te à morte por enforcamento.

— Se o dizem é porque é. A verdade é o que sai da boca do rei. Sei apenas que o meu marido deixou o mundo legando-me como herança este grande desgosto no peito. Hoje não tenho quem me defenda. A força está do vosso lado e a minha vida nas vossas mãos. Fazei de mim o que os deuses ordenarem.

— Já confessou, já confessou. Deve pedir perdão aos defuntos para que restituam a vida ao morto. Amanhã, antes de nascer o sol, que traga uma porção de milho, mandioca, amendoim e uma cabra malhada das mais gordas para que o tribunal a absolva e a purifique.

Mulheres rebeldes; por que não responderam ao chamamento quando o tribunal as convocou?

— Eu não posso participar no mbelele, o meu marido não me deixa.

— Eu também não posso, sou professora. Com que respeito o povo me confiará a educação dos filhos depois de me ver nua a cantar, a correr como louca e a revolver sepulturas?

— Para mim é uma questão de fé. Que a seca é um castigo supremo, isso sim, mas a chuva é uma ação de graças da Divina Providência. O mbelele é contra os princípios da fé cristã.

Os tempos mudaram, isso é evidente. Apesar da repressão, algumas mulheres não aceitam participar em tão complicado ritual. Das suas bocas chovem pretextos. O tribunal tira proveito da situação.

— Tendes as vossas razões, jovens, razões bastante plausíveis. Trazei cada uma de vós uma galinha, seis ovos, uma peneira de milho para que os defuntos aceitem a vossa abstenção. Se não o fizerem, os defuntos revoltar-se-ão, e nós, deitadores de sorte, rogaremos pragas e deitaremos sobre vós os azares de todos aqueles a quem purificamos para que caiam sobre vós todas as desgraças do mundo.

— Sr. Nduna, senhores juízes, venho denunciar o meu marido. Nesta semana tão sagrada ele ousou dormir na minha esteira. Foi mesmo nesta última noite, obrigando-me a desrespeitar e violar todos os princípios.

— O meu marido também, senhores juízes. Passou a tarde

de ontem bebendo sura e quando chegou a noite quis dormir na minha esteira. Como eu recuasse, agrediu-me aos gritos, pontapés, vejam, vejam estes arranhões que tenho no pescoço, estas chagas nas costas, vejam, eu não estou a mentir. Eu suportei tudo, mas não caí na conversa dele.

— Bravo, bravo, aqui estão as mulheres de coragem. Muito bem. Vieram até aqui denunciar os vossos maridos. Qual a contribuição por vós dada no sentido de evitar estes desvios?

— !?...

— Nada fizeram, bem se vê. Deixaram-nos desencaminhar-se, dormiram convosco, sentiram prazer, agora querem colocar as culpas nos ombros dos coitados? Aceitem vossa parte da culpa, pois o tribunal condena-vos a vós e aos vossos maridos. Trazei cada uma de vós uma galinha para pedir perdão aos mortos.

— De que nos acusam? Os homens é que mandam, nós fomos loboladas para satisfazer todos os seus desejos.

— Aceitam, porque a culpa também é vossa. Trazei as galinhas e serão purificadas.

A natureza satisfaz os seus caprichos macabros, nenhum ser é senhor de si. O sol vai e vem, a terra é uma caldeira com o negro assando-se dentro dela. Os homens não aceitam a indiferença dos deuses e tentam despertá-los do sono secular sacudindo-os com rezas, rituais, batucadas, sangue de galo e de cabrito cujas carnes tenras acabam nos estômagos dos que possuem garras e dentes. Há rumores nas ruas a qualquer hora do dia e da noite. São os homens que vão e voltam dos tribunais; são mulheres que partem para a limpeza da terra, regressando com as mãos conspurcadas de tanto esgaravatar à procura dos vestígios dos seus crimes. Há arrependimento, há pureza, há santidade no coração de todos. Há também querelas ligeiras e graves no espaço delimitado pelo círculo de cada palhota. É o homem que exige o milho para a purificação e a mulher que o esconde. É a mãe que leva as cabras para o sacrifício dos mortos e o filho que impede. E a criança não participa na algazarra porque não lhe é permitido, apenas oferece aos adultos olhares interrogativos quando vê desaparecer o último pedaço de alimento sem qualquer explicação.

Os velhotes mergulham na balbúrdia numa participação passiva. Descansam nas sombras sorvendo a pinga, puxando agradáveis fumaças da ponta do xicaucau. Estão cheios de contentamento, as novas gerações regressam às antigas tradições, mas a espoliação de que o povo é vítima pelos capangas do Sianga deixa-lhes os corações oprimidos. A interrogação é permanente: esses homens estão de facto a lutar pela salvação do povo ou simplesmente a resolver o problema pessoal do seu estômago? Ah, novas gerações, malditos sejam. A chuva não cairá de certeza, é tanta a maldade que se faz. Por outro lado, talvez seja um sacrifício necessário, talvez os deuses o tenham assim ordenado. Em conversas esmorecidas, os velhotes lamentam a sorte dos novos, a destruição do clã, da cultura e da tradição que com a fome afundará na mesma barca que eles.

A idade muda os gostos dos homens. Os velhos falam da morte com paixão e ânsia, e a morte, sabendo-se desejada, aproxima-se, vem a caminho. Com os mais novos a luta é contrária. Estão empenhados numa guerra sem tréguas contra esse invencível rei dos terrores. Seguram-se ao alicerce da fé que gera a esperança e rezam perdidamente, embora conscientes de que a verdadeira fé é o sacrifício do homem. Mas que alternativa tomar se no corpo e na alma não resta o mínimo de energia para o sacrifício da vida?

O povo teme a morte. Mas qual a razão desse temor se o negro quando morre passa à categoria de deus e defunto venerado?

O povo de Mananga não teme a morte, mas ama a vida e não quer perdê-la. A vida é a dádiva mais sagrada de todos os seres. No momento de agonia ou de alegria mais nos aconchegamos a ela sussurrando-lhe ao ouvido este belo poema:

Vida,
apesar das amarguras
eu amo-te
com as tuas delícias e malícias
adoro-te.

8.

Sábado. Penúltimo dia da semana sagrada. As mulheres acordam mais cedo que os galos. Há grande azáfama e todo mundo se move em Mananga.

Querida mãe, toma conta do meu menino, não sei como se vão entender, é muito pequeno e muito chorão, mas tenho que deixá-lo contigo. É o sacrifício, compreenda, minha mãe. Eu compreendo, dá cá o menino, vai chorar muito, mas o choro é saudável para os pulmões. Vai em paz e que os deuses recompensem o teu sacrifício.

A comadre Maria não tem mãe nem sogra, coitada. Ontem pediu apoio à vizinha. Nesta madrugada os seus filhos caminham sob o frio. Vão ficar ao cuidado da vovó Xalana, enquanto ela estiver ausente.

Saugina, a desgraçada, mulher cadela e cama de todos, hoje é a mais feliz, não tem marido nem filhos e só tem que se preocupar consigo própria. Devido à sua disponibilidade em matéria do tempo, foi escolhida para ser uma das dirigentes do ritual. Está feliz, caminha tranquila para o destino.

Os pássaros cantam, na saudação ao mestre sol. As mulheres de Mananga estão reunidas no templo dos espíritos. As fogueiras estão acesas, os fumos sagrados purificam os corpos. Despojam-se das peças de roupa que deixam carinhosamente ao cuidado da vovó Milambo, chegou o momento da dança nua. A princípio, vítimas do pudor, ficam envergonhadas; a coragem vence de imediato, afinal todas as mulheres se desnudam. De esguelha, como quem não vê, cada uma espia as curvas da outra. As marcas da sarna estão carimbadas na maior parte dos corpos. Ah, afinal de contas há mulheres que só são bonitas quando embrulhadas em trapos de mil cores. É interessante; a beleza nua é diferente da beleza vestida.

Chegou o momento da partida; elas dividem-se em grupos cujo número é maior que a soma dos pontos cardeais e colaterais. A claridade caminha rápido e elas dispersam cada grupo para o seu canto. Partem em corrida e aos gritos. Cantam. Deixam indignação e susto nas crianças que as escutam.

Por que é que a mãe não está, por que é que veio deixar-nos aqui? Por toda a aldeia ouve-se música bela, música de mulher. Haverá festa por aqui?

O menino tem fome e chora, a menina cansa-se de brincar e adormece. Dorme meu menino. A mamã partiu ao raiar da luz, já é meio-dia e está quase a regressar. Não chores tanto, porque ela foi realizar o sacrifício sublime para que não sofras mais de fome. Ah, teimoso! Chupa a minha mama caída, entretém-te e tenta adormecer. Não queres, rebelde, bebe esta gotinha de água. Não entendes nada da vida, meu pequenino, não entendes nada e por isso te rebelas, pois se tu soubesses, não gritarias. Pois bem, agora vou revelar-te: sabes quem dá a luz ao mundo? É a mamã. Quem sacrifica a honra pela sobrevivência dos filhos? É a mamã. É ela o abrigo, o conforto, o calor e o prazer. É a mamã meu menino, é a mamã a sobrevivência do mundo, é a mamã. Dorme, meu queridinho, que ela tarda vir. Está longe, correndo debaixo do sol abrasante, gritando, cantando, para que as nuvens escutem. As rezas e as ofertas falharam. Os papás falaram com os deuses da mãe e deuses do pai e falharam. Só a nudez das mamãs quebrará o silêncio dos ventos, porque a mulher é a mãe do universo.

Escutas a música que se ouve, avô? Vem de longe, vem das nuvens, parece o cântico dos anjos. Avô, conheces os anjos? Alguma vez viste um? Eu vi, no catecismo lá na igreja. São brancos, vestem roupas brancas, compridas, têm cabelos claros e lisos como as barbas de milho. Vivem no céu azul límpido, tocam trompetas, cantam com Deus ao lado do sol. É lindo esse canto, sacode-me o peito, estremece o céu e o chão. Há festa aqui na aldeia, não há? Mentes, avó, há festa sim senhor. Doutro modo como é que se justifica toda essa música? Hoje deram-nos de comer muito cedo. Contam-nos histórias bonitas em pleno sol como no mês de dezembro, ah, mas eu não gostei das histórias que contou a avó Mingana, a titia conta melhor que ela. As histórias contadas ao sol não agradam nada. Como é que os contos podem ser animados se não têm o manto da noite, um pedaço de lua, e a luz tremeluzente da fogueira iluminando o escuro?

Vovô, nós não somos meninas para ficarmos aqui fechados como galinhas, queremos ir para o campo aprender o ofício dos homens. Queremos fisgar pássaros e caçar borboletas; queremos jogar à homa e ao paulito. Deixem-nos ao menos subir até o cume desta figueira. Estamos aqui presos, que imprudência cometemos?

Mas é bela a música que se ouve à distância, parece dos anjos que vivem no céu. Queremos conhecer esses seres que cantam tão bem, avô, deixe-nos ao menos satisfazer esta pontinha de curiosidade.

Ah, meus netos, meus, netos, minha mocidade dos velhos tempos. Nós não lançávamos perguntas indiscretas e nem incomodávamos os mais velhos com os nossos caprichos de meninice. Já que assim o pretendem, não guardarei mais segredo. As vozes que escutais são dos anjos que vivem no céu; são vozes dos seres que vivem lá no Guemetamusse, aldeia onde nunca ninguém chega, onde o céu se casa com a terra. São as vozes de chuva, vozes do mbelele. Os anjos da paz caminham nos campos purificando a terra. Não podem ser vistos pelos olhos dos homens. Quem os vê, recebe dos deuses o castigo supremo; neles se encarnam todos os maus espíritos; vê-los conduz à cegueira e impotência sexual, e nos casos mais severos pode-se ser fulminado pelo raio da morte. Agora meus filhos sabeis de toda a verdade. Quem quiser vê-los que vá ao campo caçar borboletas e fisgar pássaros. Aqui não prendemos ninguém, apenas protegemos, quem quiser que vá.

Ah, são vozes de chuva, são vozes do mbelele e trazem a música de paz de todos os pontos da terra. As vozes são belas, sim. A curiosidade é um grande mal, perdoa-nos avô, ficaremos aqui na segurança da tua proteção.

Duas pedras aqui, passa para a segunda coluna, esquerda, certo, avança, certíssimo, a vitória está no papo, compadre Julai, és o melhor, barreira daí!

Os homens deleitam-se no jogo da ntchuva, muravarava, cartas, bem abancados ao fresco nas sombras das figueiras. Estão interditos de caminhar nos campos onde as mães e as esposas levam a bom termo o sagrado ritual. Bem sabem que quem comete a imprudência de ir espreitar e ser descoberto corre o risco de ser retalhado pelas mãos ferozes das mulheres possessas. Aguardam com paciência, promovendo os jogos para queimar os nervos e matar o tempo, a expectativa é grande em todas as mentes. As generosas esposas prepararam enormes tambores de cerveja de mapira, de milho, de farelo, e também fermentados de frutos de campo, aguardentes, para entreter os maridos nos momentos de espera. Aquelas que foram dispensadas do ritual ficaram para servir os senhores. As conversas e os jogos animam, desanimam, acabam, recomeçam. Os que se cansam retiram-se e estendem-se de tronco nu nalgum abrigo fresco.

As forças dos homens estão recompostas pelo repouso e inércia desde o nascer do sol. Depois do ritual, as mulheres regressam em nova corrida para socorrer os bebés em pranto, esfomeados, mas os seios estão vazios de leite. Vão para casa mudar de aspecto e voltam, nem parecem as mesmas. O cansaço é notório, a respiração é ofegante e os pés caminham em passos cambaios. Os andrajos da manhã foram substituídos pelas roupas cerimoniais que ainda restam no fundo do baú. As ramelas com gosto de sal e manteiga sempre coladas no rosto dos meninos desapareceram, e a cor da pele é de verdadeiro âmbar.

Todo o povo se encontra na clareira circular aberta com enxadas e suor, ao lado do templo dos espíritos. As mulheres fazem um grupo, os homens outro, mesmo as crianças se dividem em grupos e por sexos. Nos rostos do povo chovem sorrisos, boa tarde comadre, boa tarde compadre, passou bem?

Num canto do círculo as fumaradas das fogueiras pincelam o ar. Tambores e tamborins aguardam a vez de ser aquecidos. Ouvem-se os bum bum soltos, os instrumentos da música ritual estão a ser afinados, a orquestra vai ser bela.

Cessou já o movimento das chegadas, o povo inteiro cumpriu o horário religiosamente. Os mestres do ritual transpõem as portas do templo, os músicos colocam-se na posição certa, já estão prontos. Os curandeiros adivinhos, mestres, eleitos, desfilam exibindo vestimentas de gala preparadas para a ocasião. As plumas multicolores balançam ao vento sobre as cabeleiras pintadas de tijolo. Os corpos estão embrulhados em capulanas de fundo branco com um grande leão ou sol estampados nelas. Os pescoços, braços, cintura, pernas, estão carregados de ornamentos rituais carinhosamente confeccionados pelas mãos de quem os usa. O cortejo é de uma beleza comovente; é um verdadeiro arco-íris humano em desfile, colorindo o descolorido da terra triste.

O sol dá o último mergulho, vai dormir; é necessário que ele seja o testemunho do sacrifício dos homens. O chefe espiritual dá ordem com o gesto da mão. O xipalapala grita, todos se aproximam. Os tambores rufam silenciando todas as vozes, unindo todos os pensamentos e atenções. É chegada a segunda etapa da cerimónia. O sol dá a última olhadela e morre contente. Vai contar aos mortos que na terra há luta e sacrifício na esperança de fazer sobreviver o homem negro. Os tambores rufam e as vozes cantam:

A *wu nguene moya/ Que venha o espírito*
He *moya/ Oh, espírito*
Namutla *ku ni moya/ Hoje chegou o espírito*
He *moya/ Oh, espírito*

Os corpos mergulham na dança imemorial e sem idade. Até as crianças, anjos humanos, se requebram nas costas das mães batendo palmas, abrindo e fechando as boquinhas de fome no compasso da melodia. Os gritos dos tambores despertam a terra que adormece, o povo anestesia-se com o lenitivo das suas vozes, as vibrações sonoras atingem o além-túmulo e o coração da selva que é a residência dos deuses, e estes, compreendendo os gritos e lamentos dos seus protegidos, respondem numa voz única que é o tumulto do seu sangue: Presente. E encarnam-se nos corpos dos seus protegidos, que entram em transe, uivam, gritam, rugem e falam numa língua que não se entende, linguagem dos deuses de Mananga e de todos os heróis adormecidos no Império de Gaza. As vozes continuam crescentes na música quente.

Wa nguena moya/ Está a entrar o espírito
He moya/ Oh, espírito
Namutla ku ni moya/ Hoje chegou o espírito
He moya/ Oh, espírito

A embriaguez e o êxtase conduzem ao despudor. As mulheres de mãos na cintura agitam os vestígios de ancas para frente para trás num exorcismo erótico, balançando as mamas caídas. Os homens vitimados pelo incêndio de sangue vibram os quadris aproximando-se delas discretamente, para se roçarem acidentalmente nos seus traseiros.

Os anciãos executam com elegância a belíssima dança ndau enquanto as crianças, mais afastadas do círculo, imitam os gestos dos adultos.

A lua surge curiosa, desenhando sombras dançantes que confraternizam com as sombras oscilantes das palmeiras. A estrela de alba chegou a tempo de escutar as batucadas de esperança: os pássaros da manhã ainda conseguiram oferecer as suas vozes ao canto de amor, dos mortos e vivos numa ação de solidariedade.

O surgimento da luz avermelhada que precede o sol dita o silêncio e o início da terceira etapa das cerimónias. Começa a procissão dos eleitos. O touro caquético, mas o mais gordo dos rebanhos segue a caminho do fim no meio dos crentes. O galo e a galinha estão nas mãos dos ajudantes do culto. O silêncio acompanha a marcha, tão fria como o chão, como a manhã. O galo malandro não resiste ao desejo de saudar o dia, corta o silêncio e canta. De resto ninguém o tinha advertido de tal proibição. Vai a caminho da morte. Não têm os condenados o direito de satisfazer a última vontade?

Alcançam as sepulturas dos antigos líderes da aldeia, fim da peregrinação. Nguenha dirige a cerimónia. Lava as mãos e molha os presentes com as pontas dos dedos: espalha os pós e areias colhidos no cruzamento dos caminhos. Queima gorduras na fogueira preparada pelos ajudantes. Prepara a oferta da vítima negra. O touro magro é amarrado à árvore. Com uma zagaia, Nguenha atinge o animal, que cai sem um gemido. Os culunguanes ferem a frescura do ar, há festa, os defuntos aceitam o sacrifício. O galo e a galinha degolados batem as asas movendo-se em espiral sobre o chão, libertando a última energia enquanto o sangue vai regando o chão das sepulturas. As carnes de ave assadas são repartidas em jeito da hóstia, da comunhão.

Por volta do meio-dia o cortejo regressa à casa. O chefe espiritual relata o decurso de cerimónia. Todos os olhos e ouvidos estão atentos.

— Escutai, escutai filhos da Mananga!

— Siavuma! — todos respondem em uníssono.

— São os espíritos da Mananga que falam.

— Siavuma!

— Ouvimos as vossas preces.

— Siavuma!

— Ouvimos as vossas lamentações.

— Siavuma.

— A chuva cairá!

A alegria do povo ultrapassou os limites. As pessoas aplaudem, cantam, dançam, saúdam a mensagem dos espíritos. Todos partilham a alegria da festa, menos um homem: Mungoni, o adivinho mais célebre da aldeia. Está presente em todos os momentos, mas sempre ausente. Nguenha achou que é altura de vaiá-lo em público.

— Vamos, Mungoni, não cantas, não danças, não estás de boa saúde? Ou sentes o peso da derrota, eh, homem?

— Sinto apenas o fogo, fogo que me queima, há fogo no ar.

— Fogo? E de onde vem esse fogo?

— Vem dos montes e corre fluido dos canos dos homens do Sianga.

— Explica-te, homem!

— Sois cegos, meu povo? Não veem? Não sentem?

— Cala-te, charlatão. Aqui não há fogo e o povo está feliz. O que tens é um espírito maligno que quer tirar a paz aos homens de bem.

— Há sangue, um rio de sangue no chão.

— Suca, sathana, desaparece daqui. O sangue está na tua dor de consciência, pois não conseguiste enganar o povo. Desmascarámos-te!

— Há sangue sim, alguns são testemunhos disso. Ontem à noite, enquanto enganavam o povo com falsas cerimónias, homens estranhos transportando armas mortíferas escondiam-se, algures. As veias já estão abertas e o sangue corre vermelho, fluido. Abram os olhos e vejam, homens de Deus!

Sianga interveio de imediato. Aquele testemunho era demasiado comprometedor.

— Cala-te, Mungoni. Não estragues os ouvidos deste povo que só quer a paz. O sangue está na fantasia da tua bruxaria. Sangue, sangue, qual sangue?

— Está ali, à volta do sol, aquela mancha vermelha, não veem?

Todos tentam olhar o sol no cimo das cabeças. Mas quem tem olhos para fitar o sol? Mungoni entra em transe gritando as mesmas palavras.

— Sangue, sangue do ovo e do filho do homem, sangue!

Os gritos apagam-se, porque Mungoni perde os sentidos. Enquanto se reanima, o chefe do ritual retoma a palavra para acalmar a agitação do povo.

— Acalmai-vos, acalmai-vos, povo de Mananga. São apenas demónios, espíritos malignos que não querem ver o nosso povo feliz. Ouvi, aceitai, povo de Mananga.

— Siavuma.

A festa atinge a última etapa. Come-se de tudo, gastando as últimas reservas: touro assado, cabrito assado, galinha frita, caril de amendoim, wupsa, temperos, piripiri, aguardente e cervejas. Os alimentos são consumidos com um apetite voraz. Os copos sucedem-se.

— Comadre, põe mais carne aqui.

— Compadre, enche mais o copo aqui.

O compadre ia enchê-lo quando outro braço o impede.

— Não brinque com a bebida, compadre. As mulheres têm uputo para beber. Se elas tomarem aguardente vão embriagar-se e quem há de tomar conta das crianças?

— Sacana!

A comadre insulta, vira as costas e caminha resmungando. O álcool sobe às cabeças. As pessoas animam-se e tagarelam.

— Se chover, compadre, a verdura há de curvar-se aos meus pés. O amendoim terá o prazer de viver no meu celeiro.

— Lá isso é verdade, a cerimónia correu bem. Mas aquela história de fogo e sangue assusta-me. Palavra de Mungoni tem peso de ouro. Que significa aquilo?

— Talvez signifique alguma coisa ou mesmo nada. Mas por favor não me contamines com os teus receios.

— A voz dele era grave, profunda, verdadeira.

— Verdadeira ela era e eu não entendi nada do que ele disse. Pois bem, há aqui uma coisa que todos entendem bem.

O compadre ergue a garrafa e enche os copos.

100

9.

Campos calcinados. Montanhas calvas. Caminhos de areia tostada. O verde fez-se ouro, fez-se castanho, fez-se negro. Silêncio de sepultura. A música dos nossos choros faz ressonância nas frestas das pedras que estalam. Voltou a época dos lamentos, o desespero é agora maior do que antes.

O marido abandona o lar. A mãe esconde o pedaço de milho roubado para comê-lo quando a criança adormecer. O valor do homem mede-se pela quantidade de géneros alimentícios que possui. Este mbelele foi uma farsa suja e vergonhosa.

Os dias marcham à velocidade das lesmas, avolumam-se em semanas e meses, o céu ainda não mijou uma só gotinha de água. Nenhuma cobertura maculou a pureza celeste, o sol é fiel servidor do diabo e comanda a forquilha do fogo. O cinturão da fome aperta firme, o minuto transforma-se num dia e a hora multiplica-se em muitas e muitas eternidades. Os que têm fôlego fogem, assiste-se ao êxodo mais extraordinário de todos os tempos.

A vida é um pedaço de merda, um fardo pesado, insustentável, não é, minha gente? Ah, quem dera ser uma ave. Ao menos estas têm alternativas. Comem os seus próprios ovos para recobrar as forças quando o organismo reclama. Como as aves, a terra é uma mãe louca, uma fera impiedosa. Quando lhe falta a seiva que molha a garganta, engole toda a vida que repousa no dorso, tem o ventre a dilatar, abocanha os cadáveres das folhas, das aves, dos ramos secos e de todos os bichos que respiram. Em cada alvorada, há quatro ou cinco almas que escorregam nas goelas dos seus covais. Há em todo o lado uma criança que morre, um jovem que parte, um cão em agonia e um velho que puxa a derradeira fumaça de xicaucau satisfazendo o último desejo. A vida já não tem valor, os mais ousados despojam-se dela.

— Vamos, compadre, desabafa comigo essa amargura. Para de oferecer-me esse sorriso defunto, esse rosto fantasma que me assusta. Tens a expressão do mar vago, os teus olhos muito se assemelham ao leito seco e empoalhado do rio Changane. Eu não estou melhor que tu, amigo, mas quero que a morte me encontre a sorrir. Vamos, anima-te que não estás só, desta balsa não se salvam vidas. Ah, meu velho leão, a fome derrubou-te com golpes de mestre, roubou-te a beleza, a esperança, e tudo o que tinhas de bom foi colocado no braseiro do sol e se esfumou, meu velho!

— Ah, maldito, ah, bandido, e se fechasses essa bocarra? Sempre a falar, sempre a brincar, continua, vá, canta, canta todos os gracejos para celebrar a despedida do último sopro de voz que ainda te resta. Estás todo acabado, não sei como é que a seca não conseguiu enxugar a saliva dessa boca e esse humor macabro que sobrevive a todas as intempéries.

Esse mbelele foi uma farsa vergonhosa e nojenta. Mungoni, o célebre adivinho, disse a verdade desde a primeira hora e não o quisemos escutar. Estamos a definhar, estamos a morrer, fomos aldrabados pelos capangas do Sianga, minha gente, ah, cegueira humana! Por que cerramos sempre os olhos a quem nos mostra o caminho da razão? Fomos bem enganados. Sianga é um rato, engorda à custa do nosso sangue enquanto nós lambemos as crostas da nossa sarna, minha gente!

Em Macuácua a guerra é quente, dizem. Fica distante de Mananga, mas não tão distante, sendo necessário apenas uma manhã de marcha para se chegar lá. Os que escapam da guerra procuram refúgio, procuram sossego, seguem o mesmo trilho que os cães quando estes farejam os caminhos da tranquilidade. Chegam a Mananga em cardumes. Primeiro foi uma família, depois outra, e outra, agora são centenas. Estão aglomerados como porcos no canto norte da aldeia.

Bem-vindos a Mananga, diríamos nós, se boas novas nos trouxessem. O novo bebé é indesejável na família, é rival, compete com os mais velhos por um pedaço de alimento. O irmão que visita não é bem recebido. Os casais mais amorosos desfazem-se, os mais idosos são abandonados à sorte, e as doces mãezinhas sentem lá no fundo o desejo inconfessável de eliminar os frutos do próprio ventre porque já não há comida que chegue. A chegada dessas pessoas de Macuácua é uma agressão, uma invasão e causa revolta em todos os habitantes de Mananga. A recepção é hostil e as atitudes fratricidas. O nosso povo sente o desejo louco de defender o território à força de ferro, mas as autoridades impõem-se, malditas autoridades. Deixaram esses forasteiros fixar-se no nosso solo, nesta terra tão pobre e tão seca. Vieram apenas para roubar-nos os alimentos, a paz e o sossego com os seus problemas. Mas onde se escondeu a nobreza desse povo? Que tipo de gente é essa capaz de abandonar a terra, os haveres, os túmulos dos antepassados por temer um conflito? As guerras existiram em todas as gerações. Eles deviam lutar e resistir, expulsar os invasores como fazem todos os povos. São um bando de cobardes, sim, em vez de mostrarem o que valem, preferem transferir os seus problemas para outra gente. A nossa terra está pobre, não tem alimentos para dar aos habitantes, como é que vai poder sustentar estes medricas que nem conhecem a lição da gratidão? Estes renegados causam-nos prejuízos. São imorais e estão a semear hábitos malignos no nosso meio. À noite invadem os nossos celeiros e rapinam as nossas aves. Até temos medo de cozinhar durante o dia. O cheiro da comida atrai essas moscas que invadem as nossas casas e não as abandonam enquanto não se lhes dá uma colher de comida. Se vissem as choças onde dormem! Sem jeito. Sem forma. Sem estética. Apanham ramos de qualquer árvore para fazerem o abrigo. Depois metem a palha de qualquer maneira. Com tantas estacas a morrer nos campos, eles preferem viver assim. São inúteis. Preguiçosos. Uma raça sem dignidade. É degradante. Nojento. As nossas galinhas, os nossos patos, têm melhor abrigo do que eles. Estão maltrapilhos, estão nus, alguns estão enrolados em sacos de serapilheira. A sarna deles é pior do que a nossa. As moscas brincam sobre as feridas das suas crianças sujas, podres, malcheirosas, remelosas, ah, que repelente, essa gente de Macuácua.

As mentes das gentes saciadas fabricam fantasias. Quem disse que o poder dos homens arrasa quando o estômago vaza? Olhai para todos esses deslocados, vede, pois, com os vossos olhos. Os ventres de todos estão dilatados, mas os das fêmeas, para além da fome, também incubam amor e vida, último suspiro de esperança. Na próxima estação, crianças mais pequenas que os bonecos de massala rasgarão os ventres maternos, saudarão o sol fazendo sobreviver a nova geração, prolongamento da vida e do martírio do homem. Morrem muitos desses deslocados, é tempo de vindima. A fruta madura desce à terra, não há humidade, esperança do desabrochar da nova semente.

Ontem à noite morreu o chefe dessa gentalha, um esguio

saco de ossos a quem era mesmo caricato chamar de chefe. Todos fomos informados. Um bom negro rende homenagem ao semelhante na sua última viagem, mas nenhum de nós foi lá. Para quê? Eles não são do nosso clã, são estrangeiros. Os nomes desses intrusos nem nos interessam. Os hábitos fúnebres deles são inferiores, são diferentes dos nossos. Que se enterrem entre eles. Ainda bem que o cemitério deles fica distante do nosso. Vieram aqui para conspurcar a nossa terra com os seus cadáveres, os seus fantasmas e espíritos malignos. Misturar os defuntos deles com os nossos seria um grande sacrilégio. Nós queremos paz e repouso tranquilo para os nossos mortos sem interferências estrangeiras.

Essas autoridades só fazem coisas que não são do agrado do povo. Meteram os filhos desses estrangeiros nas escolas dos nossos. Os professores já andam esgotados, a fome aperta e ainda por cima têm que aturar os filhos desses cães. O que vale é que esses jovens professores são de gancho. Não permitem nem o mais pequeno desvio desses ranhosos. Há sempre um sopapo para quem se atrasou, outro sopapo porque tossiu, mais outro porque se distraiu, uma expulsão por falta de comparência mesmo por motivo de doença. Assim, todas as crianças que foram metidas na escola acabam por estar fora dela.

Os foragidos são tipos cheios de sorte. Recebem maior atenção das autoridades e não entendemos por quê. Desde que aqui estão, só assistimos à chegada de carros trazendo comidas, roupas, alimentos, mantas, tendas, ou para evacuar um doente para o hospital da cidade, e nós, donos da terra, que lhes damos abrigo e conforto, sofrendo tanto como eles, não recebemos sequer um pedaço de consolação. Se não fosse por temer as autoridades, já os teríamos expulsado à pedrada.

Há vozes carpidas no final da madrugada. Perto daqui. Do lado de lá. Lá por onde nasce o sol. São vozes de mulheres. São lamentos de morte, com certeza, a cobarde só penetra no corpo quando a luz adormece e quando a terra está fria porque tem medo, tem vergonha dos olhos do sol.

As pessoas em alarme abandonam as esteiras, abrem as portas meio despidas numa corrida de socorro. As mulheres vão enrolando o corpo na capulana pela caminhada. Todos os caminhos convergem na residência de onde se emite a mensagem. Uns chegam, outros já lá estão. O que há, comadre? O que se passou? Ninguém responde a ninguém. A expressão de dor dispensa as palavras. Poisam as mãos na cabeça, juntam as suas vozes aos gritos. Outras mãos em punho batem no peito mil vezes, outras ainda unem os braços como que algemadas para reforçar a fúria dos gritos, na serenata do diabo. Outras mulheres atiram-se ao chão num arrebatamento de dor, rebolam, conspurcando os corpos na poeira matinal, num gesto de abandono e absoluta entrega do corpo à terra, mesmo sem saber ainda de que desgraça se trata. Há desgraça e isso é tudo. É a tradição. Todas as cabeças se movem no gesto do não. Como tigres. É filho da comadre Mafuni que morreu lá no cruzamento dos caminhos, alguém informa. Mas como? Por quê? Ah, a vida é tão injusta. Tanta vida ainda por viver. A vida é tão amarga. São os velhos, são as crianças que morrem cada dia. Agora são os jovens. Todos morrem. Será que Mananga vai desaparecer da história do mundo? Mas esse jovem tinha partido para a África do Sul e não tivemos notícias do seu regresso. É misterioso!

Os homens estão silenciosos, têm os olhos enxutos, não gritam nem choram. O silêncio é choro do homem na turbulência da tempestade.

— Vamos — diz uma voz grave e profunda —, vamos ao cruzamento dos caminhos buscar o nosso defunto, nosso filho.

Os homens mergulham na marcha rápida, nervosa. E chegam ao cruzamento dos caminhos. O corpo está lá. Param, olham, entreolham-se. A indignação e confusão veio com a quebra do silêncio.

— Mas não é o filho da comadre.

Os olhos incrédulos fulminavam o mesmo alvo no ato de identificação. Todas as cabeças com exceção de uma abanaram negativamente. Não é o filho da Mafuni. Este cadáver é delgado, definhado, andrajoso, tinhoso, deve ser de um desses renegados estrangeiros provenientes de Macuácua. Foi torturado, tem o rosto desfigurado. Tem chagas distribuídas por todo o corpo, o ataque foi com um objeto perfurante. Talvez um punhal. Houve um engano. O filho da comadre é gordinho e bem-parecido. Este é um desses desgraçados de Macuácua. Este cadáver é mais nojento que o de um cão. Não é dos nossos. Regressemos. Vamos consolar as nossas mulheres, pois afinal houve um desagradável equívoco.

— É o meu sobrinho, o João, o primogénito da Mafuni, sim. Esta trama é da autoria do Sianga. Dentro da aldeia recrutou e treinou jovens para atacar a própria aldeia.

O João, primogénito de Mafuni, era um deles. Rebelou-se no dia em que soube que era treinado para atacar a aldeia da própria mãe. Fugiu do acampamento para informar a comunidade de que corria perigo, por isso Sianga ordenou a sua morte.

Os deslocados de Macuácua atraídos pelos gritos também estavam ali e choravam mais alto, mais tristes do que os donos da terra. Um deles ajoelha-se, examina o cadáver e afirma:

— É o princípio do fim. Em Macuácua foi assim. Uma mulher desaparece no campo. Uma criança chora no cruzamento dos caminhos. Um jovem coberto de chagas é descoberto na madrugada. Indignação. Choros. Confusão. Pânico. O sangue do meu sangue foi o primeiro a correr. Era o meu filho, único filho.

Foi assim ontem. Como agora. Meu único filho. A história repete-se. É o princípio do fim.

O desconhecido abraça o cadáver. Freme de convulsões e chora molhando o corpo do cadáver. Mancha o corpo com o sangue do cadáver. Ele também é um cadáver. O arrebatamento de loucura invadiu o espírito do velho desconhecido. A força da emoção abate-se sobre todos os presentes. Quem disse que os homens não choram?

Faltam apenas algumas horas para ser o que sempre fui. Pela primeira vez na vida, o dia para mim é uma eternidade infinita. Que dor causa a ansiedade. É hoje, é hoje que voltarei a ser régulo, é hoje. Quero ver com que cara vai ficar esse povo. Mas ainda tenho coisas para preparar. Tenho pouco tempo, a noite se avizinha.

Sianga está nervoso, nervosíssimo. Não colou o rabo ao chão um só instante desde que o sol nasceu. A sombra predileta sofre de saudades imensas. Dá voltas pelo quintal. Sai de casa e caminha pelas ruas. Para aqui, conversa ali, visita este e aquele. Está preocupado, o povo desconfia da sua presença. O filho da Mafuni, esse cabrão, foi a tempo de falar. E para aumentar as suspeitas, Minosse abriu a boca revelando uma parte do segredo. Ainda bem que todos estão entretidos com o morto, senão já teria havido um ajuste de contas. O trabalho que tem a realizar é duro, é necessário ter olho sobre os executantes, a noite aproxima-se. Sianga acompanha a atividade dos colaboradores a par e passo. Um só erro pode ser fatal.

Do sul sopra um vento forte, caminhando para norte. Fere os cotos dos ramos fazendo-os sibilar. A noite é musicada, triste. As folhas caem com violência como grossas bátegas de chuva açoitando a cabeça desprotegida dos escondidos. Quebrou-se a monotonia, a noite é diferente. O canto das aves notívagas é um pio de arrepio, o bater das asas é de alarme e os voos são múltiplos. O ganir dos cães é violentíssimo, nem com a presença dos fantasmas ganem assim. As corujas aguardam com impaciência o fluxo do sangue e o banquete dos corpos dos homens abandonados à sorte na tristeza das savanas.

Tudo está a postos para a recepção do cavaleiro vermelho. Vem aí, está no ar, navega no comboio de pó sobre o dorso dos sessenta homens ferozes e bem armados. É rápida a marcha desse cavaleiro, é bélica, é ávida de sangue. Está tudo preparado conforme as ordens, o terceiro e o quarto cavaleiro realizaram uma obra digna de louvor.

O exército do cavaleiro vermelho tem a cor do camaleão e o silêncio dele. Penetra invisível pelos quatro cantos da aldeia. Estabelece-se o cerco. Só os cães e as corujas o identificam. A linguagem dos bichos nem sempre é acessível aos ouvidos dos homens.

Os soldados da hora aproximam-se dos soldados do segundo cavaleiro. Identificam-se. Colocam-se em parada chefiada pelos terceiro e quarto cavaleiros. Aguardam com emoção a aterragem do grande senhor. A montada começa a perder a altitude; domina as ondas do vento; já alcançou a posição da pista; as asas da montada reduzem a velocidade dos reatores; posiciona a cabeça e as asas concentrando-se na descida, vem, vem, ah, aterragem magnífica!

Cavaleiro e hora saúdam-se. Há abraços efusivos, apertos de mãos; diálogos, acordos, tudo numa linguagem secreta, monossilábica. A conversa de amizade reserva-se para o fim da missão.

Serenidade quebrada, paz ameaçada. O sono dos inocentes e dos justos é interrompido por estranhas vibrações flutuando no ar. Há vozes, murmúrios, gritos, pragas, insultos e ruídos invulgares nas noites da nossa aldeia, o que será? Escuto golpes, arrombar de portas, guinchos humanos de desespero, pai da Vovoti, pai da Vovoti, escuta! O pai da Vovoti desperta na pausa do silêncio: descerra as pálpebras como se pudesse divisar algo na palhota escura. Diz palavras desconexas, ensonadas, a mulher sacode-o ainda mais.

— Pai da Vovoti, há gritos na aldeia. Perto daqui. Está a acontecer alguma coisa, juro!

Ele escuta. Apenas distingue o ritmo do vento louco balançando as folhas das palmeiras. Parece chuva, ah, que maravilhoso seria se fosse chuva.

— Mulheres, eternas medrosas — diz com desprezo —, deixa-me repousar, somei uma boa lista de canseiras hoje.

Muda de posição enterrando mais a cabeça na almofada de trapos.

— Pai da Vovoti, wê?

O despertar agora é violento, as portas das palhotas mais próximas são arrombadas aos pontapés. Lanternas de mão acendem e apagam nas mãos de homens fantasmas.

Os assaltantes arrastam as pessoas e as coisas que lhes interessam numa velocidade de flechas. Lá fora, os celeiros são arrasados com a mesma violência, libertando o pouco que resta. Nada escapa, nem galinha, nem cabra, nem panela furada. Os camponeses apanhados de surpresa cobrem os olhos com auréolas de orvalho causadas pelas febres e calafrios repentinos. Sentem o corpo demasiado pesado, procurando à viva força despir-se dele. Tentam encontrar a fórmula da ausência, da invisibilidade, tentam ser ratos, ser moscas, mosquitos, ou qualquer outra coisa insignificante. Os capturados não gritam, o medo sufoca a garganta e não só; os pontapés, pisadelas de botas, punhaladas, são o prémio de quem toma a ousadia de resistir.

Há uma pausa de silêncio. Alguns minutos apenas. Demasiado longos. Intermináveis. Cai o pano. É a mudança de cenário.

O bum, bum, bum e o tra-tra-tra-tra-tra dos instrumentos de fogo era um ngalanga mais vibrante do que o do dia das celebrações do mbelele e o som era muito diferente do das armas locais. Em contracanto ouvia-se um pá, pá, pá, pausado, isolado, da velha Mauser da segurança local, arma que o povo apelidou de "espera pouco" pela lentidão no vómito do fogo. O povo desespera-se. As casas são incendiadas. Os homens são os primeiros a correr na saraivada de fogo na busca desesperada de um abrigo. Só depois de alcançar a proteção da savana é que as mães se lembram dos bebés nas palhotas em chamas, demasiado tarde para reparar o erro. O estalo das pedras atingidas pelas balas fez saltar o coração, produzindo no sangue fluxos de arrepio. Na confusão e pânico desvenda-se o rosto dos agressores. O choque é fantástico; o povo descobre que está a ser massacrado pelos filhos da terra. É o Manuna, o Castigo, Madala, Jonana e todos os que saíram de casa à procura de vida. As pessoas caem como cajus maduros. As mulheres estão habituadas a gritar esperando que os homens tomem a sua defesa. Veem os maridos e os filhos a cair. Na instintiva fúria de fêmeas tentam o impossível, lançam-se na refrega, mãos nuas contra tiros de canhão, morrem lutando, com os rostos carregados de ódio.

Manuna é um guerreiro ágil, aprendeu bem a lição e move-se no espírito a aspiração de atingir o posto de general. Comanda o seu grupo em direção à casa da sua irmã Wusheni. Há contas a ajustar com o Dambuza, esse cão. Escancara a porta da cabana num só golpe. Entra na palhota de arma em punho. O cunhado está só, mais enrolado que um caracol procurando a proteção da parede, desprotegido, desarmado. Ainda bem que a minha irmã não está aqui, nunca saberá que fui eu. Levanta a arma, está quase a desferir o golpe, o corpo fraqueja, dá um grito, foi atingido nas costas. Wusheni estava atrás da porta empunhando a catana com força de mulher. No momento certo deu o golpe certo. Na agonia do adeus, Manuna vira a ponta do punhal rasgando verticalmente o ventre de quem o fere. Wusheni e Manuna, dois irmãos que partilharam do mesmo ventre, do mesmo leite, do mesmo amor e do mesmo ódio tombam na mesma batalha. Na mesma palhota, no mesmo instante, dão o último suspiro. Não tiveram tempo de se identificar. Dambuza escapa ileso por milagre e refugia-se na mata.

As palhotas são fontes de fogo com a carne humana tostando-se nelas. Os assaltantes seguem em passo rápido para a segurança, para os montes do sol-poente, escoltando os capturados.

10.

Madrugada de lágrimas. Toda gente chora sem saber a quem. Choram pelos mortos, pelos feridos, pelos capturados e por si próprios. A manhã é triste. Os galos não cantam e nem os pássaros saúdam o amanhecer. O sol faz a sua aparição triunfal e ri com um sorriso aberto, ardente, indiferente.

Os cadáveres atingem quase uma centena e os feridos nem se contam. Os mais corajosos estão na azáfama de cuidar dos mortos e dos feridos. O momento é difícil. Tentam resistir, mas toda a resistência é inútil perante a sanha dos cavaleiros do fogo.

O choque cede lugar ao medo que aconselha à prudência da fuga. Em todos os cantos a conversa é a mesma: gente, vamos fugir para a aldeia do monte, lugar de paz e sossego onde a história da guerra é apenas um murmúrio desagradável. Lá se constrói uma vida pacífica. Por lá correm águas benditas por todos os vales. Nos riachos residem os espíritos bons que purificam a alma e curam as mágoas. Todos pensam em partir, fugir para sempre daquele lugar maldito. Mas depressa os ânimos se esfumam: como chegar ao Monte? A esperança da chegada é ténue, os caminhos estão cobertos de mistérios: minas semeadas nas estradas, raptos, emboscadas.

Baloiçam no transtorno, a amargura é demasiado grande para ser real, parece tudo um sonho, uma nuvem de fumo que o vento irá dispersar.

O chefe da aldeia, que esteve ausente na hora quente, vem escoltado por seis homens, apressado, atrapalhado. Os aldeões escondidos deixam os abrigos; outros abandonam por uns instantes os seus afazeres e cercam-no. O chefe da aldeia gira a cabeça por todas as direções e faz um balanço preliminar. Espirra. A brisa matinal espalha no ar partículas de cinza e odor de carne assada, carne humana. Ouvem-se gritos por debaixo do solo, nas traseiras de algumas casas. Hoje, as latrinas são esconderijos da raça humana. Os que procuraram abrigo no rio das fezes salvaram as vidas, mas têm as cabeças estonteadas pelo cheiro da hospedaria. Alguns aldeões abandonam o chefe, correm para lá e retiram os homens à corda, enjoados, arrepiados. Os cães sobreviventes dão latidos lancinantes à volta de algumas palhotas onde os vivos, humilhados, imobilizados, partilham o esconderijo com os feridos e mortos. Outros grupos correm para lá e socorrem a quem precisa da sua ação. O chefe da aldeia assiste à atividade incessante dos aldeões. Pragueja. Ele nunca fora moldado para as lutas, muito menos para as guerras. Fora parar ali por ironia dos deuses. Dirige os olhos para os que o rodeiam. Os rostos transportam uma expressão vaga, amarga. Dá uns passos e observa, a coragem foge-lhe. Persegue-a. Dá mais dois passos e para. As palhotas fumegam com mais força erguendo o fumo aos céus. A tortura invade-o, vaza-lhe o cérebro, revolve-lhe o estômago e causa uma dor infinita. Sente medo e raiva. O sangue sobe-lhe aos olhos, não consegue acreditar na destruição do seu império. Nunca antes avaliara a importância que tinha na sua vida aquela aldeola pobre e pacífica. Pensa em si. Nunca fizera nada por aquela aldeia e sempre negligenciara todos os problemas a ela referentes. Ouvira falar de uma infiltração inimiga e não ligara a devida importância. Esperam-no agora dificuldades e talvez desemprego. Seria demitido por negligência e talvez mesmo encarcerado. No rosto amargurado, dissolve-se aquela habitual máscara de insensibilidade pelos problemas alheios. Hoje esqueceu até o discurso rebuscado, complicado, monótono como um disco velho, desusado. A população aguarda uma palavra, uma ordem, mas ela não vem, está encravada no fundo da garganta. Apenas uma respiração nervosa, ruidosa, balançando o ventre farto. Os nervos formigam-lhe numa agitação febril. Os homens que o escoltam ganham raiva, querem agir, movimentar-se para dissipar o seu próprio nervosismo e o chefe nada ordena. A população entreolha-se e murmura ironias. O gordo está aflito, preocupado, mas preocupação de quê? Não são deles as casas incendiadas, são nossas. Não é dele a dor da morte, é nossa, ele está em paz e em segurança, mas parece que hoje é sincero, a preocupação é verdadeira. O povo surpreende-se com a descoberta da nova face de quem os dirige: o chefe é mais humano do que pensávamos. Reconhecem nele um homem comum, humilde e com sentimentos de nobreza, a dor mudou-lhe a face. Nada melhor do que a dor para eliminar a arrogância e a vaidade.

O ventre gordo e flácido abate-se em segundos. A mão, num gesto involuntário, corre para o rosto e coloca à venda. O corpo teria caído se não fosse a intervenção pronta dos homens que o escoltam. Tenta dizer alguma coisa e sai apenas um murmúrio imperceptível como o balbucio de um bêbado. Deixa cair a cabeça entre as mãos que a amparam, derramando sobre elas uma torrente amarga e salgada. As lágrimas nas mulheres são tradição, ninguém liga, mas nos homens são maldição. As lágrimas do chefe são de amargura, de solidariedade, as mulheres fazem coro e choram com ele. O povo sente-se reconfortado mas inseguro. Se o mais alto chora, quem nos dará a coragem? O chefe da aldeia chora, as lágrimas lavam-no e purificam-no e o povo perdoa-lhe com o perdão perfeito que só os pobres e humildes sabem dar. O chefe tenta aprumar-se mas foge-lhe o domínio. Senta-se. Sente-se vazio e morto. Meditar é impossível, nunca antes vira massacre igual. O seu serviço militar consistira apenas em treinos duros e longas marchas nos campos. Sem tiros nem mortes. Limpo e simples. Como quem vai ao mar e se abeira sem dar o devido mergulho porque a maré vazou a água. De grandes massacres, ouvira falar até demais, mas nunca se imaginara na presença de um. É que ele não acreditava na brutalidade humana, e as histórias que ouvira julgava-as fantasias de loucos com a mania de exagerar tudo.

Esconde o rosto entre as mãos durante algum tempo. Muito tempo. Sente-se sufocado, cerra os olhos com mais força. Para de soluçar e tenta abrir os olhos. Os raios de sol são relâmpagos que o cegam. Faz um esforço, habitua-se à luz, aos poucos. Os zumbidos nos ouvidos dão lugar a sons amenos de vozes humanas. As mulheres, eternas mães, esquecem a própria tristeza e consolam o chefe como um menino. Passa as mãos pelo rosto. Enxuga-o. Vultos negros bailam-lhe nos olhos turvos e túrgidos. São fantasmas. Faz um sinal da cruz tentando afastá-los. Enxerga com maior clareza, não são fantasmas, são homens. Recupera do choque e pensa: e agora? O relatório subirá às instâncias superiores. Os rivais têm na mão a grande oportunidade para me destronar. Dirão tudo. Que não tomei as devidas providências, que sou incompetente e insolente, e contarão a cena que acabo de oferecer: um chefe chorando no meio da multidão. Depois será o povo a acusar-me de negligência, foram atacados na minha ausência. O que virá depois? Maldito povo, maldita guerra, maldita sorte. A imagem do seu superior surge no fundo do cérebro. O chefe volta a fechar os olhos, quase que adormece. Desperta. O momento exige ação, e não lamúrias do coração. Estende a mão a um dos seus homens e implora: erva, erva boa. O outro remexe o fundo dos bolsos e retira umas tantas folhas húmidas, bolorentas, que envolve numa mortalha de papel grosso. Procura os fósforos e não encontra. Fogueira acesa ninguém a tem, a fogueira só acende quando o estômago ordena, e hoje não haverá fome. Mas os pilares das palhotas ainda ardem. O homem acende neles o cigarro de erva boa e coloca-a na mão do superior. Este fuma com sofreguidão. Sente mil formigas percorrendo-lhe o rosto, galgando-lhe os ombros, as mãos, as costas, a cabeça estonteia e sente no corpo a injeção de força pelo emaranhado de artérias e veias. Respira fundo. O peito enche-se de força e ar puro. Os choros das gentes ficam distantes como os zumbidos impotentes dos vaga-lumes. As fogueiras acesas das palhotas em chamas esmorecidas são luzes noturnas, vermelhas e amarelas, convidando para a dança do sangue e da vingança. Extralúcido, segura o revólver com força e firmeza e grita ordens por todo o lado, para desfazer a imagem de fraqueza que acaba de oferecer.

— Temos que vingar os nossos mortos, gente — declara o chefe.

— Vingança, vingança — clama o povo.

A palavra vingança surte um efeito mágico na multidão. Todos se excitam, querem vingar-se. A emoção apaga por instantes os conflitos abissais entre o chefe e o povo fermentados durante anos. Quebram-se as muralhas de gelo, soltam-se as correntes da língua e rasgam-se os véus dos segredos.

— Sim chefe, nós conhecemos os autores da trama. Vimos e ouvimos várias vezes, só o chefe é que não sabia. Tivemos medo de os denunciar.

O chefe respira fundo. Sente recuperada a confiança perdida, afinal o povo ainda o estima. Sentiu-se rodeado de atenções e sorriu satisfeito. O povo esperava dele a solução milagrosa para sair do abismo.

— Mas quem foi o traidor? Digam, não tenham medo.

— Foi o Sianga e os seus capangas e não outros, isso é mais do que provado.

— Guardas, prendei-os.

As mulheres são as primeiras a fazer alarido. Fazem coro à tia Rosi que lançou a primeira pedra. Para lavar a sua cumplicidade e purificar-se, Rosi destapa o cu dos outros para proteger o seu. Coloca um pote cheio de água benta sobre a sua imagem e purifica-se. O povo colabora. As autoridades não devem saber que as mãos da maioria transportaram tochas acesas que acenderam as controvérsias entre o antigo chefe e o novo. Fazem um exame rápido de consciência e absolvem-se, sentem que a culpa não está com eles. Foi por causa da seca, por causa da chuva, por causa da fome.

O Sianga é preso juntamente com os seus principais cúmplices que nada dizem em relação à Rosi. São arrastados e conduzidos para o julgamento. Sobem para o cadafalso onde fizeram os outros subir, noutras eras, noutros regimes. Como esses outros, serão enforcados no ramo da mesma figueira. Sianga deixa-se conduzir sem resistência enquanto os seus camaradas tentam defender-se levantando as vozes. Sianga ordena-lhes silêncio e estes calam-se, prestando a última obediência às ordens do seu soberano. A marcha de quinhentos metros até a sombra da figueira sagrada é um martírio mais infinito do que todas as eternidades. O povo achincalha-os, cospes-lhes no rosto, nos olhos, rasga-lhes a pele com paus e pedras, derrama sobre eles o fel acabado de ingerir na noite do tumulto. Os cadáveres frescos estão ao relento e ainda não foram enterrados. Os feridos ainda sangram e outras almas ainda se esfumam. O ódio do povo acende-se como uma fogueira de sândalo. Alguns vêm a correr de catanas bem afiadas para aniquilar a vida dos traidores num só golpe. Ontem, este povo proclamou e coroou Sianga. Depois crucificou-o. Voltou a realizar uma coroação clandestina e agora o crucifica de novo. As ocasiões alteram o comportamento dos homens. Como as estações do ano. Como o camaleão. O chefe da aldeia ordena a calma, o que consegue com muita dificuldade. A justiça é monopólio dos eleitos e é ele quem deve exercê-la. O chefe morde os lábios, cospe saliva amarga. Vai participar na justiça de guerra. Sente-se nervoso porque vai ao altar receber o seu batismo de fogo.

Os tambores tocam, chamando todos os aldeões para a grande banja. Os que estão ocupados abandonam os seus afazeres e dirigem-se em passo rápido ao local da chamada. Os arrepios crescem. O povo senta-se na sombra da figueira grande, os condenados estão à sua frente, amarrados, mudos, andrajosos, sangrentos, fedorentos, a fúria do povo abateu-se sobre as suas cabeças. Reina o silêncio de sepulcro e todos aguardam o momento que segue. O que irá acontecer? O chefe da aldeia está na bebedeira de soruma, o que irá fazer? Ele está com uma fúria de um leão assanhado. Manda apontar as armas aos condenados e estas se erguem, foices levantadas para a ceifa do joio, quem com ferro mata com ferro morre.

O momento é difícil. Acusador e réu enfrentam-se na última prova de coragem. Os condenados lançam dos olhos faróis de combate, o olhar fulmina como balas, acusa. O povo baixa a cabeça, esconde os seus olhos, não suporta. A multidão embaraçada procura refúgio nas asas dos braços, como as cegonhas. Outras pessoas curvam a cabeça até a altura do peito. As mulheres vendam o rosto com a ponta velha da capulana, para esconder a vergonha, o arrependimento, para impedir que os olhos gravem imagens que irão fermentar na eternidade da vida o cancro do remorso.

Sianga está calmo e mantém a sua pose inalterável como um grande chefe.

A redenção vem do arrependimento e da confissão. O povo tenta arrepender-se da denúncia acabada de fazer. Os cinco à sua frente vão morrer de certeza. Faz mais uma vez um exame rápido de consciência e depressa conclui que não teve culpa nenhuma. Lava-se e purifica-se. Deita as culpas sobre a tia Rosi porque foi ela. Se abriu a boca é porque estava feita com aqueles cinco e conhecem-se muito bem. Ela é que soltou a língua, não fomos nós, se lhe fizemos coro é porque temos o coração em chamas, não sabemos de nada. Sianga vai morrer, talvez seja mesmo inocente, a tia Rosi é que é culpada. Arrastou-nos até aqui com o veneno da sua língua, coitada da Minosse vai ficar viúva e foi mesmo agora que perdeu os filhos e os netos, tudo por culpa da tia Rosi, essa cobra cuspideira. As pessoas estão inquietas e os murmúrios sobem, crescentes. A Rosi está sentada entre a multidão. Esta, ao aperceber-se da sua presença, afasta-se deixando-a num espaço aberto, enorme, evitando assim um contacto nocivo da sua respiração, do seu odor e das lágrimas de crocodilo que derrama aos borbotões. Chora, feiticeira, chora, murmurava o povo entredentes, não fomos nós que vendemos aqueles cinco, foste tu, tia Rosi.

Alguém pensa em pedir a absolvição dos condenados, o que outros reprovam. Defender um condenado é condenar-se, o melhor é fechar a boca e deixar que as coisas corram. O maior da aldeia toma a palavra. Chegou a hora fatal.

— Povo de Mananga, conheceis estes homens?

— São traidores — responde um grupo.

— Que destino merecem?

— A morte! Que os enforquem! — responde o mesmo grupo.

— Nós não os vamos matar — diz o chefe da aldeia. — Queremos apenas praticar a justiça. Ei, mulher, tu que estás aí sozinha conta de novo a história que narraste há pouco para que todos compreendam a razão da nossa ação.

Rosi levantou-se. Deu uns passos para frente do público. Cambaleou. Tremeu. Mijou-se. Não olhou para os condenados porque sabia que também ela devia estar ali. Falou. Não deu o rosto nem os olhos aos sentenciados.

O chefe mandou buscar a cadeira de régulo e todos os ornamentos do velho Sianga. Trajam-no e sentam-no na magna cadeira, colocando dois dos cúmplices à esquerda e outros dois à direita. O chefe ergueu a voz forte que ficou gravada para sempre nas mentes dos presentes.

— Sianga, debaixo desta grande figueira, o povo te proclama rei de todos os reis. Mulheres: reuni todas as forças que ainda vos restam e soltai clamores de glória porque Sianga é o rei das eternidades. Vamos, homem. Dá vivas pelo poder conquistado com uma voz forte que as nuvens escutem.

Sianga toma a palavra, o que surpreendeu muitos. A sua voz ouviu-se forte, viril, emocionante:

— Wusheni, Manuna, em breve estarei convosco. Não tive culpa. A ambição é por vezes mais forte que o homem.

— Arrogante, incorrigível, guardas, fogo!

Relâmpagos, fogo, pânico, pólvora. Sianga é agora o rei dos mortos. O povo foge em debandada, os olfatos estão demasiado saciados de pólvora e do cheiro dos cadáveres frescos. Ninguém se lembra de amparar a viúva recente. Minosse, que assistiu a tudo de olhos bem abertos, luta contra o desfalecimento que a abate. Grita, mas a sua voz não se escuta, faz coro com as vozes desvairadas das gentes. Rebola. Pede ao chão que a sepulte, mas este recusa-a. Levanta-se. Cai. Grita. Chora. Torna a levantar-se e sofre nova recaída. Estende-se no regaço da terra-mãe com os braços em cruz contemplando o céu, única alternativa ao seu alcance.

11.

Cumpriu-se o vaticínio dos deuses, a predição dos antigos. Do pó te fizeram homem. Enterrado nas entranhas da terra ao pó voltarás. Somos agora cacos da bilha partida donde a água se espalhou e regou a terra.

A dor é irmã gémea do rato. Rói o cérebro e não pensas. Rói a luz para deambulares nas trevas, desnorteia. Mas é pior do que o rato. A dor coloca no peito uma fogueira acesa e no rosto das vítimas aquela máscara inexpressiva que parece pranto, que parece prece ou pesar. Mas a dor não atua impunemente. Dentro de cada homem há soldados nobres que a combatem. Depois de muitas lágrimas surge do íntimo uma voz amiga que aconselha: não bastam as lágrimas para combater a tristeza, é preciso resistir e expulsar a maldita.

As mulheres, mais dominadas pelo medo, instigam os homens para a saída precipitada. Preparam a fuga. As mãos trémulas rebuscam os utensílios sobreviventes nas palhotas incineradas. Recolhem os restos dos cereais, a enxada, a bilha que não estalou nas chamas, as metades da capulana e do cobertor que não queimaram, o cesto velho, a esteira e a peneira, o colar de missanga, último ornamento dos deuses que escapou. Debaixo dos arbustos estão escondidas a cadela e as crias. No tronco de mbawa ainda está amarrado o cabrito que escapou da pilhagem.

As bilhas e as cabaças são cheias de água, numa longa viagem, mais importante que a comida é a bebida. Os velhos procuram paus mais fortes para ajudar na marcha tripé. Os aldeões estão desorientados, mas os de Macuácua estão mais calmos e nem choram. Já foram graduados na academia de sofrimento, passaram por situações daquelas vezes sem conta antes de abandonar a aldeia natal. Dão a mão fraterna, solidária, aos novos estagiários da mesma academia, esquecendo o ostracismo e as hostilidades de que foram vítimas. Consolam. Amparam. Aconselham.

— Não há razão para precipitação, irmãos de Mananga. De uma tempestade para a outra há uma distância de calma e repouso. O invasor não gosta do cheiro podre das suas presas, o homem nunca se detém para suportar o nojo dos seus excrementos. Não se apressem, dai um funeral digno aos vossos mortos. Os caminhos ainda escaldam, ninguém conhece o rumo do invasor.

— De acordo, de acordo.

Os de Mananga concordam, escutam, são palavras sensatas. Aceitam a solidariedade dos antigos rivais e selam uma fraternidade, um nó indestrutível.

A sociedade está desorientada, deambula nas trevas da amargura, e mais do que nunca precisa de um conforto de espírito. Na aldeia já não há igreja. Restam apenas ruínas do edifício por nós construído com suor e sangue à custa do chicote português. Destruímos este monumento na euforia porque tínhamos conquistado a liberdade. O Deus daquela igreja veio com os colonos. Era parecido com os colonos. Com o padre. Com o papa. Eram todos brancos. O que queríamos era construir uma sociedade sem igrejas, nem padres, nem papas brancos. Os padres pés-descalços invadiram depois a aldeia, havia-os aos montes, mas agora fugiram da fome.

A população desvairada chama pelos mais velhos da tribo, pelos conselheiros, pelos curandeiros e adivinhos. É preciso falar com os defuntos, os vivos têm sede das palavras de consolo. Os mais idóneos conferenciam. É preciso ser fiel aos princípios da tribo. A cada morte deve ser dado um funeral de acordo com as condições da sua ocorrência. Os que dormiam não morreram de doença nem de velhice. Qual é a solução para casos destes? O Sianga e os seus parceiros pertencem à aristocracia do Grande Espírito, estão ali, reclamam funerais de nobreza, que faremos nós?

— Chamai o Chilengue, conselheiro fiel da nossa tribo, que conhece todas as leis desde os tempos do primeiro homem.

— O Chilengue? Esse dorme o sono pacífico de todos os anjos. Tem a cabeça rachada por um golpe de machado. Aquela cabeça augusta ficou cortada pela fronte. Toda aquela nobreza e sabedoria ficaram divididas em carne, caixa craniana e cartilagens. Os olhos saíram das órbitas. Até o cérebro saiu à luz para exibir ao mundo o seu cinzento invulgar na história dos homens.

— Estas balas apanharam-nos de surpresa e todos os nossos morreram porque não estavam prevenidos. É preciso preservar a continuidade da tribo. Procuremos o Timane que herdou a sabedoria dos antigos ngunis para preparar a magia que torna os homens invulneráveis às balas. Que prepare o elixir da longa vida com que os nossos antepassados se defenderam contra os ngunis, para que os filhos da tribo vivam mais que os imbondeiros e se reproduzam em número maior que o das estrelas do céu.

— Oh, esse está ali naquele canto. Tem ferimentos graves, muito graves mesmo, se não morreu é porque os deuses ainda o seguram. Diz que tem muita sede, sente muito calor e muito frio. Tem o rosto mais alegre que o de uma criança. Fala sozinho e em voz alta. Diz que está a manter uma conversa animada com um bando de feiticeiros.

— E a Bingwana? Procuremo-la para a poção mágica. As crianças beberam sangue vivo pelos olhos, pelo cérebro e pelos sentimentos. Viram as tatuagens secretas das mães, o lugar de onde vieram ao mundo no momento em que a capulana esvoaçou na ventania das balas. Viram o divórcio do corpo e alma e preservam na mente cenas de agonia. Até os bebés nos úteros das mães se agitaram de terror. Virão ao mundo cegos e surdos, verdadeiros monstros. Chamai a Bingwane que o caso é de urgência. Que venha a poção mágica, que fará vomitar todos os horrores que se viveram.

— Oh, essa está viva e sem uma única ferida. Deambula pela aldeia de trouxa à cabeça e só fala português que ninguém sabe onde aprendeu. Diz que os portugueses virão buscá-la para a terra deles onde não há nem pretos nem guerra. Está desmiolada.

Ah, pobreza deste povo. Nem padres, nem conselheiros, nem velhos, a tribo está desorientada, somos ovelhas perdidas, somos órfãos. Mataram os velhos, mataram os novos. O povo não tem biblioteca e nem escreve. A sua história, os seus segredos residem na massa cinzenta dos antigos, cada cabeça é um capítulo, um livro, uma enciclopédia, uma biblioteca. As cabeças foram decepadas e em breve será o enterro. Semearemos entre as pedras os segredos da vida e da morte, a sabedoria da água e da nuvem. Reina em nós uma escuridão absoluta, que faremos agora?

— Chamai o Simonhane para dizer-nos a sentença dos oráculos.

— O Simonhane está vivo e de perfeita saúde. Logo que o sol nasceu, atirou os ossículos para o fundo da latrina porque diz que lhe segredam amarguras maiores do que esta.

A esperança de melhores dias está perdida mas ainda reina vida nas veias dos sobreviventes. O tempo é outro, a vida é outra, e até o sol é outro. O calor aumenta e ativa a fermentação dos corpos caídos. Bandos de moscas zumbem satisfeitos e engordam. Na savana próxima escutam-se grasnidos de abutres que se aproximam, haverá banquete de gala para todos os vermes da Mananga. As palhotas incendiadas deitam menos fumo. O vento sopra mais fresco do que nunca e as mulheres não choram tanto como antes. As mães, sempre cuidadosas, afastaram do local macabro todas as crianças.

Simonhane olha para todos os cantos da aldeia. As pessoas reúnem-se em pequenos grupos. Falam em monossílabos. Dão pequenos passos. Vão e voltam, não sabem de onde para onde. Os olhos navegam na melancolia e a mente saltita ora para o momento passado, ora para o presente. Tenta juntar-se aos grupos, mas para quê? Está nervoso, impaciente. Treme. Tenta pensar e descobre que a memória sofreu um grande abalo. Descola o traseiro do chão. Levanta-se. Leva a mão direita ao joelho e ampara-o para tentar caminhar. Cambaleia. Sente a coluna mais fortificada, larga o joelho e caminha ereto. Sente-se muito mais cansado agora, como se estivesse a carregar sobre os ombros velhos sacos de mais de cem quilos. O passeio leva-o até o local afastado onde as crianças repousam desesperadas. Acerca-se delas. Olha-as, fala-lhes e não respondem. Estão surdas, estão mudas, estão quase mortas. Algumas estão deitadas, outras sentadas, e uma delas, com ligeiros ferimentos, adormeceu tão profundamente que até ressona. A manhã cresce mais lenta e o céu azul perfeito embeleza o firmamento. As nuvens branquíssimas caminham em montículos insignificantes. Simonhane sente de repente uma vontade de conversar, de falar, de gesticular, berrar e chorar. Senta-se na sombra, no meio das crianças apinhadas.

Tosse. Pigarreira. A memória regressa e percorre os caminhos da infância. O velho leão delira e fala para si e para o vento.

— Confesso que vivi muito, sim, vivi muito. Fui soldado nas guerras antigas e quem diria que haveria de viver tanto até assistir a estas desgraças?

Os olhos turvos das crianças convergem sobre o velho que fala. Deve ter mais de cem anos, pensam. É o mais idoso da aldeia, mas ainda tem forças, tem boa vista e o mais admirável é que na sua boca não falta um só dente.

— Vivi tanto, só para assistir às desgraças do meu próprio povo. Todos os da minha geração já morreram, o que faço ainda aqui? Oh, Simonhane, como a vida mudou. As guerras antigas é que eram guerras. Os homens eram mais homens e mais nobres. O que se passa agora!...

Uma das crianças escuta e sente a curiosidade aguçada.

— Como? O que é isso de guerras antigas?

— Ah, meu menino. Tens razão, nasceste hoje. Como eram nobres aqueles homens! Quando me lembro do combate que travámos em defesa do nosso khokhole, ai quando me lembro!...

— Khokhole? Nunca ouvi falar nisso.

Simonhane descerra os lábios e sorri. Aquela curiosidade agrada-lhe. Os meninos murchos ainda estão vivos e mantêm aceso o desejo de conhecer as coisas antigas e recentes. Fala. Explica. O gesto cansado acompanha a voz que treme suavemente. Simonhane mergulha no sonho. E conta. E reconta histórias dos bons e velhos tempos, e a razão da destruição do último khokhole de Mananga.

— Há mais de um século, houve uma grande disputa entre os dois filhos do chefe. Quando dois irmãos se batem, há um fantasma de mulher minando a amizade e a fraternidade. Ora, o que aconteceu na verdade é que Nhabanga, o mais novo, conseguira desposar uma jovem tão bela como jamais se viu igual nas terras de Mananga. O mais velho cobiçou a sorte do outro embora também fosse casado, o que não constituía problema, pois a poligamia é o direito natural do homem forte. Este irmão mais velho era poderoso, porque herdeiro. Com riquezas e promessas conseguiu roubar a cunhada e desposou-a. O mais novo sofreu profundamente e o ódio de morte foi semeado. O lesado abandonou a terra natal, refugiando-se numa aldeia distante. Construiu a sua residência e casou com trinta jovens, as mais lindas que já se viram na superfície da terra, muito mais lindas do que a primeira que ficara com o irmão mais velho, de modo que, da sua linhagem, nasceram os filhos mais maravilhosos do mundo.

"O mais novo, sozinho, fundou uma aldeia que cresceu e prosperou. Com a morte do pai, o mais velho, que era mau, tomou a chefia do clã. O povo, aterrorizado, procurou a proteção do mais novo porque era bom e justo. Para piorar o estado das coisas, a viúva do chefe, portanto, a mãe, também abandonou o filho mais velho, preferindo o outro porque era mais dócil. O mais velho enfureceu-se. Preparou uma batalha punitiva a fim de aniquilar o irmão para todo o sempre. Declarou a guerra e enviou mensageiros para advertir o mais novo. Este por sua vez treinou os homens mais fortes. Os dias que se seguiram à declaração de guerra foram de uma atividade infernal. Os homens iam e vinham, buscando ramos, esculpindo lanças, preparando escudos e adornos de guerra. As mulheres cortavam e transportavam lenha para as grandes fogueiras. Os mais fortes cortavam os troncos e construíam o grande khokhole. Os mais novos recebiam treinos duros, ensaiavam as canções e danças de guerra. Diziam os mais velhos que as noites desses tempos eram as mais amorosas de sempre. Quando o sol dormia, estavam na total exaustão e não sobrava espaço para zangas nem arrelias. Os maridos encorajavam as mulheres a preparar-se para serem viúvas dignas caso eles viessem a perder a vida na batalha. Elas por sua vez incitavam-nos à valentia e ao heroísmo. Diziam que o amor era mais quente porque era de despedida. Na altura eu não percebia nada da coisa, era criança ainda.

"Na véspera do combate os guerreiros passaram a noite num ritual de bravura. Oraram. Receberam dos sacerdotes o unguento e as vacinas que os tornariam invulneráveis à morte. Dançaram à volta da fogueira exaltando os deuses da guerra. Pela madrugada ocuparam os seus postos de combate. Nessa mesma altura o exército invasor também ocupava os seus postos em redor da aldeia. Enquanto aguardava a luz do sol, lançava os mais terríveis insultos. Naquele tempo raras vezes o inimigo fazia ataques a coberto da noite como acontece hoje. Quando os primeiros raios solares despontavam, os invasores avançavam. Os grandes portões do khokhole abriam-se deixando passar a rainha-mãe, escoltando um imenso rebanho de carneiros mágicos de pele completamente esfolada, toda ela vestida de vermelho exibindo todas as suas joias. Enquanto os valentes se batiam duramente, ela entretinha-se nos campos apanhando flores silvestres. Nesse combate o invasor foi completamente humilhado e os guerreiros transformados em postas."

— É interessante.

— Sim, muito interessante — confirma Simonhane. — Nas guerras antigas não se matavam mulheres nem crianças, muito menos os velhos. Os homens de ontem eram mais sérios.

— Mas, avô, guerra é sempre guerra.

— Sim, de facto. A diversão do homem consiste em destruir e construir desde o princípio do mundo. As guerras existirão sempre. Com mais violência ou com menos violência, uma guerra é sempre uma guerra.

— E como é que eram os khokholes?

— Khokhole é uma fortaleza assim grande, redonda, construída com troncos grossos das árvores fortes. É como um desses quartéis, onde ficam os soldados. Nesses tempos, quando havia guerras, o rei lá se refugiava com os seus guerreiros.

Simonhane agora fala com palavras e gestos largos, vivos. Baixa a cabeça. Coloca os dedos no dorso do chão e desenha quatro círculos concêntricos e explica o esquema do khokhole.

— O primeiro círculo forma as paredes do forte, feitas de troncos. O segundo é uma rampa onde os soldados mais fortes se empoleiravam para atacar o invasor que estava fora da fortaleza e a grande distância. No terceiro círculo que, conforme veem, está mais próximo do centro, eram colocados rapazes recém-circuncidados, isto é, de oito a treze anos, que deitados de costas disparavam as flechas com toda a força que possuíam, projetando-as para fora da fortaleza, e estas caíam infalivelmente nas cabeças dos invasores. Este grupo era um verdadeiro furor e cometia as mais incríveis diabruras. Eu participei nessa guerra e ganhei um grande ferimento.

Faz uma pausa. Com as mãos trémulas levanta a camisola esfiapada e exibe uma cicatriz profunda no ombro esquerdo, saciando a curiosidade dos meninos. Busca o frasco de rapé e toma uma pitadela. Recomeça a narração interrompida.

— O quarto e último círculo era formado por mulheres que de pé e caminhando em fila circular batiam vigorosamente no solo com o pilão levantado uma grande barulheira enquanto cantavam canções guerreiras em que injuriavam o invasor, incitando os seus homens à bravura.

— Dentro do khokhole cabiam todas as pessoas?

— Claro que não, meu menino, claro que não. Só ali se refugiava o chefe e as pessoas mais chegadas defendidas pelos guerreiros valentes. A gentalha ficava à solta e defendia-se como podia.

— E por que é que a rainha-mãe saía do forte?

— Porque ela é nobre, é deusa, não podia ser atingida por

uma flecha perdida. Já imaginaram o que aconteceria se ela morresse?

— E o que é que poderia acontecer?

— Tantas coisas! Por exemplo, a chuva deixaria de cair, e os deuses vingar-se-iam do povo por ter deixado acontecer tamanha maldade.

— Então, vovô Simon, aqui morreu alguma rainha?

— E por quê?

— Porque não chove e os deuses se vingam.

Simonhane esboça um sorriso cândido. De repente faz uma careta de dor, o coração bate forte, desarticulado. Rebola na areia. Guincha, as dores são terríveis. Perde o domínio de si mas sorri, sente próxima a hora da morte. De repente recorda-se da sentença dos oráculos: morrerá no meio das feras no coração da selva. Foi por isso que atirou os malditos ossos no fundo da latrina quando o sol nasceu. Tem vontade de chorar mas não chora. Lembra-se do juramento sagrado dos seus tempos de guerra. O ser humano deve suportar com honra todas as arbitrariedades existentes debaixo do sol.

Os mortos ainda estão ao relento enquanto os vivos não se cansam de perguntar, que fazemos? Que fazemos? Daremos um funeral simples a qualquer um deles, nobres ou não, e o que tiver que acontecer que aconteça, opinam os mais decididos.

Os homens abrem um só coval para todos eles. A terra escancara a boca ávida à medida que se redobra a força das enxadas. No céu límpido, bandos negros desenham espirais imprecisas. São os corvos. Lançam no ar cantigas de triunfo que estonteiam as gentes e elevam-se mais alto na milésima revoada. As mãos nuas dos cangalheiros de ocasião arrepiam-se com a gélida sensação da morte, os defuntos são conduzidos à última morada.

A xipalapala canta, apito do comboio fantasma anunciando o último adeus da longa jornada. E o povo inteiro se arrasta para o novo cemitério. Reacendem-se os choros. O rumor das vozes azeda o ar com carga de fel. Os gritos não são das carpideiras, mas da dor verdadeira. Contestam a partida de Johane, da Sarane, do Lázaro, velho mais honesto do mundo, do Binda amigo verdadeiro, da comadre Marieta, de todos os inocentes, do menino e da menina, do filho querido, do marido carinhoso, que tiveram a coragem de abandoná-los tão sós.

As mulheres caem prostradas, a dureza do momento é superior a qualquer força do universo. Os homens apesar de esgotados ainda têm força para se compadecer das pobres mulheres.

— Irmãos, nós somos homens e não aguentamos. Por que é que deixaram as mulheres assistir a mais este cenário? Elas não aguentam, coitadas, estão acabadas, não aguentam mesmo.

— Deixa, amigo, deixa que assim seja. O solo de Mananga tem a garganta demasiado seca para engolir os filhos dos homens, é preciso que as mulheres chorem.

E elas choram. Gota a gota de cada olho, de cada alma moribunda, e o rio vai crescendo até humedecer o limbo onde as almas angélicas irão repousar. Seria imprudente pedir aos deuses para molhar o chão com lágrimas do céu. Estes mortos não são reis, são apenas servos, passageiros da última categoria na estrada da vida. Se algum dia foram reis, foi no ventre das mães, na fantasia dos sonhos, foram heróis das histórias fantásticas que ao avô contava à volta da lareira e nada mais.

Os covais são cheios de areia numa cerimónia simples sem as pompas da tradição. Falta a bíblia, o cântico e a água benta. Falta o batuque e a aguardente, a missanga e o rapé, o pano vermelho, preto e branco, falta o caixão, falta a mortalha de pano ou de palha, falta tudo menos a dor abissal.

É uma cerimónia sublime, a solenidade existente dispensa todos os artifícios. Os lábios mais se cerram à medida que os covais são cheios de areia. Morrem as vozes carpidas, morrem os murmúrios. As lágrimas secam das fontes e os rostos desencantados desenham preces de silêncio.

Confirmaram-se os ditos do povo, esses velhos antigos são misteriosos, complicados, o Sianga não morreu, minha gente! Zuze, o grande espírito, aplicou-lhe a tatuagem da longa vida pela sua mão. E o chefe da aldeia ousou levantar as armas contra o protegido de Zuze, grandes hecatombes cairão sobre a sua vida, coitado, ele não é originário desta terra e não conhece as tradições do povo daqui, não é do nosso clã, é um estrangeiro.

Sianga tem o peito mais perfurado que o mais perfeito crivo, não se sabe como é que se mantém vivo, está mais do que provado que ele venceu a morte pela mão de Zuze. As chagas vazaram-lhe todo o sangue, mas ele respira e até fala. Está ainda prostrado onde as balas o lançaram, ninguém o socorre. Ouve-se dizer por aí que socorrer um protegido de Zuze é condenar-se. Dizem que, no contacto físico entre o ferido e quem o socorre, a vítima transfere as chagas para o corpo de quem o auxilia. Dizem ainda que os protegidos por esse espírito nunca ficam doentes. Quando um mal lhes bate à porta, mesmo uma simples gripe ou dor de cabeça, vão até o interior da savana, fazem oferendas ao Zuze e, com a mão direita colocada no tronco de qualquer árvore ou arbusto, proferem palavras mágicas. Dizem que nesse momento a doença é transferida para a árvore que morre imediatamente e eles regressam a casa sãos e salvos.

Ninguém presta socorros ao Sianga, todos têm medo das magias de que ouviram falar. Lutam por reanimar a Minosse desmaiada para que cuide do marido ferido, eles que se entendam, são panela e tampa da mesma cozinha.

Minosse reanima-se com a notícia do marido vivo, mas não se alegra. Faz um balanço macabro do que acaba de acontecer. O seu filho Manuna mata Wusheni e o filho de sete meses que esta incubava no ventre. Wusheni mata Manuna num ato de desespero. Sianga crucifica o povo. O povo crucifica Sianga. Os netos foram mortos e as noras capturadas. Dambuza, seu genro querido, flutua no ar, suspenso por um cordel na copa do grande cajueiro. Preferiu partir em busca da Wusheni e do filho ainda por nascer. Minosse sente uma solidão absoluta. Cheia de desespero, recobra a força interior e grita, a dor ultrapassa os limites toleráveis:

— Deus do Céu e da Terra, espíritos dos Mathe e dos Mausse, por que me abandonaram?

Rasga as vestes, fere o corpo, esgaravata a terra e cai inconsciente.

— Mas por que tanta desgraça, filhos de Mananga, filhos de Deus e dos defuntos, por que tanta desgraça?

Os espíritos revoltam-se, porque no mbelele, o chefe comeu a parte dos defuntos. As corujas cantaram à meia-noite. O gato preto atravessou o caminho na sexta-feira. Um pai dormiu com a filha. Um filho matou a mãe.

O fogo no ar.

O rio de sangue.

Sangue do ovo e do filho do homem.

Sangue vermelho manchando o sol!

PARTE II

A siku ni siko li ni psa lona.
(Cada dia tem a sua história.)
Canção popular changane

12.

Há cavaleiros no céu. O som de trombetas escuta-se no ar. Na terra há saraivada e fogo e tudo se toma em "Absinto", mesmo os cegos enxergam e os surdos escutam. Há cavaleiros na terra. São dois, são três, são quatro, incendeiam a vida com lanças de fogo, cada terrestre que cave a sua sepultura, yô! A vida deteriora-se por todo o lado, há fome e morte nos quatro cantos do mundo.

Cada ano,
Cada ano tem a sua história.
Cada dia,
Cada dia tem a sua história.

Há muitos e muitos sóis, as mulheres cantavam estes versos velhos como a idade da Terra, com vozes de fartura nas festas das colheitas. Os tempos mudaram. Hoje, outras mulheres cantam os mesmos versos com vozes de amargura na época de tortura.

E amanhã?
Não sei o que irá acontecer.

Canção desespero, canção esperança, canção dúvida, canção certeza. Versos ora diretos, ora indiretos, subtis, sinuosos, tão sinuosos como a estrada das gaivotas. *Nasceste tarde, verás o que eu não vi.*
O arrefecimento da terra virá com a chuva que apagará o fogo das lanças dos cavaleiros do céu. Nesse tempo, a força das mãos fará renascer das veias a razão da existência, mas quando? Os homens estão quase resignados e definham ao gosto do diabo. Fugir para onde? Os caminhos para a luz estão armadilhados, o pobre ser humano gira à volta de si mesmo no interior da armadilha tecida pelos seus semelhantes. Resta apenas um caminho: assinar o divórcio com a vida e transformar-se em poeira que o vento fará levantar, até o farfalhar edénico das palmeiras.

13.

Cessaram os choros. O terror cedeu o lugar à passividade e o povo deixa-se conduzir como cordeiros para o último destino, onde não há princípio nem fim. As lágrimas já não são líquidas, cristalizaram, riscam, sangram.

Mas dizem que a vida é bela do lado de lá. Dizem que o céu é mais azul e as nuvens verdadeiras. Do lado de lá, a floresta é pasto, come-se pão de qualquer bananeira, de qualquer papaieira. Dizem que cada arbusto é fonte, bebe-se seiva da palma, de cana e de caju. Do lado de lá há sorrisos e risos e os cansaços repousam no regaço de terra, dizem.

O povo de Mananga rasga o arco e salta. Rasga o universo do ovo com a coragem do pinto ao vigésimo primeiro dia, a vida é mais verdadeira do lado de lá. Desenham no ar novos caminhos, canoa no mar da tempestade seguindo rotas planeadas pelos caprichos de vento.

O sol está no meio do céu e os aldeões já estão prontos para a partida. Os de Macuácua não concordam com a hora.

— Boa gente, onde pensam que chegarão com este sol? Os

fardos pesados que levam inibem os movimentos, reduzem a possibilidade de salvação de quem os carrega. Qual é a razão de tanta pressa? E os feridos, com quem os deixam?

— O chefe da aldeia prometeu um carro de socorro, e é homem de palavra. Os que têm familiares feridos que aguardem, nós vamos adiantar o passo.

Os de Macuácua são experientes, dizem palavras sensatas. Uma boa parte das pessoas escuta, fica. A outra parte recusa a prudência saída da boca de um ser inferior. Avança. Por orgulho, por vaidade. Os de Macuácua estão sempre a dar opiniões, querem dominar-nos, o que é que julgam que são? Estamos cansados dos seus doutorismos. A vaidade é uma venda. Torna os olhos e ouvidos impermeáveis à clareza da vida. Partem. Os que vão têm o espírito leve para partir, não perderam nada nem ninguém. O desgosto que os abate é desgosto alheio porque não sentiram bem a fundo o abalo da morte.

A partida tem sabor a areia solta, a sede, a poeira seca, o sol é demasiado forte e o calor destila. Caminham. Os corpos vivos marcham como sepulcros, como duendes, como sombras mortas. Arrastam consigo todos os haveres que lhes restam, para o novo mundo, para o recomeço da vida ou para o prolongamento da agonia. Os pés descalços galgam o chão duro. O dorso da terra é seco, quente e áspero, como o vento, como o homem. A terra recebe o pisoteio imperturbado, com a mesma insensibilidade dos homens que caminham sobre ela. Cada passo em frente é um coval de areia em cada sonho, uma morte viva para a terra que deu a vida e o mundo. Ninguém olha para trás, todos desejam esquecer o passado. Tampouco olham para a frente. Reina a insegurança, o que haverá à frente? Animais e homens caminham de olhos poisados no chão. A solidez silenciosa da terra é segurança maior, é certeza. A ilusão está à frente, nos caminhos de amanhã. Os companheiros de viagem não trocam palavras banais nem conversas de nada. Falar de nada é falar da vida. Nenhum dos peregrinos deseja enfrentar a realidade.

Na marcha, o zurro do burro, o mugir da vaca, o ladrar do cão, o cacarejo da franga no cesto de quem a transporta e o silêncio dos homens tomam a procissão ainda mais estranha. O canto dos grilos é mais profético, anunciador de maiores desgraças.

Quando o sol se põe, sentem que já caminharam muito, mas não sabem que distância fizeram, as pernas reclamam, estão inchadas, dormentes, insensíveis.

A força da caminhada esmorece, os burros recusam-se a marchar. Os bois guinam a cabeça ora para a esquerda, ora para a direita e não dão um só passo. Estão cansados, sentem calor e sede, e os aldeões, vontade de prosseguir. Surgem as primeiras divergências. Caminhando com esta velocidade, chegaremos ao Monte com cabelos brancos, diziam uns. De resto, se essas vacas chegarem lá, os donos nem nos darão um pedaço de leite.

Dividem-se. O grupo que vai à frente conspira. Os alimentos que tem não são suficientes para muito tempo. Se conseguíssemos roubar uma só cabeça de bovino teríamos o problema resolvido por algum tempo. Entram em acordo, planeiam, emboscam-se e aguardam a hora.

A lua branca já surge no céu azul que se acinzenta. Os aldeões cansados alcançam uma clareira. Acampam. Devolvem ao corpo a seiva preciosa que o sol tirou. E acendem as fogueiras. E cozem os alimentos. E comem. E dormem despreocupados ao lado dos bois que mugem e dos burros que zurram. Os cães ladram sem cessar. E a lua ri-se dos insensatos.

Os pássaros batem asas na canção vespertina, e o socorro dos feridos não vem. A brisa é fresca e vem do Leste, traz inquietude nos peitos dos que esperam, a noite vai cair e ainda estamos aqui. Murmuram. Amaldiçoam-se. Demos ouvidos aos falsos doutorismos dos de Macuácua e perdemo-nos.

Ouve-se um ruído e as mentes agitam-se, cresce a expectativa, será? Não, não é um camião, é um avião transportando gente feliz que, lá do alto, nem imagina a tristeza deste povo. O silêncio cresce. Até os zumbidos das moscas se confundem com o motor do camião. O cão magro levanta-se agitado. O ladrar incessante é mais alarmante do que o choro de uma criança. O velho Nguenha olha-o atentamente e estuda-lhe os movimentos. Arrebita as orelhas para apurar o ouvido. Escuta qualquer coisa que o vento arrasta. Coloca o dorso da mão sobre a areia. Não basta. Ajoelha-se e coloca o ouvido para auscultar o chão e sorri. Sim, vem aí um grande camião e chegará dentro de pouco tempo. Os outros olham-no surpreendidos, incrédulos. Está doido, pensam.

— Mas como é que sabes, velho?

— São sabedorias doutros tempos, aprendidas noutras guerras.

E o camião chega depois de uns quinze minutos. O motorista larga o volante e desce. Olha para o cenário e mal se aproxima, o nojo provoca-lhe náuseas. Cospe. Dá passinhos curtos à volta do camião enquanto grita ordens:

— Metam os tipos dentro, que já é demasiado tarde. Tenho que atingir a vila antes de anoitecer, rápido, lesmas.

Esboça um sorriso nervoso, satisfeito, as suas ordens são cumpridas a contento. Fuma. De esguelha espia o movimento azafamado dos homens embarcando os feridos. Tapa os ouvidos. Não quer ser incomodado pelos ais dos moribundos que gemem, os movimentos despertam as dores nas feridas meio adormecidas. Os doentes são empilhados com pressa e sem jeito. O espaço é insuficiente, outros ficam em terra.

— Têm que caber todos — assevera o motorista —, não há tempo nem combustível para fazer uma segunda viagem.

Os feridos são colocados uns sobre os outros como cadáveres. O motorista entra na viatura sem se dignar olhar para a população que o cerca. Segura o volante, mete a chave e o motor ronca. A viatura lança baforadas de fumo, não se move, parece que alguma coisa encravou, não arranca. O motorista põe a cabeça pela janela e, num gesto, ordena aos homens apeados que o empurrem. Metem mãos à obra, transferindo para a viatura a pouca energia que lhes resta. À força de empurrão, a viatura galga alguns metros de terra solta. O motor cede e, num esticão forte, avança acelerado e os que empurram caem sobre o solo rebolando na areia. Balança para a esquerda e para a direita como um barco, desaparece na primeira curva deixando atrás de si um rasto de fumo. Os solavancos são fortes e provocam dores. Os feridos fecham os olhos. Gemem. Choram. Porque o corpo dói. Porque a alma dói na trágica despedida. O socorro não foi imediato, e muitos têm a consciência plena de que a luz da próxima manhã não pertencerá mais à sua história. Os que escaparem com vida viverão separados das suas famílias porque não lhes saberão do paradeiro. Os que morrerem outros sepulcros não terão senão a vala comum, e suas famílias jamais saberão se estão vivos ou mortos porque nem haverá registos.

A viatura avança com dificuldade e o motorista roga pragas. Contra a guerra, contra a morte e todas as intempéries. A falta de chuvas soltou a areia que faz levantar enormes nuvens de poeira. O motorista torce e retorce o volante, a estrada é também retorcida e em subida. A viagem até o hospital da vila é curta, sessenta quilómetros apenas. Atento à condução rememora a história da estrada: nesta curva, tive o meu batismo de fogo e ganhei esta cicatriz no ventre. Ali, naquela árvore grande, tivemos um combate sensacional, abatemos cinco tipos e sacámos-lhes as armas.

Depois da próxima curva são os montes onde os invasores gostam de se esconder, é um lugar perigoso, será que conseguiremos passar sem novidade?

Os viajantes permanecem calados, vão-se conformando à medida que percorrem maiores distâncias. Erguem a cabeça e novas paisagens desfilam-lhes nos olhos. É uma viagem infernal. O demoníaco não reside no desconforto dos solavancos, mas no silêncio da estrada. Nem uma casa à vista, nem uma alma viva. O aparecimento de um animal amigo ou vizinho do homem seria recebido com agrado, mesmo que fosse um gato preto atravessando o caminho. Os olhos dos viajantes caminham mais rápidos do que a viatura. Lá adiante, próximo da curva, avista-se uma silhueta. É uma mulher ou um homem empunhando uma arma qualquer; catana, machado, ou outro objeto mortífero. Fecham os olhos para reprimir o desejo de gritar, para senhor motorista, há perigo à vista. O motorista canta uma melodia qualquer, agora assobia, parece estar tranquilo, acelera. Ah, não há arma nenhuma, nem mulher, nem homem. É apenas uma árvore gigantesca, medonha. Que macabra imaginação, que miragem diabólica. Até as pedras tomam a figura humana dos inimigos quando a morte caminha em galope desenfreado no nosso encalço, ou quando alguém se aproxima das fronteiras do seu reino. Mas não parece que seja tudo uma miragem, não. Na próxima curva, sim, na próxima curva, as ervas não seguem o ritmo normal do vento, balançam em movimentos suspeitos, parece que há alguém a agitar-se nelas, não escaparemos da morte certa. A viatura alcança a curva e as ervas continuam o balanço no mesmo ritmo, oh, estamos demasiado assustados, estamos a ter miragens e mais miragens. Medos infundados. Recordações amargas. A morte nunca se projeta pomposa com as fanfarras de um cavaleiro real. É traiçoeira, é invisível, morde nas costas, a cobarde.

O camião move-se com ameaças de avaria. Uma das rodas

mergulha na cova funda. Para um instante. Tenta navegar, o motor tosse, ronca e dorme. O motorista salta da cabina, levanta o tampão que esconde o motor, pega numa corda e amarra qualquer coisa. Tenta pôr o motor em funcionamento e este não responde. O desespero apodera-se de todos. É demasiado azar a viatura avariar-se neste lugar sinistro onde já se deram situações terríveis. A viatura é mais teimosa que a burra, mas o motorista é mais teimoso ainda. Desce e volta a fazer a operação anterior. Amarra qualquer coisa no motor. Dessa vez o motor ronca, tosse, para, volta a roncar e dá o arranque. A viagem prossegue, a carripana ouviu os choros dos desesperados, mas não está longe o dia em que conhecerá a completa agonia. O motorista acende o cigarro, quer acalmar os nervos. Revolta-se. A culpa é do responsável do parque de viaturas que não dá atenção às queixas dos motoristas. Que seria dele e daquele povo se a carripana tivesse adormecido ali, num lugar de total insegurança? Mas a culpa não é bem desse homem, não. Ele, por sua vez, fez uma carta aos maiores solicitando peças sobressalentes e ferramentas que nunca mais chegam. Disseram que essas coisas só se compram no estrangeiro e são pagas com dinheiro forte que a nossa terra não tem, por causa da seca, por causa da guerra. A culpa toda está com Deus que aprisiona a chuva e o povo não pode produzir algodão-ouro. A culpa é do diabo que fermenta o génio do mal no coração dos homens que se matam uns aos outros. O motorista para de pensar, mete a mão no bolso e tira um lencinho sujo e amarfanhado com que limpa o suor. Ri-se. Ridiculariza-se. É mesmo estúpido falar de Deus e do diabo, injuriar os homens por causa de uma viatura meio apodrecida. É claro que ninguém pode impedir uma velha carcaça de morrer tranquilamente. O culpado de toda a situação é a estrada, sim, é a estrada. É de terra batida, está esburacada e provoca o desgaste rápido das viaturas. Ninguém a nivela, ninguém a cuida porque já não existe negócio e dinheiro verdadeiro no fim da estrada. O algodão já lá não cresce, já não há excedentes de amendoim, e os cajueiros fizeram pacto com o diabo, já não produzem a maravilhosa castanha. De resto, os caminhos estão quentes e também não há dinheiro para reparar a estrada para mais depressa se socorrerem os homens.

A noite chegou e cresce mais rápida do que o rebento de bambu. No céu leitoso, o resplendor da lua ofusca o brilho das estrelas. Em Mananga, os cerca de sessenta sobreviventes terminam o plano de fuga, está tudo combinado para a partida. Elegeram um comandante para a louca marcha e a escolha recaiu em Sixpence, homem jovem a quem as turbulências da vida envelheceram. Possui o perfil do dirigente desejado. Conhece a aldeia do Monte e já lá viveu. Já esteve na guerra dos portugueses e está familiarizado com as longas marchas e os mistérios dos caminhos. Como homem que se preza, trabalhou nas minas do Rand, condição exigida para realizar o matrimónio com a mulher ideal. Antes dessa maldita guerra exercia as funções de caçador e dominava os segredos das matas. Sixpence ficou surpreendido com a eleição. Teve vontade de dizer que não, mas não teve coragem. Olhou em volta e verificou que, de entre o grupo de fugitivos, não restava um homem válido em termos de forças. Eram velhos, crianças e mulheres grávidas. Embora a situação lhe desagradasse, acabou dizendo o sim para cumprir um dever moral e social. O novo comandante, por sua vez, escolheu o velho Levene para seu adjunto. De força não era grande coisa, conhecia-o bem, mas em matéria de coragem era o melhor do mundo. Este também fora caçador nos tempos da juventude.

Os dois guias reuniram o povo e ditaram as normas. Chegado o momento, todos se erguem e, em bandos divididos, dão as primeiras pisadas na savana. Escolheram o caminho do mato porque é o ideal para uma viagem clandestina. Caminham felinos. Saltam de árvore em árvore à procura da proteção das sombras noturnas. A marcha é sinuosa, será demorada porque mais importante que o passo acelerado é o tato de quem caça para não ser caçado. De momentos a momentos param para perscrutar a mata embaciada e aprendem a identificar os seus ruídos. Ganham distância. Os pés descalços sofrem picadelas de ervas e espinhos. Sangram. Os ramos dos arbustos dão dentadas nas roupas já esfarrapadas que cobrem o corpo. Rasgam. No chão seco as folhas estalam denunciando a marcha dos fugitivos.

Na viagem fantasma, a velha Minosse vai à frente e nem os homens fortes conseguem seguir o passo dela. Caminha leve como uma pena. Todos se espantam. Os desgostos fizeram dela uma pessoa morta. Ela é um fantasma. Os fantasmas não têm corpo e nem sentem peso. Ela caminha leve e livre mesmo sem saber para onde vai.

Abrem estradas na savana escura e em marcha de caracol vão ganhando distância. Sentem os pés mais frescos. O chão que agora pisam é mais macio, é de erva espessa e suave. As árvores que ultrapassam têm ramos baixos, as folhas largas batem-lhes no rosto espevitando-os do sono como se se tratasse de golfadas de água fria. O matagal em que agora penetram é uma grossa cortina de erva e, como peixes, os navegantes abrem estradas por entre o mar de ervas e avançam lentos e cautelosos. As pontas dos ramos dos arbustos são lâminas hábeis, golpeiam a pele, fazem-na sangrar. O assobio do vento ondeia o matagal, embalando a marcha decidida dos homens. O odor de terra húmida alcança as narinas e recorda outros tempos e outras paragens.

Os que vão à frente param de repente e dão sinal aos que estão atrás: alto! Há perigo à frente. A uns passos a vegetação agita-se com uma fúria maior. As folhas esparsas estalam debaixo dos corpos que se debatem em movimentos de combate. Ouvem-se rugidos e guinchos. Os viajantes escondem-se mais e aguardam. Os homens seguram as catanas com firmeza maior. Os minutos correm intermináveis. O medo cresce, o que será? Por instantes recordam que invadiram o reino das feras. Passados muitos minutos a algazarra cessa. Reina de novo a calma, testemunha do fim do combate. Só se escutam os urros dos bichos ferozes à distância, os leões e as hienas andam soltos e aguardam o pasto. Os aldeões, mais calmos, não abandonam os esconderijos. Meditam. Descobrem que no matagal medonho reside a outra face da vida. As cigarras cantam e amam, os animais notívagos rapinam e sobrevivem alheios aos problemas dos homens.

Os viajantes emudecidos recobram a fala. Rezam. Clamam por Deus e pelos defuntos. No meio da prece integram o nome Sixpence. Defuntos, dai força ao comandante de Sixpence, dai coragem ao Sixpence, dai paciência a Sixpence. Ele escuta-os com agrado, mas pouco depois enerva-se. Os desgraçados deviam, antes de mais, rezar por si e deixá-lo em paz. Chama o ajudante aos gritos e ordena:

— Levene, manda essa manada fechar as cloacas. Acaso sou algum Messias?

— Calma, meu velho, nas coisas da vida é preciso paciência.

— Não comeces também a lamuriar, lagartixa velha. Faz o que te disse.

— Ok, mestre, às suas ordens.

Levene tenta acalmar as vozes em prece e as pessoas revoltam-se, não querem ser interrompidas no momento solene. Levantam-se murmúrios e gera-se uma pequena algazarra. As ervas ondulam satisfeitas encrespadas pelo vento. Uma velha muito velha aproxima-se de Sixpence e pergunta:

— O que era, meu jovem?

— Nada de especial, julgo. Deve ser uma fera a derrubar a presa.

— Meu Deus, eu que sempre sonhei morrer na esteira ao lado da família. Achas que eu também vou morrer, meu rapaz?

Essa agora! Não basta o facto de me terem nomeado capataz de cadáveres em movimento, agora até exigem que vaticine os seus destinos. Malditos velhos. Sixpence está aborrecido com tudo e com todos. Sente vontade de lançar uma resposta maliciosa, mas faz os possíveis para não deixar transparecer as suas intenções.

— Não deve pensar assim, avó. Só se morre quando a hora chega.

— Mas acha que a minha hora vai chegar agora?

— Pergunta a Deus.

— Ah, apetece-me chorar. Sinto que nunca mais chegaremos a lado nenhum e eu serei enterrada aqui, longe do cemitério da família.

— Podes chorar, mas em silêncio, e deixe-se de perguntas idiotas, avó.

Sixpence entristece. Sente as pernas a fraquejar e na mente bailam-lhe pensamentos incoerentes. Encontra equilíbrio encostando-se ao tronco de uma árvore. A noite enluarada é de sonho, mais bela do que uma noite de amor. O vento assobia mais forte e acaba por entrar-lhe pelas veias adentro, que estremecem provocando um fluxo desordenado de sangue em direção à cabeça. Sente vertigens. Pensa. Lamenta-se dialogando com o seu ego. Pudera eu conhecer os caprichos do destino. Se soubesse, teria feito como os outros, emigrar para bem longe das fronteiras da minha terra. Prendi-me à tradição porque me julgava bom e cumpridor dos deveres sociais. Queria proteger os meus velhos pais, mas estes foram-me retirados à bala. Pretendi ser o melhor dos maridos e eis que a morte ceifa-me a mulher e os filhos como se fossem um pedaço de palha. Agora estou neste maldito túnel sem um postigo de luz, sem um respiradouro, conduzindo uma manada de velhos inúteis que ainda guardam no peito a ilusão de um pedaço de vida. Como se realmente pudessem viver. Como se na realidade tivessem conhecido alguma vez o sentido da palavra vida. O que eles não sabem é que se precipitam de olhos fechados para a morte e sou o seu guia. O que julgam que encontrarão do outro lado da terra? Caminham apenas para o prolongamento da miséria, caminhamos todos, Deus semeou uma praga, um espinho, uma maldição no destino de cada negro. Olha em redor. Abandona os devaneios e ordena a marcha.

— Levene, a situação está calma. Conduza os homens, vamos recomeçar a caminhada.

— Por que não aguardamos um pouco mais?

— Coragem. A presa já foi derrubada e neste momento todo o bando se alimenta. Não há nada a temer, avancemos.

E a marcha segue ainda mais misteriosa, mais silenciosa. E a madrugada vem, gelada, orvalhada. Quando o manto da noite se destapa, os homens escondem-se como fugitivos, como criminosos que temem ser descobertos pelas autoridades.

Caminham a primeira noite e a segunda. No final da terceira marcha, os olhos cansados dos peregrinos divisam uma clareira. Os caminhantes precipitam-se sobre ela ignorando as recomendações do mestre. Faz muito frio, os peregrinos precisam de apanhar um bocadinho de sol. Sixpence reage com violência e reprova.

— A clareira é uma armadilha. Procurem o repouso nas tocas ou nos ramos das árvores. Somos bichos do mato, ó gente!

O corpo pressiona o estômago e este reclama alimento quente. Sixpence opõe-se de novo. A mata oferece tudo: tubérculos e frutas silvestres para matar a fome. A água ainda enche os cantis. Algumas pessoas ruminam rancores contra o seu comandante porque é déspota, desumano, não tem piedade das mulheres e velhos esfomeados. Comem o que trazem ainda de casa e descansam.

Adormecem. O sol amadurece e as aves cantam. Os aldeões repousam o corpo, mas a alma emigra para a outra esfera da vida. O sono transporta para a revivência da morte, não é tranquilo. Alguns corpos tremem convulsivos, os músculos contorcem-se de arrepios, pesadelos vindos das noites anteriores.

Doane não dorme, está ao lado da esposa e pensa nela. O filho desejado amadurece e nascerá em breve, na próxima lua nova. E se nascer agora? Quem me garante que ela fez bem a contagem do tempo? Reza a Deus para que não cometa a imprudência de deixar que o seu primeiro filho nasça no matagal, no meio de tantos perigos. Olha para a esposa. Ela dorme um sono leve, com a mão apoiada no ventre que vibra em movimentos desarticulados. Sente-se mal. Ao lado dela não encontra repouso. Abandona o local e procura outro esconderijo.

Os ouvidos sonolentos de alguns captam gemidos dolorosos de mulher. Despertam. Os olhos apreensivos procuram à volta e descobrem. Maldição. Talvez tenha dormido sobre o covil da cobra mamba. Os mais próximos cercam-na. Ela rebola e sangra, mas ninguém lhe descobre a ferida. Olham o ventre farto com indiferença. Nada lhes desperta. Ela fala e explica. Meu Deus! Vai ter a criança logo aqui. Vai gritar até despertar os tímpanos do predador, amordacem-na. As matronas aproximam-se e levam-na para um canto de relativa segurança. Doane acorda em sobressalto, alguém o desperta. As mulheres trocam palavras apressadas. As cigarras atrevidas calam-se para dar lugar às vozes sussurradas dos homens que discutem.

— Maldição dos espíritos — vocifera Doane. — Logo aqui e com tantos perigos. É preciso impedir este nascimento, é preciso travar, a criança não pode nascer aqui.

— Calma, Doane, tudo correrá bem.

— Mas a criança vai chorar, e se o invasor estiver por perto saberá que estamos aqui, seremos descobertos e talvez massacrados. Morrerão todos por causa de um filho que é meu.

— Escuta, Doane, já morreram tantos e não foi por culpa de ninguém. Calma, por favor.

Doane verte todo o pote de lágrimas que está dentro dele. Os grandes olhos avermelham-se com uma névoa de sangue. Fulmina a esposa com olhos loucos derramando sobre ela um ódio mortal, porque o nascimento daquele filho pode significar a sua morte caso o inimigo deambule por aquelas paragens. Move as mãos nervosamente. Os dedos tremem de desejo intolerável de se enterrar no pescoço magro da mulher que geme, até o corpo sucumbir à força dos dedos estranguladores no tapete de relva. E a maldita criança sucumbiria no ventre da mãe. Depois fugiria para o Monte onde iria construir uma nova família, e talvez até se casasse com uma mulher mais bonita e mais nova do que aquela. Esboça um sorriso louco, pavoroso, enquanto o suor lhe alaga a fronte, o peito e o cabelo. Os gestos urgentes das matronas despertam-no do sonho diabólico. Ergue os olhos para o céu suplicando a misericórdia divina, ele ainda é demasiado jovem para morrer. Quanto à criança que está quase a nascer, que morra, porque amanhã ele poderá fazer outra com uma mulher mais linda e mais gostosa. A angústia é substituída pela surpresa e o pânico. Abre a boca apavorado com o dedo apontado no ar. Vê pássaros lá no horizonte. São enormes, são velozes, parecem abutres. Fazem um ruído ensurdecedor e caminham em grupo de cinco. Voam cada vez mais baixo e dirigem-se em bando para as mesmas bandas. As matronas esquecem o parto por alguns momentos e olham para o céu. Não são pássaros, são aviões de combate, agora voam por cima das suas cabeças mais ameaçadores que os abutres. Têm os canos apontados para a rega da terra com fluidas lavas de pólvora e dirigem-se para o sol-poente. Deixam para trás um tufão que arranca os ramos altos dos baobás e mergulham a mata numa onda de agitação fantasmagórica.

O repouso do grupo é interrompido. Os homens meio sonolentos sacodem a cabeça para afastar o terrível pesadelo. Esfregam os olhos tentando enxergar com clareza e veem apenas o balanço mortal das árvores e folhas, porque os helicópteros zarparam com a velocidade da estrela-cadente. Levantam-se e tentam fugir, mas a voz de Sixpence os detém.

— Abriguem-se. Escondam-se. Cortem os movimentos.

Só o Doane é que não escuta, a curiosidade morde-lhe o senso. Sobe ao ponto mais alto da figueira para assistir ao espetáculo. Ouve-se a primeira explosão que ensurdece e estremece a terra e os homens. Os olhos aterrados de quem escuta perscrutam sinais do vendaval, não se vê vivalma, e até as cigarras teimosas interrompem o canto. O ribombar de fogo ouve-se crescente aumentando a interrogação dos homens escondidos que se perguntam da razão de ser daquela sanha. A história de Mananga eles entendem bem; foi por causa do Sianga e dos seus capangas, foi por causa da fome e da seca, mas ali? Se a terra é verde e é fresca e de certeza chove, por que é que os homens se batem? A complicação da guerra é muito maior do que o entendimento do aldeão comum. O ribombar abranda dando lugar ao canto incessante das metralhadoras. Uma explosão fortíssima rebenta de novo e expele uma bola de fogo que risca no ar uma estrada luminosa e vem abater-se perigosamente contra o tronco de eucalipto que estala, incendiando também a vegetação que o circunda. Ouvem-se gritos. O velho Theni e a filha menor ali se abrigam, mas milagrosamente escapam com vida. Como ratos em debandada, os fugitivos abandonam os velhos esconderijos e procuram outros mais seguros.

A parturiente que estava a sucumbir de terror pretende chamar por socorro mas não pode, está amordaçada. Faz um esforço incrível para se colocar de pé e fugir, está só, as matronas abandonaram-na. Ergue o tronco com o auxílio dos braços, levanta a perna direita, mas a esquerda prende-se-lhe. No lugar de ficar de pé, abrem-se os caminhos por onde a nova vida passa. A cabecinha do bebé já espreita. As matronas esquecem o medo e recomeçam o trabalho interrompido.

Uma nova explosão abala a mata. No mesmo instante o grito da vida abala o matagal maltratado. São duas vidas que se saúdam no cruzamento dos caminhos. Uma na partida e outra na chegada. Enquanto do lado de lá as vidas se esfumam, deste lado nascem e mantêm viva a semente da esperança.

Do topo da árvore Doane assistiu ao espetáculo completo. Vem descendo. Parece mais apavorado que nunca. Já esqueceu a morte e grita esbaforido:

— Os helicópteros que passaram aqui lançaram mais fogo que todos os dragões juntos, eu vi. Vejam aquela nuvem que fizeram. É enorme, inacreditável, fantástica!

Os aldeões "placados" erguem os olhos para o céu. A nuvem sobe, cresce, e o céu a engole lentamente. Doane corre de um lado para o outro e conta o que viu com uma voz mais desarticulada do que a da criança feliz. Dois homens abandonam o esconderijo e agarram-no pelas costas. Passam-lhe uma corda pelos pulsos. Depois veio a mordaça e a venda nos olhos. Neutralizam-no. Está louco.

Enquanto as matronas terminam o trabalho, os homens preparam uma maca de ramos secos, a parturiente não tem força para a caminhada longa. Falta pouco para o sol se esconder, uma horita apenas. O povo escondido sofre pruridos de ânsia; afinal a hora é mais longa do que a eternidade. Os viajantes não sabem sequer onde se encontram, mas está mais do que provado que estão nas proximidades do esconderijo daqueles de quem fogem.

Os helicópteros bombardeavam perto e as armas ligeiras ouviam-se nitidamente. Os homens de quem fugimos foram acossados e devem estar em debandada.

— É melhor desaparecermos daqui antes que o sol se ponha — diz Sixpence.

Os peregrinos desviam a rota anteriormente planeada para evitar confrontos desagradáveis.

A jovem mãe tem o coração a saltitar, está feliz. Coloca a criança no peito para evitar que chore. Sente-se orgulhosa. O menino terá o nome do pai que enlouqueceu na hora do seu nascimento. Será bom e valente como ele. Viverá? As crianças que morreram na maldita guerra não eram diferentes desta e talvez até fossem melhores do que ela. Afaga a cabeça do menino. Cabe na palma da mão, tem o tamanho de uma laranja fuinha. É muito magro, muito negro, muito frágil, mas ela não lhe vê defeitos e abraça-o com ternura inexprimível. Está nu, mas para o calor que faz, a roupa não faz falta nenhuma, e de resto também não há. A jovem entristece de repente, baixa os olhos e chora envergonhada. A cabra não pare no meio do rebanho. O semeador vê apenas a semente aberta, verde, viva, porque a terra oculta o cenário do nascimento. Homens estranhos viram a sua tatuagem secreta, ficarão impotentes, estéreis. As crianças espreitaram o lugar de onde nasceram, crescerão surdas e mudas.

A marcha prossegue, mas há um grupo que ficou atrás. Procuram o Doane, onde está? Nós deixámo-lo aqui com os pés e os braços amarrados, não pode ter fugido. Talvez algum de nós o tenha libertado, mas quem? Dão voltas e mais voltas e procuram-no. A jiboia, junto à verde micaia, descansa no sono vespertino. O corpo enrolado é um monumento majestoso como o tronco de baobá. Perto dele há marcas de combate. O sapato do Doane está ali, reconhece um dos aldeões. Doane foi engolido pela jiboia, minha gente!

Estripam o réptil com enxadas e catanas e a surpresa é maior ainda. No ventre dele há mais um corpo. Uma criança. A filha da Essi. O destino não a deixou morrer no fogo ao lado da mãe para acabar a vida no estômago do réptil.

Os mortos são enterrados à pressa. Os olhos estão secos e no lugar de lágrimas os rostos trajam uma expressão de arrepio e repugnância. A vegetação abana violentamente como uma vaga do mar alto e o vento ulula forte no choro dos deuses. A incerteza de chegar é total, absoluta.

Enquanto o grupo do Sixpence assiste ao ataque aéreo, de longe, os que viajam ao sol sucumbem no fogo do mesmo ataque. O sol há muito passava do meio-dia e o grupo arrastava-se, cansado, quando os ouvidos captam sons de aeronaves em movimento. Olharam para o céu; eram cinco helicópteros de guerra. O medo e o pânico impeliram os homens a procurar abrigo. Ali perto havia um matagal denso para onde todos correram em busca de refúgio seguro. Alcançaram o lugar e a surpresa foi total: homens fardados e camuflados buscavam refúgio no mesmo abrigo. Estavam "placados" e de armas em punho. Não dispararam, antes pelo contrário, obrigaram os camponeses a abrigar-se de imediato e pareciam estar interessados na sua segurança.

O primeiro helicóptero fez um voo rasante, que balançou toda a vegetação, deixando as cabeças a descoberto. Lançou rajadas e bombas que caíram certeiras sobre os homens que se abrigavam. Os soldados movimentaram-se, mudaram de posições, enquanto os camponeses não tinham outro recurso senão colar-se ao dorso da terra e aguardar que a morte os levasse. Os lábios ergueram-se em ais de agonia e, desesperados, uivaram como lobos porque a morte os abocanhava. As rezas eram inúteis porque nem chegaram a atingir a altura das nuvens. O fogo intensificava-se e o espetáculo foi terrível; os homens morriam, uns de pé, outros ajoelhados ou deitados, uns a rir, outros a sorrir, uns a gemer, outros a chorar. Nessa coisa de morrer, cada um despede-se da vida conforme as marcas do seu destino.

Os rebeldes fogem em debandada. O quarto helicóptero persegue-os e elimina um a um. Coisa fácil. Na algazarra, um grupo de rebeldes atinge o quinto helicóptero em pleno voo. Os outros quatro, conscientes do perigo, lançam bombas ao acaso e zarpam num voo rápido e inseguro, abandonando o companheiro à sorte. O helicóptero abatido envolve-se numa fumarada densa, faz duas espirais e afocinha na mata que se incendeia. A violência da queda dividiu-o em pedaços que se espalharam pelos quatro cantos do mundo.

Poucos olhos observaram a agonia da aeronave incendiando-se ao longe. A maior parte deles estava vendada à luz para sempre. Soldados e população foram transformados em postas. Naquele lugar, a mata foi barbaramente revolvida, a vegetação maltratada e queimada enquanto a terra exibia crateras múltiplas provocadas pelo detonar das bombas. Por todo o lado se sentia o cheiro fresco das vidas recém-ceifadas. O chão estava pestilento e viscoso. Até nos ramos altos das árvores grandes o verde-escuro das folhas estava salpicado de manchas de sangue.

A viagem para o Monte é feita aos zigue-zagues com o coração em permanente sobressalto, cada dia tem uma história e cada noite novas emoções. A noção do espaço e do tempo dilui-se nas trevas, perdeu-se o sentido da distância. Os homens marcham apenas. Mas a caminhada hoje é mais agradável. No céu negro não se ouvem pios agoirentos nem rugidos distantes. Os pés percorrem planícies sem montinhos nem pedregulhos. A madrugada é fresca, serena e calma. Acampam. Do lado do sol-nascente avista-se a lagoa azul onde os raios de sol produzem reflexos dourados. A proximidade da água fá-los recordar que não se lavam há muitos dias; sentem necessidade de se refrescar mas não se banham. Têm sede mas daquela água não bebem. Invejam a liberdade das gaivotas esvoaçando e poisando no tapete verde-luxo das margens do lago. O lugar é perigoso, afastemo-nos, assevera Sixpence. Pode ser que por aqui se banhem aqueles de quem fugimos.

Finalmente Deus reconheceu que os filhos da terra estão cansados e sofrem. Bafeja a terra com um sopro de tranquilidade. Os ventos calam-se e as árvores não balançam. Não se ouve pio nem canto, os lagartos recolhem-se, não correm, para não interromper o repouso sereno dos anjos.

Mas o repouso é demasiado bom para ser real. O silêncio é maldito, tenebroso, paira o feitiço no ar, minha gente! Os receios dominam Sixpence, que conhece as superstições das matas. Senta-se ao lado de dois companheiros que conversam em vozes sussurradas, procurando a resposta da razão da sua presença ali, no meio das feras. A conversa não agrada, Sixpence abandona-os mergulhando noutro mundo de preocupações. Para eles, aquele silêncio significava algo, as cigarras não deixam de cantar sem razão. Em cada ramo de árvore há sempre um pássaro alegre que canta, um lagarto que dança. A natureza é amiga porque avisa. O silêncio só reina quando a morte passa. Pensa nas crianças que ali estão e que merecem a vida, nos jovens que merecem o sonho e arquiteta planos para melhorar o comando do grupo. Os homens fortes contam-se a dedos, não há grandes alternativas, as jovens raparigas terão que aprender o mínimo para a autodefesa. O cansaço atormenta-o, mas recusa-se a dormir, não vá a morte maldita arrebatá-lo enquanto ressona. Sacode a cabeça para expulsar a sonolência que lhe penetra no corpo. Interrompe a conversa lamuriosa dos dois e ordena o despertar dos homens válidos para a guerra, tem urgência de preparar o grupo, o feitiço estende o seu manto. Os homens despertos vêm rabugentos, contrariados, para satisfazer os caprichos daquele déspota a quem eles mesmos elegeram como chefe.

Sixpence escolhe doze dos mais jovens e rapidamente lhes entrega os segredos do ofício de sentinela. Partem os primeiros seis para as posições-chave, os restantes farão o segundo turno. Conversa com trinta homens que o rodeiam, é preciso defender a vida, o perigo espreita e está prestes a desabar.

— Homens, qualquer coisa me diz que esta paz não é duradoira, o perigo manifesta-se de mil maneiras. Com as catanas e os canivetes preparem rapidamente os arcos e as flechas. Que os mais velhos ajudem os jovens que desconhecem esta arte. Quero as armas prontas dentro de instantes, é urgente.

Os que o escutam espantam-se, como é que não haviam pensado nisso antes? Reconhecem a importância da ordem e cumprem-na com o máximo dos zelos. Uma hora depois cada homem tinha na sua mão a arma que iria produzir milagre de salvação das vidas em caso de ataque. Sixpence treina os homens numa azáfama incessante. Apura os mais fortes e os mais fracos. Aos fortes cabe o comando dos pequenos grupos, a marcha deve prosseguir em grupos mais ordenados, não numa massa compacta porque a guerra verdadeira reside no coração das matas e está prestes a começar.

Os viajantes estão satisfeitos, afinal a escolha foi boa, o comandante é um tipo sério, digno e sabedor. Sentem injetado nas veias um sopro de força, homem armado é três vezes homem. No final dos duros treinos regressam ao repouso mais confiantes, o serviço de sentinela já está operacional e vela pela segurança do grupo. O primeiro grupo de sentinela já foi rendido, mas falta regressar um membro, por sinal o mais novo, uma criança quase. Mas por onde andará o maroto? Se calhar adormeceu no posto. Talvez tenha regressado sem dar satisfações ou, talvez ainda, seguiu o rasto mágico das borboletas, a coitadinha ainda está na idade de brincar.

Sixpence está furioso mas sorri. Dá-lhe prazer saber que tem já nas mãos a matéria com que irá ensinar o que é a disciplina para que todos saibam como se cumpre uma ordem.

Entardece, a pequena sentinela não vem, falta um pouco para o reinício da marcha. Os receios e preocupações começam. Se calhar foi atacada por alguma fera ou, quem sabe?, foi capturada por alguém que a obrigará a divulgar a presença de todo aquele povo.

Quando a noite chegar, a caravana terá que abalar. Será um crime imperdoável abandonar o menor perdido na mata. Sixpence enerva-se. Roga a centésima praga quando a figura do pequeno surge ao fundo. Vem apavorado, de certeza encontrou-se com a fera, mas traz na mão uma trouxa, de quem será? Muitos o rodeiam para conhecer a causa daquela demora.

— O que aconteceu? — perguntam todos de uma vez.

— Um homem morto, na sombra da árvore do meu posto. Eu estava lá em cima. Veio a cambalear e dormiu. Tive medo de descer. Depois de muito tempo compreendi. Estava morto. Estes são os seus haveres.

Os homens avançam para o local. Não esperam chamadas nem ordens porque o assunto lhes toca. O morto está ali como quem dorme e atrás de si deixou um rasto de sangue. Seguem-no e investigam o terreno. Um choro moribundo ouve-se perto. Descobrem-no. É uma criança pequenina, três mesitos apenas e está presa nas costas de um cadáver. Recolhem-na assustados. Olham uma vez para o cadáver da mãe que tem o pavor bem estampado no rosto. As ervas em volta estão pintadas de sangue vivo, sofreram pisoteio, aqui houve luta. O vento ressuscita, balança a mata e restabelece a conduta sonora. Ouve-se uma respiração abafada que se apaga. Alguém levanta as folhas cerradas do ar-

160

busto de onde retira um moribundo empapado de sangue. Inspecionam as redondezas e somam oito feridos, os mortos não contam. O lugar é perigoso, retomam o caminho de regresso. Um dos moribundos conta o que se passou e o relato é igual ao de muitos outros. O único elemento novo é que os atacantes não passavam de puberdade. Não possuíam fardamento de soldados e só dois, os que pareciam ser os chefes, é que tinham armas de fogo. Matam e depois tiram haveres, descalçam os pés das vítimas e prosseguem. Os perigos refletem: a marcha será mais penosa ainda com essa carga de moribundos que nem conhecemos, mas Sixpence defende-os. Ele diz que já que a vida tudo lhes negou, que tenham ao menos a felicidade de morrer rodeados pelos seus semelhantes. As feridas são fundas, perderam sangue, morrerão de certeza.

Um bando de corvos grasna feliz e faz voozinhos rasteiros mesmo à altura do chão. Estão no banquete supremo, Sixpence reconhece. Os malditos só colocam as patas no solo quando algo de extraordinário os atrai. Dá uns passos curiosos naquela direção e os bichos abalam para a segurança do céu. Olha. Chama a atenção dos outros para olhar. Meu Deus! Há um cadáver a apodrecer e tem a cabeça decepada. Cinco passos adiante a cabeça está tombada de olhos abertos. Uma criança de nove ou doze meses segura-a forte com os frágeis dedinhos, vira-a e revira-a nervosamente soltando guinchos de fúria. Parece que brinca com ela, mas não, não brinca. Tenta desesperadamente despertar a mãe para a vida. Vejam este rasto, do tronco do cadáver para a cabeça, da cabeça para o tronco. De gatas, o bebé arrastou-se para cá e para lá, o rasto é bem nítido, legível. Tenta puxar a cabeça e juntá-la ao corpo, quer acordar a mãe, reclama o alimento e o carinho que as mãos desumanas usurparam. Esta não morreu agora, a poça de sangue se tornou pedra. A criança está demasiado nojenta, está cagada, mijada, as crostas de sangue coagulado cobrem-lhe as mãos, os dedos, os cabelos, é preciso chamar a coragem de todos os deuses para poder segurá-la porque até os homens mais corajosos se arrepiam perante o expoente máximo do incrível. Lá ao fundo está o corpo da mulher de quem tirámos esse bebezinho que dorme. Vão até lá. Desmanchem da cintura o pano que lhe cobre as ancas, ela já não precisa. O sexo de uma defunta não excita, apenas comove, que Deus nos perdoe.

Recolhem a criança com a capulana da outra morta. Aquelas mãos calosas habituadas a mexer em excrementos não conseguem fazer o contacto direto com o corpo da criança, embrulham-na primeiro e depois levam-na para o esconderijo. No meio do grupo há muitas mulheres que perderam os filhos que ainda mamavam. Elas são boas e cuidarão desta com muito amor.

Sixpence ordena cuidados para os novos moribundos. Ele mesmo limpa as imundícies da criança achada e entrega-a a uma das mulheres que imediatamente oferece a mama enquanto chora. Sixpence é um herói e um campeão, ensina a lição da humanidade sem uma única palavra. As mulheres olham-no e choram. Os homens veneram-no, a vida é assim, muitos destroem e só poucos têm coração para construir.

O ambiente asfixia. Os olhos não foram feitos para ver a cor da morte e nem olfato para sentir o cheiro dela. Cada um sente-se mal consigo próprio e o coração desfalece. Não há prisão maior do que a do espírito porque as correntes são invisíveis, não se apalpam, as mãos não as podem romper. O povo deseja fugir, mas não sabe para onde. Os mortos recentes são fugitivos de outras aldeias que cometeram a imprudência de se banhar no lago. A sede atraiu-os para a morte traidora, não estamos seguros aqui, temos que sair agora, Sixpence, o que espera ainda para retomar o comando?

A noite vem mais escura do que o costume e os perigos aguardam o momento da marcha. O vento forte sacode violentamente as árvores prenunciando a chuva. Os mochos voltam a piar e os grilos cantam, incessantes. O povo assustado submerge como um bando de carneiros órfãos no manto de escuridão. Hoje o mestre não dá o comando e está mais murcho do que um pé de milho no rescaldo solar.

Levene aproxima-se do mestre. Fala-lhe. Pede que lhe dite ordens para a marcha da noite. Sixpence não reage. Sente o corpo dormente e uma vontade de repousar na eternidade. Deita-se sobre as ervas verdes que o refrescam. Sente um vazio absoluto no corpo e no espírito como se tivesse a cabeça decepada como o cadáver da mulher que vira naquela tarde. Levene compreende o que vai no coração do mestre e procura animá-lo. Não pode cair. O povo inteiro vê nele o salvador e precisa dele para alcançar terra firme. Não pode cair nem doente nem morto, não pode, meu Deus, não pode!

As imagens de horror testemunhadas por aquele povo naquela tarde reduziram ainda mais o moral dos viajantes. Ninguém as comenta porque o comentar é um reviver. O sofrimento é o fermento da alma, dizem. É sal, é piripiri, é vinagre, é pimenta, é levedura que se coloca nas chagas sangrentas para manter a alma sempre desperta. O ser humano habitua-se a tudo, dizem. Mas mentem. Com o sofrimento constante ninguém se irmana, ninguém se conforma. Mesmo no braseiro do inferno os condenados suspiram por um instante de paz. O sofrimento é milenar na história do homem negro e este jamais se conformou. Faz guerras. Revoluções. Luta. Umas vezes perde e outras ganha. O povo inteiro sofre e mergulha na turbulência dos sentimentos de ódio e de rancor contra Deus e contra homens.

— Sixpence, espero a ordem, mestre.

— Apetece-me ter uma arma boa, Levene. Ter armas e dirigir um exército para lutar contra todos os tormentos do mundo.

— Precisas é de repouso, mestre. Repara que desde que a marcha começou ainda não descansaste um só instante. As guerras não constroem, destroem.

— Tens razão, velho. Concordo contigo. Mas é humilhante passar a vida a correr de um lado para o outro como um rato, uma barata, um parasita sem valor. Olha para mim e para todos os que me rodeiam. Sou um velho mais velho que todos os velhos, mas foi apenas há trinta e cinco anos que vi o primeiro sol. Esse bando de gente está esfomeado, malcheiroso, cheira a fumo, a esturro e a esterco de vaca. Mete-me náuseas, devia morrer. Eu também devia morrer com eles, o que faço neste maldito mundo?

— Estás cansado, estás transtornado. Só pergunto o que fazemos esta noite.

— Hoje comandas tu, velho tonto. Faz aquilo que achares mais conveniente.

Levene conversa com os restantes membros do grupo, hoje não haverá marcha. O povo está demasiado cansado e precisa de uns momentos de recuperação. De resto, há salteadores à solta, pode-se cair em qualquer armadilha. Antes de avançar é preciso reconhecer a zona.

Uma das sentinelas vem a correr e informa: há movimentos estranhos. Ao longe, veem-se pessoas a circular meio escondidas na vegetação. Levene levanta-se e ordena: evacuar toda a gente para outro lado o mais rápido possível. Os mais vulneráveis são levados para o canto mais cerrado da mata. Os homens mais fortes preparam-se para o combate. As armas que possuem não são tão potentes, mas são suficientes para a autodefesa. Levene dá instruções.

— Agora acendam a fogueira. Tem que ser uma fogueira

enorme que dê para muito fumo. E quando o lume estiver bem aceso, coloquem a gazela que caçámos hoje.

— Como assim?

— Não entendem, mas aprendam. É o perfume da flor que atrai a abelha.

Enquanto as fogueiras lançam as labaredas, os fugitivos espalham-se no mato e cercam. O cheiro da carne sobre as brasas excita os estômagos esfomeados e espalha-se pela mata. Fazem uma espera demasiado longa, o céu gela e começam a tiritar de frio. Desanimam. Chegam mesmo a pensar que é uma espera inútil, que tudo não passa da fantasia do comandante com a mania da sabedoria. Teriam já adormecido se não fosse o vento frio a rachar as costas mal cobertas. O mundo arrefece e adormece. Só os infelizes é que se mantêm em estado de alerta. Os ouvidos habituados captam ruídos de uma marcha sacudindo as ervas. Os olhos alargam-se quase até as fronteiras das orelhas. Os vultos surgem negros como breu e seguram as catanas em posição de morte. Caminham felinos. Os dois da metralhadora dão passos de caçadores, as armas estão prontas para abrir fogo. Não são assim tantos, aproximadamente doze. Os homens têm as armas já prontas para o ataque, as mãos estão com muita pressa de atirar mas aguardam a ordem que nunca chega. A coruja pia a primeira vez, é uma coruja verdadeira. Pia a segunda e a terceira vez, é a voz do comando, é o sinal. E as flechas correm certeiras, a tempestade de morte abate-se contra os salteadores que procuram a fuga em debandada. Deixam-nos seguir, estão feridos, as flechas foram envenenadas, morrerão. Sixpence agarra um deles e amarra--o, seguirá com eles.

O combate durou apenas um segundo. Sixpence dá ordem de retirada. Os camponeses são evacuados do esconderijo em pequenos grupos e partem, a caminhada será curta, a madrugada está bastante próxima. Vão em passo rápido, é preciso recuperar o tempo perdido. O cativo segue com eles. Na próxima manhã será o interrogatório.

A ventania abranda, a madrugada afasta-se, a manhã surge, mas sem sol. A conversa do dia é o combate da noite. Foi coisa simples, dizem os homens. Foi um combate grandioso, os nossos nobres homens defenderam-nos a vida, dizem as mulheres. Todos os olhos estão curiosos de ver o assassino que Sixpence e os mais valentes interrogam no esconderijo. Já lá vão largas horas que se ausentaram com ele, será que o torturam? Há pouco vieram buscar a Mani Mossi e estão com ela. Ah, está ali, de regresso, não consegue caminhar, amparam-na, chora como criança, parece que se abateu sobre ela o céu inteiro. É estranho. O que é que a pobre mulher tem a ver com o assunto?

Sixpence ordena aos seus ajudantes. Quero disciplina máxima. Mortes teremos muitas e não quero que nós próprios façamos outras, a justiça é de Deus, não é dos homens. Wê, mas que ordem estranha, ó gente! Tanta cerimónia por causa de um assassino é demais.

O assaltante é mostrado a todos e o espanto é total. Pobre Mani Mossi. É mesmo o filho dela, o primogénito dela. Como é que veio aparecer aqui? Há mais de um ano que deixou a mãe, e nós a pensarmos que foi trabalhar na cidade para ajudar a família. Massinguita! E nós louvamos os nossos homens que abateram o inimigo na noite do sinistro, quando afinal abatiam os próprios filhos que queriam assassinar os seus irmãos e as suas mães. A arma do mal ergue-se e divide a família. Mas para onde foi o amor e a liberdade que nos ensinaram os nossos antepassados? Onde ficou enterrada a moral e a vergonha deste povo?

Os ânimos regressam à calma. Mani Mossi chora de mansinho de cabeça encostada no ombro de uma companheira, não é fácil para nenhuma mãe deste mundo aceitar que o seu ventre gerou um monstro.

O silêncio é parceiro da angústia. Das bocas dos presentes não sai uma palavra ou um suspiro. A surpresa abala. Depois vem a meditação. A trajetória da vida desfila nas mentes. E o ódio vem. E o amor vem também transportado no manto de tristeza. Lá no horizonte a andorinha canta e as almas dos peregrinos se embalam na doçura do canto. Sob as copas das árvores as buganvílias floridas deitam-se. A beleza da natureza convida à inspiração e os moribundos constroem fantasias. O chão está mais florido que nunca. Deve ser maravilhoso morrer num campo de flores, não será necessário que os filhos dos homens as semeiem porque a natureza já se encarregou de tudo.

Na clareira distante, um bando de veados foge de algum perigo. Param de repente, rebolam na areia, brincalhões. Uma fêmea aleita os pequenos. Os casais cheiram-se, tocam-se, esfregam-se, não há perigo nenhum. Mas o veado é carne, é manjar que há muito a gente não tem. O inimigo não deve andar por aqui, deixe-nos tentar apanhar pelo menos um, comandante Sixpence. Ele autoriza, afinal não é tão mau assim. E os cinco homens partem para a caçada empunhando as armas silenciosas. Tomam as devidas posições e no momento exato disparam. Três são atingidos mortalmente e os outros fogem em debandada. Os caçadores recolhem as presas triunfantes, serão bem recebidos pela maioria dos esfomeados. Mas o homem é predador e presa. No penhasco junto ao caminho, os caçadores não farejam o perigo. A fera salta com uma fúria espantosa e ataca um dos homens pela região do pescoço. Este cai e o corpo treme convulsivo em espasmos de morte. Os outros, acobardados, não socorrem o companheiro, abandonam as presas e procuram a segurança em cima das árvores. A leoa ruge satisfeita convidando a família para o manjar. Sixpence ganha sangue-frio e larga a seta que perfura a besta pela região do peito. Roga pragas contra os caçadores que abandonam o companheiro no momento da dificuldade, mas sabe que não pode esperar muito deles, nunca foram guerreiros e não conhecem os segredos das matas. Olha para o quadro que se desenha à sua frente: veado, leoa e homem, todos juntos morrendo na batalha do alimento. As três vítimas são transportadas para o esconderijo. Dos veados aproveitou-se a pele e a carne. Da leoa tirou-se a pele. O homem foi simplesmente enterrado, a morte do homem é sempre inútil.

Esta manhã enterrámos um. Parece que vamos ter outro funeral antes da partida. Os felizardos escolheram um lugar demasiado belo para a última morada. Theni recebeu um ligeiro ferimento na tarde imemorial dos pássaros de fogo, mas agora a ferida é enorme e está negra. Na noite passada viajou de maca. Está a cair aos pedaços e nem pode ser transportado nesta noite porque a viagem é prejudicial neste estado. Tem febres altas e convulsões, perdeu o senso, perdeu a fala. Seria bom que morresse esta tarde para aliviar a marcha que já é pesada e com tantos feridos. Faltam poucas horas para que se vá, já não verá a próxima manhã, isso está à vista.

A noite chega, e os homens preparam-se para a partida, Theni ainda está vivo. É melhor deixá-lo aqui. Que a morte o leve e os abutres o comam, de resto isso não é novidade, há centenas de pessoas que encontraram o último repouso ao relento. Sixpence é terrível, é incompreensivo, não gosta de ouvir opiniões de mais ninguém. Quer que carreguemos esse cadáver que só tem um pé fora e cabeça na cova. Diz que não podemos abandoná-lo porque é desumano, não podemos enterrá-lo porque ainda está vivo, mas qual vida se todos veem que ele está quase morto? O que é mais desumano é travar a viagem dos vivos por causa de um morto.

— Que fazemos com este, Sixpence?

— Viajará connosco até que a morte o leve.

— A marcha será mais complicada. Podíamos deixá-lo.

— O próximo que falar perde a língua. A guerra enlouqueceu-vos, é isso. Preparem a maca, rápido.

Os homens cumprem, contrariados. Sixpence é senhor, dá ordens com facilidade porque não conhece o sacrifício de quem cumpre. Mais uma noite, Theni é transportado nos ombros. Os que o transportam sentem-se mais cansados porque sabem que transportam um fardo inútil. A febre cresce em ondas concêntricas e abrasa aqueles que o transportam. As convulsões excessivas obrigam a uma paragem e, numa agitação fantástica, Theni salta da maca.

Os que o transportam respiram aliviados, ele foi-se embora, adeus! A comitiva detém-se. Mais um passageiro que se apeia no fim da jornada, a morte comeu mais um. Anda à solta, esfomeada, à caça da próxima vítima, quem será?

Os viajantes preparam-se para cavar a sepultura no escuro, Sixpence não os deixa. Estão demasiado fracos para tanto esforço.

— Tirem-lhe o casaco para esconder o rosto.

Levam as mãos para os ramos das árvores, arrancam-nos e colocam-nos em monte sobre o morto como um manto. Theni dorme em paz e serenidade.

A marcha entra no décimo dia. Nem a obscuridade das noites da lua nova, nem as mortes dos companheiros, nem os perigos da caminhada conseguem interromper a cadência da marcha. Os demónios das trevas pactuam com os homens e convivem com eles. Caminham ao lado deles. Os fugitivos entram num canavial imenso onde os pios dos mochos são abafados pelos choros demoníacos dos bambus. Mais ao longe corre um riacho de águas profundas e lentas. É preciso atravessá-lo. A marcha quebra-se por instantes e os mais corajosos conferenciam. Mas este riacho é desconhecido, quem sabe se os jacarés não abundam aqui? E os hipopótamos? Quem sabe se isto não é um bracinho do grande rio que desconhecemos? Coragem, gente, atravessemos. Nós não estamos sós nem desprotegidos. Deus está connosco. Antes de avançar façamos uma prece aos defuntos.

Sixpence atira-se à corrente e nada. Umas oito braçadas e está na outra margem. Volta atrás e comanda a travessia. Os que sabem nadar ajudam aos que não conhecem os segredos das águas. A travessia da mãe e do recém-nascido foi a mais difícil, havia o perigo de afogar o menino. Este pequenino ainda não tivera um contacto com a água desde o seu nascimento e já vai no sétimo dia de vida. O pobrezinho mal entrou na água e experimentou uma sensação de arrepios e estremeceu vigorosamente enquanto a água lhe ia banhando o corpinho sujo.

Alcançam a outra margem e prosseguem; afinal, naquele riacho residem espíritos bons, nenhum dos viajantes se afundou. Se havia crocodilos, estes fecharam a boca na hora certa, estamos salvos. Mas o menino continua assustado e treme de mansinho. Sente frio, e o sol não aparecerá tão cedo.

Os braços da mãe são insuficientes para lhe dar calor e ela está preocupada. A água amoleceu as crostas das feridas dos peregrinos, arrastou-as, sangram de novo e provocam terríveis dores que não conseguem abrandar a marcha que se prolonga até a madrugada.

O céu está coberto e as nuvens são de chuva. Meu Deus, hoje não haverá sol, o meu filhinho precisa de calor. Desde a travessia do riacho que não para de tremer. Mas não é só o menino que precisa de sol. Os corpos estão encharcados, precisam da luz para secar as feridas, as roupas estão molhadas, as trouxas estão molhadas, os últimos alimentos ficaram estragados com a travessia. Os viajantes mergulham os olhos no céu e compreendem a importância do sol. Sentem saudades do astro-rei que faz florescer as plantas e iluminar os caminhos.

A madrugada está orvalhada, os peregrinos procuram a proteção dos arbustos e abrigam-se. A mãe do menino embala o seu pequeno que não para de tremer, e a canção melodiosa escoa-se nos braços das folhas de bambu. De repente, a pobre mãe solta um suspiro, quase um grito:

— Já não treme, o meu menino! Tem os olhos abertos, mas não os move, perdeu o choro, o meu menino!

Ela não desespera, sorri, o seu menino agora é rei e está liberto de todas as lágrimas do mundo. Nada chora e nada lamenta. Caminha segura até as margens do regato próximo. Poisa a criança no chão e com as mãos cava uma sepulturinha pouco profunda. Ela mesma adormece o seu anjo no solo de eterna frescura.

As outras mulheres acercam-se dela, pensam que sofre, mas enganam-se. Ela não precisa de piedade nem de palavras de carinho. Sorri para a vida e para o mundo, parece que a morte do pequeno a libertou de um grande peso. Definha rapidamente, está abatida, do rosto magro até se distinguem os ligamentos dos ossos, mas sorri e canta.

Os viajantes tentam repousar, o estômago está alerta, não adormece, incomoda. Pela centésima vez olham para as panelinhas vazias. O que ainda restava da farinha crua ficou molhado na travessia, está apodrecido, não se aproveita. Tentam mastigar os grãos secos de milho mas depressa desistem. Os olhos identificam em volta. O chão está coberto de ervas frescas, rasteiras. É dessa erva que os porcos se alimentam e engordam. Por todo o lado as malangas balançam as folhas majestosas. O tubérculo da malanga é saboroso, tem o gosto da batata-doce, mas nunca o comemos cru. Colhem a erva dos porcos e os tubérculos da malanga, mas falta a fogueira para eliminar as toxinas na verdura. Há demasiada lenha no matagal, mas não se pode acender a fogueira porque não convém, de resto, fósforo também não há, ficou molhado na travessia. O estômago reclama e o povo abandona os rodeios e os devaneios.

Com as duas mãos pegam no tubérculo da malanga, trincam, saboreiam. Não é mau, é doce, só que faz na boca uma espuma de sabão mas é agradável, é tal e qual batata-doce crua. Comem a erva dos porcos, é ainda mais doce, mais suculenta. Apenas provoca na boca uma saliva filante, escorregadia, tão nojenta como o ranho e tem a fluidez de esperma humano. Fecham os olhos e os sentidos para essas impressões malditas e comem, é preciso adormecer o estômago. Afinal a guche e o quiabo também são ramelosos mesmo depois de cozidos mas agradam. Procuram água dos cantis e esta volatilizou-se quase que miraculosamente. A digestão não se faz sem o precioso líquido e não têm onde procurá-lo. Abeiram-se do regato fresco em cujas margens o menino acaba de repousar. Ajoelham-se. Bebem sofregamente. Sabem que as cobras e os bichos maus ali se regalam e se refrescam, mas preferem satisfazer a necessidade do momento porque sabem que o próximo momento já não pertencerá às suas vidas. Sabem que estão a abrir as portas para uma diarreia mortal, mas o que são eles senão cadáveres em movimento?

Repousam. A tarde vem, amena, com o céu ainda mais baixo e as nuvens ameaçadoras. A jovem mãe que ainda não sossegara um só instante contempla o horizonte e exclama: esta tarde teremos chuva. O céu estilhaça-se com um estrondo como um espelho chocando nas pedras malditas, é a trovoada, a chuva vem aí. Ela senta-se entre o bambus e contempla as imagens que se desenham na mente animadas pelas folhas das árvores navegando na embriaguez das ondas de vento. A jovem mãe extasia-se. Levanta-se e caminha radiante de um lugar para o outro. Sorri. Saúda a chuva. Ergue a voz embriagada e clama numa voz de canto:

— Chuva! Sempre sonhei com um dia de chuva. Deve ser fantástico morrer na chuva. Meu filho é rei, o céu molha o leito do seu último sono. Era rei, o meu menino. Rei! Do meu ventre nasceu um rei!

Os outros aldeões olham-na com compaixão. Um dos homens puxa-a pelo braço e leva-a ao abrigo na toca da árvore velha. Ela ergue os olhos e contempla a copa onde as lianas balançam. Furtivamente trepa até o cume. Alcança as lianas. Com as duas mãos, faz um arco com que enrola o pescoço e salta dos ramos num voo deixando-se flutuar no vazio. As pernas balançam como a cauda de uma enguia abrindo caminhos no oceano do céu e depois ficam rígidas, imóveis. Coloca sobre a sua vida uma coroa de palmeira. O anjo da morte arrebatou-a no ar e leva-a diretamente para o céu, para as nuvens.

Em cada noite negra ela brilhará ao lado do Cruzeiro do Sul porque será a deusa do cruzamento dos caminhos. Ela é rainha, a morte chamou-a na tarde fresca, de chuva.

A chuva cai mais intensa ainda. Dos pés imobilizados no alto as águas descem em torrente como um repuxo celeste. Um a um os aldeões aproximam-se daquela fonte deixando-se salpicar pela água caindo dos pés da morta, ela agora é uma deusa e aquela água purifica, forma invulgar de render a última homenagem a quem parte. Ninguém tem pressa de a retirar do céu onde a morte a colocou porque o seu lugar é entre os anjos. Esperam que a chuva abrande para a repousar no último leito. Os viajantes deixam que as lágrimas amargas corram no rosto como bolinhas de orvalho.

No décimo quinto dia, os viajantes não marcham, arrastam-se. O estômago revolta-se e provoca uma dor de barriga estonteante que enfraquece o corpo. Tudo o que entra na boca o intestino vaza, nunca se viu uma diarreia assim. É da água, gente, é da erva dos porcos e dos tubérculos doces que ingerimos, comida de bicho nunca foi para os homens, não!

As primeiras vítimas da diarreia caem e ninguém lhes acode, já não há força para amparar os companheiros.

Abandoná-los é desumano, eles sabem disso, mas deixam-nos à sorte, que Deus vele por eles. De passo a passo vai ficando um, os que têm força deixam-nos na agonia, sabem que morrerão. De repente a marcha adquire um carácter de urgência. Não fogem dos camaradas doentes, fogem de medo de serem engolidos pelo espectro da morte, eles também estão doentes.

Pela madrugada, os que restam acampam perto dos campos cultivados. Há uma aldeia por perto. O milho dos campos ergue-se com uma fartura ímpar e as espigas estão bem aconchegadas como bebés gordos nas costas das mães. O caju está ali e o seu verde brilha, convida. As mandioqueiras fartas abanam as folhas verdes e vermelhas. Estamos cansados de erva do mato, ó gente, Deus presenteou-nos este repouso com um manjar diferente. Não queremos roubar, Sixpence, apenas queremos lutar pelo direito de viver. Se formos bem-sucedidos, iremos à próxima aldeia buscar um pedaço de fogo, estamos a morrer, Sixpence.

Sixpence não diz nada, divaga no vazio, a voz não sai, tem a garganta presa. O grupo de seis homens entra no campo cultivado. Uns colhem milho e outros mandioca e no fim assaltam o caju verde, pensando no grupo de mulheres, crianças e velhos que sucumbem de fome. Regressam com os sacos cheios. O povo esfomeado mastiga as espigas verdes com voracidade maior do que a dos macacos e nem sentem o sabor acre do caju verde e o ácido que lhes queima as bocas ressequidas. A fogueira para a cozedura foi esquecida, a satisfação do estômago é mais urgente.

Sentem o gosto dos alimentos roubados, e nos dias seguintes repetem a proeza desobedecendo às ordens de quem comanda; no tempo da fome, a única lei é a da sobrevivência. No vigésimo dia da marcha, os seis homens acercaram-se de outra machamba e pilham, como sempre. Já levavam nos ombros os sacos repletos de produtos do saque quando sentiram as costas a ser alvejadas por flechas venenosas. Os corpos foram arrastados até o interior da mata e, de certeza, os mortos encontraram o túmulo nos estômagos dos abutres.

Vigésimo primeiro dia. Os viajantes estão desesperados. Têm visões fantasmagóricas, as trevas executam nos olhos a dança macabra. A diarreia continua a fazer a estrada da morte, em cada passo há um que fica. Dos sessenta e tal que partiram restam menos de quarenta. Sentem que é uma viagem perdida, jamais chegarão. Em ninguém resta a vontade de caminhar, já não têm medo da morte e todos suspiram por ela, mas a maldita não lhes acode. Sixpence cumpre com o seu juramento até as últimas consequências e sente que conduz um rebanho morto, sem possibilidade de salvação. Usa as forças que lhe restam, arrasta os homens que refilam, que recuam, como burros teimosos. Fazem uma marcha curta, sentem que morrem, adormecem alheios ao tempo, à vida e à morte, esquecendo todas as preocupações e cuidados de um viajante clandestino.

A corrente de madrugada vem fresca, aliviando o cansaço, e traz até os ouvidos as vozes do amanhecer. Os galos cantam por perto, os burros zurram. Os viajantes abrem os olhos furtivamente. É um sonho doce, uma miragem acústica, não pode ser outra coisa. Conduzem a vista para a fonte dos sons. Esfregam os olhos para enxergar melhor e olham para as quatro direções, parece que a vista os atraiçoa. Compadres, veem o mesmo que eu? Parece que sim, compadre, o que é que tu vês? Será verdade? O céu desnuda-se com rapidez e tudo se vê com maior clareza. Do lado sul, vejo um monte grande, de areia, e sobre ela uma aldeia de sonhos. As vozes dos animais ouvem-se com maior intensidade e confirmam a realidade. Os ouvidos apurados pelas marchas nas matas captam vozes humanas e os corações balançam: finalmente chegámos, obrigado defuntos, obrigado Deus dos milagres! A aldeia está ali, monumento erguido sobre o Monte. A estrada é linda assim a curvar, a subir e a descer toda ela serpenteada como o rio Changane.

Os sobreviventes da trágica marcha abraçam-se e choram. Abraçam efusivamente o comandante e sentem-lhe o corpo flácido e frio. A diarreia ataca-o com uma força incrível e o coração desfalece. Os joelhos recusam-lhe o suporte do corpo que cai sobre o solo. Sixpence está vencido. O raio da emoção fulmina fundo, atacando mais forte do que qualquer lança. O homem que parecia de ferro verga como um ramo de pessegueiro perante a vitória conquistada. Sixpence fica inerte como um cadáver. Os companheiros transportam-no aos ombros, comandados dirigindo o seu comandante num gesto de máxima gratidão.

Abandonam a mata e seguem a estrada do Monte e, no meio da claridade solar, espelham-se uns nos outros. São todos iguais. Não há velhos nem novos, a turbulência da vida nivelou-lhes as idades. Não se distingue o homem da mulher pelos contornos do corpo. A fome comeu as curvas das ancas, as laranjas dos seios, deixando apenas os ossos. Nos homens cresce apenas a barba que supera a exuberância da floresta medonha. Os ventres de todos competem em volume com qualquer mulher no último mês de gestação. A imagem do homem saudável atravessando a estrada desperta-os para a nudez em que se encontram.

Param uns instantes e pensam, mas como nos iremos apresentar perante a nova aldeia no estado em que nos encontramos? Recuam. Procuram de novo o abrigo da mata para entrar na aldeia nas sombras da noite. Escondem-se. A vontade de viver com outros seres humanos retira-os do esconderijo, afinal não há nada a esconder, eles já nada são na superfície da terra. Perderam a família, os amigos e todos os haveres. Perderam o sonho, a esperança, e mesmo a realidade já não lhes pertence. Até a roupa que lhes confortava o corpo, os ramos e os arbustos roeram. A pele que protege os ossos os espinhos rasgaram, sangraram. O rei das trevas jogou com eles em cada noite. A fidelidade aos defuntos, as leis da tribo, o orgulho do homem, as normas mais elementares da vida humana, tudo quebraram. Perante tamanho sofrimento, a vergonha é um sentimento, fútil, desnecessário. Somos homens nobres, feitos à semelhança de Deus, minha gente! Mas à semelhança de Deus? É pouco provável. Se o homem é a imagem de Deus, então Deus é um refugiado de guerra, magro, e com ventre farto de fome. Deus tem este nosso aspecto nojento, tem a cor negra da lama e não toma banho à semelhança de nós outros, condenados da terra. O Diabo, sim, esse deve ser um janota que segura os freios da vida dos homens que sucumbem. Os peregrinos caminham com maior decisão. Aceitam entregar-se ao espetáculo de homens nus no meio da aldeia.

O grupo de crianças levando as cabras à pastagem descobre figuras estranhas caminhando para a aldeia. Assusta-se. Não são seres humanos, parecem figuras fantásticas emergindo das profundezas do inferno. Abandonam as cabras à sorte chamando pelas mães aos gritos. Os mais velhos cercaram-nos e estes, assustados, não conseguem explicar a causa do pânico. Apontam com o dedo para a base do Monte e dizem: fantasmas! Os mais velhos pensam rapidamente. Fantasmas ao sol não, são homens, talvez camuflados. Depressa concluem tratar-se de invasão, de infiltração, de guerra. Cada um passa a palavra ao outro e correm em debandada à busca do abrigo. Os que estão na machamba fazem o mesmo. Largam a enxada e correm porque veem os outros a correr. As mães apertam mais os bebés nas costas, não vão deixá-los cair na corrida, e seguram os mais pequeninos pela mão, mas o que será, o que há? Ninguém responde, o mais importante é a fuga. Os homens debaixo das moitas com olho solto seguram as catanas com maior firmeza e determinação, os ouvidos estão atentos a todos os sinais de perigo. Num só instante a aldeia é despovoada de almas humanas, mas durou pouco o período de susto, como uma tempestade no copo de água. São os viajantes involuntários, ó gente, gritam uns para os outros enquanto abandonam os esconderijos. Correm em auxílio dos recém-chegados, alguns deles foram também viajantes involuntários. A aldeia inteira recebe-os e dá-lhes as boas-vindas. Por fraternidade. Por solidariedade. Por compaixão. Por curiosidade. Por recordação dos momentos atrozes que passaram, Deus sabe quando e como. Uns alargam os olhos na esperança de descobrir entre os recém-chegados os familiares desaparecidos no último ataque à aldeia natal. Outros esperavam ver de entre os homens o filho que partiu para o combate há mais de três anos e jamais regressou. Outros não esperam nada nem ninguém, simplesmente assistem ao dilema. Choram. Choram por si e por tudo aquilo que foi vida, porque hoje já nada são senão detritos de um temporal, restos fragmentados daquilo a que ontem tiveram orgulho de chamar vida. Os pensamentos de todos unem-se na recordação da mesma cena: homens fardados, fogo ardente, estrondos. Homens matando, embora conscientes de que ceifando vidas também se matam. Aldeias em chamas, colheitas incendiadas, usurpadas ou perdidas, gente estripada, ferida, morta às centenas ou aos milhares, lágrimas, ruínas, deslocações, miséria.

Os olhos indignados dos curiosos assistem ao desfile macabro que surge das trevas. As vozes e os murmúrios erguem-se para as mais variadas lamentações. Para todos a guerra é uma hecatombe terrível. Há os que pensam que é castigo de Deus. Outros pensam que é o princípio do fim porque o mundo terrestre acabará no ano 2000, segundo opinião dos videntes.

Os viajantes sentem agora a marcha aliviada. Os montanheses carregam nos ombros os desfalecidos, dando mão àqueles que, embora com dificuldades, ainda conseguem caminhar pelo seu pé.

Poisam os ossos no dorso convexo da terra madrasta e respiram fundo. Os jovens vêm correndo com as suas caixinhas de primeiros socorros. As mulheres trazem potes de água fresca para os sedentos, para os cansados, para os feridos. Bebe, paizinho, vozinho, bebe, bebe tudo que a água é a salvação do corpo e aqui existe em abundância. Mãe da menina, dá primeiro a ela, assim está bem, refresca-te, repousa, que a vida é feita de solavancos, boas-vindas, boas-vindas ao Monte.

Água bendita, ofertada com amor e sementes de esperança. O fardo da vida torna-se leve quando a humanidade reside no coração de cada homem, quando a fraternidade atinge o universo ultrapassando as barreiras do sangue. Bebem com sofreguidão, mãos trémulas segurando com dificuldade os copos de barro. Mas esta água tem algo de estranho. Tem nela impregnado o cheiro do sangue das nossas escoriações. Tem o sabor salgado das crostas das nossas feridas, tem sabor a sangue, a sacrifício do homem.

Os que os socorrem recolhem dos rostos a expressão vaga e não esperam agradecimentos fúteis. Conhecem o sentimento que vai no fundo dos desgraçados, a história repete-se como a estrofe da velha canção, alguns deles passaram por aquilo.

14.

Os de Mananga saboreiam a primeira noite de repouso verdadeiro. Estendem-se no tapete de erva fresca indiferente ao tempo e às carícias do vento. As rãs coaxam no vale. As estrelas brilham e as aves cantam. Os mosquitos zumbem suavemente e dão violentas ferroadas nos corpos dos que repousam. As mentes dos moribundos redemoinham em acontecimentos passados e recentes: o divórcio fresco com a terra que os viu nascer, o abandono dos moribundos à sorte e a luta tenaz para viver pelo menos mais um dia. Meditam sobre a recepção de que foram alvos ao amanhecer e agradecem aos deuses. Foram recebidos conforme as leis da tribo e respeitados segundo a tradição. Enquanto os saudavam, os homens tiravam o chapéu e inclinavam-se com a devida vénia. As mulheres e as crianças ajoelhavam-se. Nenhum deles olhou para o aspecto, nem estatuto, nem classe, que classe maior é ser membro da sociedade humana. Conduziram-nos ao banho refrescante e ofereceram alimento quente. Os de Mananga não cabem em si de tanta surpresa. Sentem remorsos das atitudes passadas.

Na aldeia natal, receberam com muita maldade os refugiados vindos de Macuácua. Fizeram isso porque nunca imaginaram que um dia passariam pelo mesmo caminho. Na aldeia do Monte reside o último paraíso, eles reconhecem-no. Os males da guerra ainda não atingiram a elegância moral dos seus habitantes.

A noite cresce e com ela a frescura, os moribundos nem a sentem. Os pássaros notívagos lançam os pios agoirentos e os grilos cantam canções de embalar que só os felizes entendem por que a tristeza ensurdece. As estrelas das constelações maiores brilham, brincam, piscam, os moribundos rebolam para a esquerda, para a direita, o sono teimoso não vem, o malvado só gosta de dar repouso aos despreocupados. Lá para as fronteiras da madrugada o sono aparece, felino, sem monstros nem fantasmas.

A manhã aparece mais bela, mais fresca. Ouve-se música no ar. Não é cantada pelos pássaros, mas pelos anjos dos pássaros, é um murmúrio que agrada, um rumor que relaxa. E os moribundos adormecidos vão esbracejando, esperneando, a brisa matinal arrasta até o olfato o perfume das laranjeiras. Alguém desperta e escuta. Não é a canção da natureza, não, são vozes humanas. Há uma canção de choro num canto qualquer, comadre Sigaule, escuta aí.

Sigaule escuta, é música de lamento, sim. As vacas mugem ao longe, as galinhas cacarejam e as cabras saltam felizes. Uma menina corre atrás delas e passa mesmo ao lado dos moribundos que dormem. Sigaule interpela-a:

— Menininha, já que vives aqui há mais tempo, sabes dizer que canções são estas? Há uma igreja aqui por perto?

— Estão a cantar no cemitério.

— Cemitério? E onde fica?

— Lá longe, mas não muito, muito longe. É um bocadinho perto, mesmo aqui embaixo do Monte. É o funeral do homem que vivia naquela tenda verde, não a grande, mas a pequena, não está a ver?

— De que é que ele morreu?

— Tinha uma ferida de bala na perna. Cada dia que passava ficava mais doente e acabou morrendo.

— Ah, maldita morte — desabafa Sigaule —, mesmo aqui, a maldita nos persegue.

Os que ainda dormiam despertam. Trocam algumas palavras em monossílabos. Pouco a pouco a conversa cresce e, como sempre, acaba em lamentos.

— Destino de preto é coisa preta — diz um dos homens.

— É verdade, sim — concorda o outro —, nascemos para sofrer, somos carvão para a fogueira consumir, gente de terceira categoria. Descanso só no céu, na terra não.

— Nem no céu haverá descanso — diz outro —, o sofrimento do negro existe desde o princípio do mundo. Deus não existe, é apenas uma invenção dos padres. Se ele existisse, há muito teria secado a fonte das nossas lágrimas.

Os que estavam deitados sentam-se e escutam, a conversa lhes toca profundamente. Os olhos sonolentos irradiam rubro, mergulhados na barca do desespero. Sixpence também escuta. Compadece-se de si e do grupo. Mesmo na luta contra a morte continua a ser o comandante e sente o dever de dirigir aos comandados algumas palavras de coragem. Ergue a voz suave e fraca que se ouve como um murmúrio distante vindo das profundezas de outro mundo.

— Deus existe, sim. Ele é omnipotente e invisível e está mesmo aqui à nossa volta. Está dentro de nós.

— Sendo assim, Deus é um refugiado de guerra — argumenta Sigaule. — Mal posso acreditar num Deus negro, andrajoso, com o ventre farto de fome e a morrer de diarreia como a gente.

— Sim, Deus é um refugiado de guerra e sente o sofrimento da gente.

— Então esse Deus é um Deus camaleão. Onde há pretos é preto, onde há brancos é branco. Se chega a ponto de ser um refugiado de guerra é um Deus fraco, impotente como este povo de Mananga. Estamos cansados de sofrer, Sixpence.

— O dia virá, minha gente. As lágrimas secarão e a terra irá florir de novo.

Todos o escutam com admiração e respeito. Tem coração de ouro, esse homem bom. Mas ele está muito doente, Deus protegei o nosso guia, para que viva por todo o sempre!

Sixpence sorri, moribundo. Olha para o céu que brilha. Escuta os pombos que arrulham. Esquece as dores que o atormentam e sonha. No novo mundo, vê crianças saudáveis correndo sobre os campos coloridos. Vê mulheres mais gordas e bem trajadas. Vê os braços dos homens livres de metralhadoras e granadas, empunhando ferramentas, flores, e vê ainda um pão na boca de cada menino. Faz uma longa pausa e depois fala com inspiração:

— Irmão: quando a dor aperta, chora até a exaustão. Chora tanto que as tuas lágrimas mais as minhas lágrimas formem um rio ou um oceano. Pega nas mãos doloridas, sôfregas, trémulas e constrói uma jangada, uma canoa, um barco com os cacos da vida esparsos à tua volta. Lança a embarcação no mar das tuas lágrimas e navega sereno até o horizonte das estrelas. Não desperdices nunca o calor e a força do teu pranto. É preciso não vergar. Aguentar o peso de cada hora e de cada dia que passa é o destino do homem. Mesmo na canção da dor há uma estrofe de esperança. Cada dia tem a sua história.

15.

Os recém-chegados ainda se sentem mortos, não têm a consciência da própria presença. Mas há uma dor insuportável que lhes sai do coração, da alma, dos ossos, e do sangue. Sentem um esgotamento profundo, que testemunha a sua presença no reino dos vivos. Afinal de contas, a morte é uma coisa boa, eles reconhecem. A vida que tanto defendem é algo que amargura, que oprime. A morte verdadeira é mais saudável porque acaba com todos os tormentos.

Olham para todos os lados e identificam: uma terra nova com gente nova, o que significa uma vida nova, o recomeço de tudo. E divagam no mar da incerteza, da insegurança, talvez o dia de amanhã seja mais amargo do que o de ontem ou de hoje. Não falam. Olham-se apenas. Guardam um silêncio pesado, profundo, porque estão no velório da sua própria tristeza. À sua volta a natureza vibra em mais um ritual de saudação ao sol enquanto os raios de luz penetram deleitosos nas profundidades das águas do riacho. O vento corre. As folhas caem e as que se deitam no riacho flutuam sob as minúsculas vagas e deixam-se embalar porque caminham para o apodrecimento total.

Os antigos residentes aproximam-se. Saúdam. Confortam. Oferecem uma velha peça de roupa a um e a outro, eles também não têm muito. Seria demasiado injusto deixar aqueles homens nus na presença das crianças, e de resto sentem que é seu dever ajudar. As mãos necessitadas recebem de cabeça baixa, a necessidade conduz à humilhação. Em certos momentos de aflição a ajuda é bem-vinda mas fere, sobretudo quando só se recebe sem ter nada para dar em troca.

A pouco e pouco os recém-chegados destravam a língua e contam a sua história que arrepia quem a escuta, e corre de boca em boca até atingir o limiar da celebridade. Sixpence, o homem que conduziu o povo, toma um lugar no pedestal dos ditos do povo e torna-se conversa da machamba, do rio, da cozinha e mesmo da cama dos casais felizes. As mulheres fogem da vigilância dos maridos e procuram o herói esfarrapado para ouvir-lhe a voz e trocar sorrisos sem os olhares incómodos dos curiosos.

Sentada no pedregulho à beira do riacho, Mara escuta e sonha. As mulheres mais velhas ensaboam a roupa, batem-na sobre as pedras lisas enquanto o vento arrasta a espuma que se dissolve nas pequenas ondas. Falam de um herói de trapos que surgiu no Monte conduzindo um exército de moribundos: que enfrentou leões de mãos nuas; que fez pacto com o diabo e conduziu mais de cem homens numa caminhada ininterrupta de vinte e uma noites; que venceu fantasmas, que venceu os maus espíritos, que lutou, que sofreu, que tem figura de duende mas é um homem, ele é invencível, um campeão, um herói.

Mara deixa-se arrastar pelos encantos do conto que as mulheres contam e recontam. As mulheres gostam de heróis e

amam-nos. Mara navega na barca do sonho e ama com o sentimento maternal de noiva precoce. A curiosidade da menina leva-
-a até o moribundo que parece estar a dormir mas geme e sofre.
O interior da tenda é escuro. Mara levanta-lhe a abertura e convida o ar. O cheiro que vem dali provoca-lhe náuseas, o homem
tem uma diarreia séria.

Abandona o local, vai para casa e volta. Traz uma bacia e
um pote de água, uma tesoura, um pente e um embrulho de
roupas velhas tiradas do roupeiro do pai e do noivo. A vontade de
fazer viver o estranho é mais forte do que ela. O moribundo é como o filho que ainda projeta para o ventre virgem, cuidar dele é
como dar à luz, dar a vida. De resto, ela acha a coisa mesmo di-
vertida. Mergulha as mãos na cabeleira suja e corta como fazia
com a boneca nos tempos de criança. Sixpence é, para ela, um
boneco de trapo e ela remenda-o, cuida-o, jogando o jogo do
passado.

Lava-lhe as feridas com jeito. Quando toca nas mais profundas e ele faz uma careta de dor, ela sopra-as e acalma a dor com
um sorriso. Dá-lhe as papas pela mão, o herói perdeu a mobilidade dos membros. Eis aqui a tua ceia, oferece Mara, estenden-
do a mãozinha frágil, os dedos segurando a colher de papas que
enfia na boca do seu doente. Ele descerra as pálpebras e engole
devagar, muito devagar. Come mais depressa senão arrefece,
Mara ordena. E ele obedece como um carneirinho. Acaba o prato e fecha os olhos como quem dorme. Deve ter frio, pensa ela.
Puxa a manta e cobre-lhe os pés. Rodeia-o de todos os cuidados
como um menino que ainda não teve. O noivo vai ter ciúmes,
ela sabe, não ciúmes do moribundo, mas do carinho que ela dispensa, que ainda nem lhe dera a provar. Sente vontade de dormir ali, mas sabe que não pode, regressa a casa entristecida.

Passa um dia e outro dia e o moribundo dá os primeiros sinais de melhoras. Mara fica maravilhada com os resultados dos

seus cuidados e trata o doente com maior devoção. Sente a sua vida envolvida com a história do lendário herói, com a sua luta, os seus sacrifícios e sonhos perdidos. Negligencia a enxada e o pilão. Esquece os ciúmes do noivo e as birras da mãe, que o milho espere e o noivo se desespere, que a fogueira fique por acender porque agora ela é mãe do filho que nasceu da morte. Tapa os ouvidos para as palavras que a repreendem, sente que está a viver o maior sonho do mundo.

— Mara, mas o que sentes tu metida naquela tenda malcheirosa? Que dirá o teu noivo? Os teus pais não se aborrecem?

— Ele está muito mal, vejam só a diarreia que tem. Perdeu a mobilidade, não consegue fazer nada sozinho, precisa de muito amparo.

— Tu lá sabes, é contigo.

Mara fica com ciúmes e zanga-se, quando alguém presta assistência ao doente que é seu. Mal desperta, abandona a casa quase de madrugada de modo que, quando os outros vão para ajudar todos os moribundos, ela já deu assistência ao seu doente. Quando chega, Sixpence ainda dorme ou finge que dorme. E entra sorrateira, como uma mãe que não quer interromper o sono do seu menino. E olha para ele com ternura. E recalca a canção do despertar que a avó entoava para dar aos meninos um amanhecer suave. Depois prepara a água para as feridas e desperta-o com pancadinhas carinhosas nas costas. Sixpence desperta e sorri para a jovem, sente que não está só, que é bom ter alguém que nos quer bem na hora de despertar. Sixpence regressa à vida rapidamente, foram-lhe vedadas as portas da soturna morada. Ela saúda-o e pergunta se dormiu bem e ele responde que sim com um meneio de cabeça. E depois vem o questionário ritual: e as dores? E a diarreia? E essa força nos braços? Hoje vais comer feijão e wupsa, o teu estômago já está melhor. Agora deita-te de costas, agora senta-te, agora vira para este lado. E ele sente aquelas mãozinhas delicadas sobre a sua pele; o calor daquele contacto irradiando o seu corpo; aquela voz murmurada, doce, quase que cantada. Sente no espírito o carinho da mãe que regressou do túmulo, a ternura da filha ceifada na flor do crescimento. De vez em quando, os seios redondinhos roçam-lhe as costas despertando-lhe involuntariamente o lobo mau adormecido dentro dele e delira em surdina: mulher minha, desejos loucos, sede da vida. E abana desesperadamente a cabeça dizendo para si um não veemente. Ela é minha mãe, minha irmã, a filha que regressou do túmulo. Mas é mulher, meu Deus, vida que amei e perdi. Ela ordena-lhe que estenda as pernas para lhe retirar a matacanha dos dedos inchados. Sixpence obedece com prontidão. Quando ela se ausenta, tem saudades dela, mas quando está perto ganha um medo que o emudece e não lhe dirige uma só palavra. Viu muitas máscaras de maldade e hipocrisia em toda a sua vida e não quer acreditar na beleza daquilo que lhe acontece. Teme tudo: a claridade, a sombra e a noite. Sente-se insignificante como uma folha solta na areia de Mananga. Tudo para ele é naufrágio, e a sua existência ficou perdida em Macuácua, sua aldeia natal. Refugiou-se em Mananga e acabou encalhando nos solos do Monte como um escombro da trágica tempestade. Aquele anjo oferece-lhe toda a sua vida, o que dará ele em troca?

Passa uma semana e outra semana, o povo perdido recupera a esperança, o esquecimento é coisa boa. Quase todos já têm novos amigos e reaprendem a sorrir, o passado cura-se com o tempo.

Mara continua a dar assistência ao seu ídolo, mas não com a intensidade dos primeiros dias. Visita-o no fim do dia quando o trabalho da casa abranda. Hoje leva-lhe feijão e mandioca cozida, levando também a conversa amiga e o conforto do espírito. O noivo barra-lhe o caminho. Sente-se cansado de passar as tardes sozinho enquanto a sua prometida conversa com o tinhoso e piolhento que abandonou a terra natal por não ter virilidade suficiente para defender a honra.

— Mara, o que levas aí? O que te deu para passares a vida a cheirar as chagas abertas de um leproso?

— Não fales assim, eles são seres humanos, José.

— Falo sim, porque tenho autoridade sobre ti. Lobolei-te, minha noiva, e só irás para onde eu quiser.

— Pois vais ver que não é bem assim.

— Vais dormir com ele, minha cabra. Gastei o meu dinheiro comprando-te, prostituta sem-vergonha.

Mara abandona o noivo para poupar os ouvidos a palavras azedas. O rapaz tenta persegui-la, mas depressa se apercebe da sua determinação e deixa-a prosseguir a marcha. Mara entra na tenda de Sixpence de rompante, profundamente agitada, e só o sorriso dele é que a abranda. Do lado de fora ainda se ouvem palavras injuriosas que os dois ignoram. Mara aproxima-se do doente, tira-lhe os pensos, já não é necessário aplicar outros, as feridas grandes já ganharam crosta, cicatrizaram. Massaja-lhe o corpo dormente. As mãos a subir e a descer são quentes e despertam o malvado. Escurece. Mara ajeita a lenha e acende a fogueira. Sopra. A lenha espalha fumo e surgem as primeiras labaredas. Na claridade da fogueira, Sixpence olha a menina ainda ajoelhada e espreita-lhe os seios virgens que sobem e descem ao ritmo do sopro e descobre beleza infinita no rosto imaculado. Não, ela é minha filha, minha irmã. Ela senta-se ao lado dele e quer dar-lhe de comer pela mão. Ele recusa. Antes de acabar de tapar a panelinha de barro, ela sente-se sufocada por um braço terno que a derruba sobre o chão. Surpreende-se. O morto ressurge mais viril que todos os vivos juntos. Solta um gemido e mergulha no sonho. Desperta e olha o parceiro. Não é velho nem tinhoso, é um jovem nobre a quem as atrocidades da vida envelheceram. Dessa vez ela oferece-se mais sensual saboreando com languidez o abraço do herói.

O gato é ingrato. Quem o cria que lhe corte a cauda. Oferece-se abrigo e logo rouba os pintos. Lá fora, o noivo da Mara escuta os suspiros, sofre. Sixpence revive o sonho perdido e o nascer da esperança. Talvez germine o filho perdido. Talvez construa o lar destruído, talvez…, talvez. Fecha os olhos e saboreia a vida. Há sempre uma deusa aguardando o herói nas portas do Olimpo. O sofrimento é para aqueles que lutam. O mundo é para aqueles que vencem.

16.

Sobre o solo do Monte cresce uma aldeia moribunda, disforme, sem estética nem geometria. A aldeia do Monte é um monumento macabro, dramático. A vida dos homens é inaceitável. Pesada. Deprimente. Um monte de torturas como o monte Calvário. Tem meia centena de cabanas construídas à pressa, qualquer um as conta bem. Parecem pocilgas, parecem galinheiras, são vulneráveis ao vento, ao frio e à chuva. São paredes baixas feitas de palha, apenas para preservar a intimidade do sono, nada mais.

Outras cento e tal são tendas de campanha para seis pessoas onde dormem dez ou mais. Ensardinhadas. Desconfortadas. Esses abrigos são desumanizantes. Não dignificam a família. Nem o casal. Nem o amor. Não se entende como, mas a maior parte das mulheres adultas está grávida, a semente humana germinou nos corpos em ruínas. Talvez os casais aguardem que as crianças adormeçam para vendar os olhos com cortinas imaginárias e amarem-se. Talvez aguardem que o sol desponte e as crianças se ponham no campo a caçar borboletas. Mas são dois ou três casais a partilhar o mesmo abrigo. Fazem turnos? É uma pergunta inútil, estúpida, ofensiva e imprudente. Mesmo no inferno existe um cantinho bom onde os homens se amam e é tudo.

O interior de cada cabana é um covil. Com ratos e percevejos. Húmido. Fétido. Escuro. A ausência de janelas barrou o caminho do sol. O ar que penetra não é suficiente para eliminar os vermes que se desenvolvem furiosamente. Há esteiras cobrindo o chão ou encostadas nas paredes. Capulanas e mantas esfiapadas penduradas nas estacas interiores. O prato, a colher, a bilha e a panela de barro, quando existem, estão dispostos ao acaso. As espigas magras pendem nos tetos. Pedaços de lenha ocupam o centro e servem de aquecimento e iluminação quando a noite cai. Cadeira? Mesa? É um luxo que ninguém sonha ter, naquelas condições ou noutras. O pilão e a panela, a enxada e a peneira, quem os tem, partilha o seu uso com o vizinho próximo. Ali, a lei da solidariedade é forte, tudo é de todos e de ninguém. Por vezes quem não tem alimentos sofre porque não os tem, e quem os tem sofre porque não tem onde os preparar. As panelas de barro, as mulheres estão ainda por moldar. O barro busca-se num lugar próximo, mas distante, o acesso é difícil, os caminhos escaldam em movimentos de guerra. Não há recipientes para coletar água. Quem dela precisa que vá beber ao lado das cabras no riacho, onde as pessoas se banham e lavam a roupa.

À parte a desgraça dos homens o lugar é aprazível, diga-se. O céu é mais azul, os campos mais verdes e o sol mais amigo, mais suave, mais sereno, o calor que espalha não quebra e nem queima mesmo em pleno mês de dezembro. O Monte é um pedaço do céu. Um paraíso acabado. Perfumado. Uma bênção divina, uma dádiva que obriga os seres humanos a curvarem-se diante do obreiro de tanta beleza. Aqui a terra é mais fértil e mais fresca, pensam os recém-chegados, faremos o nosso ninho neste altar de erva e terra. Como ovelhas perdidas encontraremos pão e paz neste rebanho alheio, neste solo que não é o dos nossos antepassados. Ficaremos aqui, sim. Sangrámos os polegares descalços nas pedras dos caminhos para chegar aqui. Enfrentámos os demónios das noites. Vencemos o medo. Combatemos feras e fogos para conquistar mais um dia de vida, um pedaço de ar puro, ficaremos aqui, sim.

O Sixpence, que sabe muitas coisas porque viajou muito e participou noutras guerras, diz que as lágrimas dos homens podem formar oceanos e mares maravilhosos. Que os escombros da vida podem fabricar barcos para navegar na torrente das lágrimas. Deve ter razão, ele sabe muito. Os viajantes involuntários querem acreditar nisso, mas tudo parece tão irreal, tão fantástico, tão frágil. Parece-lhes irreal também que tenham sobrevivido a todas as catástrofes. Os milagres existem, sim, a sua sobrevivência é uma prova indiscutível da existência destes. A canção da colheita diz que cada dia tem a sua história. E tem, é verdade. A canção da amargura tem um coro de esperança. O coro de esperança diz que depois da tormenta vem a bonança com liberdade e paz. Liberdade para amar, liberdade para viver. Mas a liberdade está longe, porque a dor alcançou os cantos do universo.

Os recém-chegados não fazem mais do que deitar-se desde o momento da chegada. Mas não dormem não. Repousam. E contam os minutos intermináveis do dia como quem conta migalhas de poeira. Nas manhãs estendem-se ao sol como um bando de jacarés. Fecham os olhos e saboreiam a frescura do dia. Estão cansados. Fracos. Tentam esquecer a vida por alguns instantes. Impossível. A meditação é oportunista, invade o repouso de qualquer um sem pedir licença. Obriga a regressar ao passado e a pensar no futuro mesmo que se pretenda apenas viver o presente. Mas é melhor esquecer o que se passou, pensar nos melhores dias que hão de vir, tentam consolar-se. A toda a hora recebem visitas dos antigos moradores para dar os bons-dias. Oferecer uma conversa amiga. Ajudar naquilo que for preciso. Para espiar, não vão eles entregar-se à faina dos campos deixando cadáveres ao descuido. A saudação ritual sempre acaba em lamentos: dormimos bem mas ainda estamos cansados. Estamos fracos. As feridas do corpo e da alma ainda doem. Sentimos fome, a barriga rói, a refeição ingerida ontem foi rejeitada pelo estômago que ainda não se habituou ao alimento quente. Havemos de melhorar, sim, se os deuses das forças assim o desejarem. Os que os visitam dão sempre uma vista de olhos em redor e ficam satisfeitos. Há progressos. O incêndio rubro desvanece nos olhos dos moribundos. O moral ainda está muito baixo. Entendem. Dia a dia, minuto a minuto, o tempo irá apagar a dor como o sol rasga o manto da noite. Não ficarão eternamente naquele quadro de miséria. Quando a força voltar, transformarão as suas vidas noutras vidas e serão outros homens, mais duros, mais frios, mais amargurados porque melhor do que ninguém conhecem a dimensão da palavra vida. Por agora são apenas seres indefesos que acabam de viver uma experiência de tragédia, mas para que serve esse tipo de experiência? Apenas para obrigar o homem a fechar-se dentro de si mesmo. Ter medo da vida. Ter medo dos seus semelhantes. Olhar para o paraíso como um pedaço de merda. Os que viverem até a velhice poderão contar estas coisas à volta da lareira aos netos e bisnetos e nada mais.

Os moribundos sabem que nada têm e nada são. Desesperadamente procuram o culpado da sua situação para colocar-lhe nos ombros o peso da maldição. As culpadas são as mães que os trouxeram ao mundo da desgraça. Os culpados são os reis e os régulos que se preocupam com o poder e esquecem a felicidade dos seus semelhantes. Os culpados são eles que não souberam defender-se, que não fugiram a tempo, que não se esconderam, que não se acautelaram e se deixaram apanhar pelas balas assassinas. Os culpados são os deuses, são os defuntos que não os protegeram. Os culpados são todos. O culpado não é ninguém. A culpada é a imperfeição da natureza humana. O homem ama a sua própria vida, mas desde o princípio do mundo que se diverte em tirar as vidas alheias.

A vontade de sobreviver aumenta. Os que se sentem melhor erguem-se. Ensaiam passos cambaios. Dão dois passos. Repousam. Dão mais dois, mais três e sentem de novo o prazer de caminhar na areia solta. Os movimentos do corpo aliviam a prisão dos músculos e as dores nas articulações. Sentem que na cadência de marcha os pensamentos e as vertigens se esfumam. Olham para o sol que nasce. Para as flores que abrem. Para as ervas que dançam ao balanço do vento. Olham para o poente onde ficou perdida a aldeia natal. A terra é linda, é rica, é fresca. Uma lufada de felicidade refresca a mente, sentem que valeu a pena o sacrifício da marcha, chegaram à terra de promissão que lhes dará muito alimento sem dúvida alguma. Refrescam os pés nas águas do riacho. Aproximam-se das pessoas, trocam palavras e colecionam na memória as imagens da vida da aldeia. Os homens da idade dos montes estão sentados nas sombras mascando o tabaco em intervalos regulares. Têm o rosto tão duro como o deles, expressão vaga que espelha a agrura de todos os anos da sua existência. Para esses velhos a esperança e o desespero parecem ser duas faces da mesma moeda. Os homens da idade de sonhar e construir estão em pé de guerra contra a morte. De tronco curvado nos campos travam um diálogo fechado com a terra lançando-lhe sementes que brotarão com nova forma de vida. Os que já semearam estão nas sombras tecendo a esteira para o seu leito de amor, ou para o filho que escapou do massacre. Tecem o chapéu para o velho pai, o cesto e a peneira para as suas damas de pele e osso. Os mais hábeis matam a nostalgia transferindo os pesadelos da mente para a madeira de sândalo que se vai moldando em fantasmagóricas obras de arte. Os homens da idade da bananeira e da erva da época brincam nas margens do riacho, para eles tudo são sorrisos, o seu nascimento foi aclamado por silvos de balas e rajadas de morte, o inferno é o seu ninho.

17.

As águas do Monte lavam todas as dores e mágoas. O clima quente e húmido faz do Monte uma estufa quentinha como o ventre materno, onde as vidas se colocam em segunda gestação. No momento de renascer, areias colocam remendos nas almas apunhaladas.

Os de Mananga navegam na nova vaga, mas Minosse permanece na margem da onda ninguém entende bem por quê. Vive solitária recolhida no seu mundo de guerra e paz. Sentada na margem do riacho não dá conta do tempo. Em todas as manhãs, o sol encontra-a já sentado no penhasco de onde observa o parto de cada manhã, a evolução do dia até a cor da agonia. Do velho Sianga herdou, sem dúvida alguma, a missão de guardiã do sol. Na luz do dia sente-se mais segura e mais leve, mas quando a noite cai, a vida pesa-lhe como um caixão de chumbo. As turbulências da guerra emprestaram-lhe novas formas de vida e nova visão do mundo.

Sentada no seu trono, a sua figura inerte faz lembrar a imagem de deusa negra esculpida sobre o Monte. Um bando de pombos risca no céu uma estrada luminosa em direção ao horizonte do mundo. Minosse contorna os seus movimentos. Segue-o. Sente que lhe nascem asas douradas sobre os ombros. Levanta as asas. Voa serena por baixo das nuvens e sobre o Monte. Esquece o mundo, esquece o corpo que já não tem fome, não tem sede, nem dor, nem cansaço. Saboreia em silêncio a leveza e a emoção do voo. Ouve apenas o cantar dos anjos e sente na alma a frescura das nuvens porque conquistou o espaço celeste.

As mulheres descem ao riacho. Levam nos cestos sabão e roupa suja. Os rapazes levam nas mãos as canas de pesca. Passam pelo morro onde Minosse permanece sentada. Saúdam-na, mas esta não responde. Olham-na com compaixão e comentam em voz alta: Pobre velha! A tempestade foi demasiado forte para ela, os ponteiros da cabeça viraram para o lado esquerdo e a velha avariou mesmo. Alguém se aproxima dela e lhe fala, na vã tentativa de a fazer regressar à realidade que a rodeia.

— Vovó Minosse, vem connosco dar um mergulho e refrescar o corpo que as águas do Monte lavam tristezas.

Minosse responde apenas com um ligeiro sorriso. Ergue o rosto e olha para o céu numa expressão de libertação total. Sob os olhares indignados dos habitantes do Monte, Minosse dá um mergulho fundo no oceano celeste sem se dignar dar uma palavra que testemunhe a sua percepção do mundo dos vivos. Os aldeões insistem em arrancá-la da ausência.

— Passas o dia de cabeça erguida para o céu, vovó Minosse. Não te dói o pescoço de tanto levantar? Devoras o céu com os olhos mais encovados que o lago Sule. O que te agrada no ar?

Minosse baixa a cabeça. Lança olhares surpresos para os que a rodeiam. Aquela gente convida-a para o deleite do riacho. Ela agradece o convite e retribui o gesto como mandam as regras, convida os presentes a olharem para o céu. Aponta. Fala. Delira.

— Vejam aquela ave brilhante voando no espaço. Aquele

ali é um casal de pombos. Vejam o emaranhado de estradas que riscaram o céu. Naquelas buganvílias há muitos ninhos de pombos...

Os aldeões abandonaram-na na sua loucura sem uma palavra de despedida. Ela permanece olhando os pássaros até o fenecer do dia e enxerga o entardecer com pavor. Murmura preces. Minosse pede a Deus para conservar o sol sempre no alto. Pede que lhe dê asas mais longas que as das águias que lhe permitam perseguir o rasto do sol por toda a eternidade, como se isso fosse possível. Ela tem medo da noite e dos seus mistérios. Desespera-se. Chora como uma criança. Uma mão amiga a segura e leva-a à sua habitação.

— Vá para casa, mãezinha. Está a anoitecer e ainda não meteu um só alimento nessa barriguinha. Vá, que depois lhe trago uma papinha.

Os galos cantam. Os amantes sonham escondidos nas sombras dos cajueiros, algures. As crianças bocejam, é hora de dormir. Minosse engole as papas já arrefecidas sem lhes saborear o gosto nem o aroma e depois procura a esteira. Deita-se. Mas o chão é incómodo, cheira a mofo, as últimas chuvas deixaram o solo húmido. Sente um prurido nas costas e mexe as mãos nervosamente. A mão direita procura descobrir o piolho ou a pulga que incomoda, pegá-la, espremê-la entre as unhas dos polegares. Mas a tenda é escura, a pele é escura, a pulga também é escura, não se vê. Os olhos furiosos tentam descobrir no escuro o causador de todo o mal-estar.

Abandona a tenda e dá um passeio até a mata. A humidade previne que o sol não nascerá antes da chuva. Os mosquitos zumbem e voam à volta dos seus pés. Mordem-na. Tenta apanhar pelo menos um, mas nem sequer os vê. Caminha entre as folhas tenras e sente as pernas refrescadas pelo frio dos arbustos. Apalpa-os, identificando as espécies pelo tato, a noite é muito densa. Um pássaro alegre canta. Deve estar junto ao ninho chocando os ovos ou confortando os filhotes. A lucidez regressa na mente de Minosse. Sente um vazio no fundo da alma e envolve-se num manto de tristeza. Anseia o nascer do dia para voar ao lado das garças e dos pombos. Senta-se entre as ervas. Pensa nas cobras rastejando nos campos e imediatamente abandona o poiso, regressando ao abrigo em passos lentos. O céu quebra-se em violentos clarões e os pingos grossos começam a molhar a cabeça quente.

Reacende a fogueira. A velha mão busca o frasco de sal e espalha-o abundantemente em todos os cantos da tenda para prevenir os maus sonhos. Puxa a garrafa de aguardente. Abre-a. Entorna alguns pingos nas quatro direções do mundo para Zuze e todos os espíritos distantes e depois leva a garrafa à boca. Toma o seu trago e se acalma. Deita-se novamente e chama o sono pela centésima vez e este acaba vindo para pouco depois a velha acordar sobressaltada. O velho Sianga persegue-a em cada sonho. Ela acredita que já morreu, foram graves os ferimentos sofridos. Em cada noite pede-lhe rapé, aguardente de milho, missangas brancas e vermelhas.

Busca de novo o sal e dessa vez espalha-o em abundância, tentando afastar o marido da sua mente enquanto vai gritando insultos. Abandona a tenda em corrida até o cruzamento dos caminhos. Levanta a capulana rota, curva a coluna vertebral deixando o traseiro nu e mostra o cu aos quatro cantos do mundo como forma de insultar o marido onde quer que esteja e expulsá-lo definitivamente dos sonhos. Os vizinhos já se habituaram a estas loucuras e até as toleram. A falta de atividade por vezes é um mal. No tempo em que a velha lavrava o seu pedaço de terra, tinha noites mais calmas. Acabou-se a lavoura e começou a sofrer insónias e pesadelos. A princípio acudiam ao mais pequeno grito, mas depressa concluíram que se tratava de mais um caso de comportamentos provocados pela guerra. E na aldeia há tantos. Agora só despertam quando os gritos da velhota se tornam insuportáveis a ponto de lhes expulsar o sono, escutam desinteressadamente, puxam de novo as mantas e exclamam: lá está ela aos gritos, outra vez. E adormecem.

Minosse regressa de novo à tenda e tenta adormecer. Coloca as duas mãos debaixo da cabeça e ergue os olhos para o teto escuro. Move-se em direção à fogueira tentando reacendê-la. Não resta um pedaço de lenha nem um carvãozinho aceso. Fecha os olhos agoniada. Os tímpanos sentem saudades de uma voz amiga para aliviar o peso da noite. Pensa em Wusheni e as lágrimas correm-lhe. Quebra o silêncio experimentando uma canção muda para dissolver a amargura, mas depressa morre, a garganta não tem suficiente energia. Deixa-se arrastar no desfile de recordações que, como sempre, convergem no mesmo ponto. Sianga jovem, Sianga velho, Sianga régulo polígamo e próspero, Sianga frustrado de rabo sempre colado ao chão a inventar rabugices. Lá fora, as vozes das cigarras são mais estridentes e as rãs cantam mais felizes à chuva, no riacho distante. O sussurro das árvores a balançar é uma prova indiscutível da eternidade do vento. A velha readormece, finalmente embalada pelo canto suave do mundo. E repousa. E tem sonhos bonitos, sonhos de saudades. Desperta satisfeita antes do cântico dos galos. Dá um passeio até o seu terreno de cultivo. Passeia os olhos no dorso das culturas: a colheita será boa e dará para a alimentar todo o ano. A minha machamba é tão grande! Mas com quem irei comer tudo isto? Sou uma velha só e desventurada. Volta a pensar na filha que acabou de perder: se Wusheni estivesse viva, venderia uma parte da colheita e compraria um jogo de fraldas para o meu netinho que a esta altura já teria nascido. Para o meu genro compraria um par de calções de ganga azul.

De um canto do horizonte o vento pastoreia uma manada

de nuvens negras. Os ramos dos arbustos sofrem violentas vergastadas enquanto um clarão desfaz o compacto nublado. Chove torrencialmente. Minosse respira fundo e recorda: foi pela chuva que o povo de Mananga se bateu até se perder. Ergue os olhos para a aldeia. As crianças descem a encosta aos bandos, aos gritos, completamente nus, e banhando-se, saúdam a abençoada chuva.

O frio gela e corta. Subtilmente penetra nos ossos dos que labutam. Todos abandonam a faina e regressam apressados ao calor da fogueira. Minosse está alheia a tudo. Uma mão amiga arrasta-a até a fogueira da vizinha.

A queda da chuva cessa por instantes. O frio cede lugar ao calor e o ar fica mais húmido do que antes. O bafo da terra molhada e a inércia das plantas prenunciam uma grande torrente, haverá desgraça nesta terra. O céu toma-se mais baixo, está em silêncio. A conversa dos amigos fica suspensa. Os pássaros não voam, não cantam, recolhem-se aos cantos mais escuros dos ninhos. As cabras e os carneiros procuram esconderijo nas cobertas mais secas e mais próximas. Não se ouve zumbido de abelha ou de vespa, paira a voz de Deus no alto do Monte, chegou o momento da vingança dos espíritos.

Multiplicam-se os receios dos homens, vítimas dos caprichos da vida. Lá fora, o trovão ruge com severidade, o vento sopra impiedoso e abate-se contra as cobertas cónicas das palhotas, levando-as na sua marcha até as vertentes do monte. A chuva cai com um vigor inédito. Os aldeões escondidos no interior das habitações de repente ficam com a cabeça descoberta e molham-se miseravelmente. Tremem de frio. Abandonam os esqueletos frios das habitações e procuram o calor nas conversas dos vizinhos, nada mais podem fazer. Trocam abraços, lamentos, consolos.

— A natureza está contra nós, compadre. Vejam só a nudez

em que nos encontramos. Mas quantas vezes temos nós que fazer o reinício da vida?

— É verdade, sim. Deus está brigando forte, gente. Briga de cobardia. Forte só com forte se bate. Se ele é grande, por que teima em vergastar gente de moleza como este povo?

— Concordo convosco, boa gente. A maior verdade é que tudo em demasia prejudica. Já perdemos as casas e se chover mais um pouco perderemos também as culturas. Desde que nascemos que o vento corre e a chuva cai. Na verdade, a vida é que nos arrasou. Vendo bem, nenhum de nós tem o direito de condenar o ventinho quando dá o seu passeio. Digam-me a verdade, que resistência têm estas choças para aguentar com os caprichos da natureza?

A chuva abranda. Para. Os camponeses fazem o balanço. Todas as palhotas foram devastadas. Todas ou quase todas porque algumas permanecem de pé por milagre dos deuses. Não há regra sem exceção. Na guerra há sempre um sobrevivente para contar a história. As ruínas apontam para o céu os troncos nus dos alicerces, oferecendo à natureza um cenário de tristeza.

O corpo é servo e a alma é soberana, isso está à vista. Só a alma tranquila é que enche o corpo de vitalidade. Os homens sentem-se mais uma vez desolados, perdidos, acabam de sofrer um novo golpe. Os braços ontem fortalecidos pela esperança de uma vida tranquila, hoje caem vencidos. As mentes vagueiam na arena dos deuses pedindo apoio e proteção porque do lado de cá a vida é madrasta.

— Boa gente — encoraja um deles —, os mortos que chamais eram homens e também pereceram na luta pela melhoria do destino dos pobres. Levantem as mãos e reconstruam a vida e deixem de lamentar-se como velhotas grávidas.

Sob as rajadas de vento frio, cada família inicia a restauração do seu abrigo. Enquanto os homens amarram e martelam, as mulheres vão rebuscando nas ruínas o que ainda se aproveita daquilo que foram paredes e teto. As crianças encontram sempre um canto de alegria no campo do sofrimento. Nus, aos bandos, percorrem as ruas da aldeia aos gritos e vão mergulhando em cada lagoa deixada pelas águas da chuva. Na parte mais baixa do Monte o lago é sempre maior, vão até lá. Chegam em corrida, mas hoje o espetáculo é diferente. No meio do lago navegam os restos daquilo que há pouco fora uma habitação, o que terá acontecido com o seu ocupante? Os meninos trocam olhares. Dialogam. Por baixo dos escombros, veem alguns utensílios domésticos. E pedaços de roupa. Mas parece que há uma pessoa debaixo da casa, gente. Os mais curiosos mergulham os pés no lago sinistro, revolvem a palha. Os gritos que lançam repercutem-se nos quatro cantos da aldeia. Os adultos sobressaltam-se e correm ao encontro das vozes, alarmados. Chegam num só passo e olham a desgraça. O vento derrubou a choça que caiu sobre o ocupante. A multidão rodeia o lago e liberta um compacto de suspiros. E as mulheres, com as lágrimas sempre prontas para derramar, começam a chorar, maiwê, tínhamos esquecido o pobre Nuvunga, yô, mas que cena macabra, isto não são maneiras de morrer.

Os mais corajosos mergulham no lago que lhes engole os pés até a altura dos joelhos, afastam a palha e pescam o cadáver. As testas franzem-se de nojo. José Nuvunga afogou-se no soalho da própria casa. A manta que o cobre é quase invisível, tem a cor das águas turvas e navega como uma jangada naufragada. O espetáculo é degradante. O morto tem o rosto borrado de vómitos, de lama, de restos de papa que as panelas entornaram. Quem lança o primeiro olhar não tem coragem de lançar o segundo, o cadáver tem o aspecto de um cão malcheiroso. Os murmúrios que se escutam são divergentes, uns injuriam e outros lamentam.

— Um cão morto tem melhor figura, ó gente.

— É um homem como qualquer outro. Lutou pela vida e perdeu o combate, é tudo.

— Era um miserável, um inútil. Não servia a nada nem a ninguém. Passava o dia papando moscas, aguardando que alguém lhe oferecesse um pedaço de água e restos de alimentos. Nunca teve mulher nem filhos? Mas como é que um homem se deixa arrastar até os extremos da miséria?

José Nuvunga estava a dormir quando a chuva começou a cair. Viu a água a subir e a cobrir o soalho. A fadiga que sentia impediu-o de fugir e de gritar pelo auxílio dos vizinhos preocupados com a sua própria sorte. Não sentia vontade de viver, não devia nada à vida nem precisava dos favores dela, ansiando a libertação da morte. Agora dorme de olhos abertos contemplando os horizontes da eternidade. Os seus ouvidos escutam sons de outras vidas e outros mundos. Jamais se importará com as chuvas, com a fome, com a solidão, com a lagoa que o afundou, nem com as palavras que ofendem.

Os aldeões sentem que não devem deixar permanecer aquele espetáculo desagradável por muito tempo. Vamos enterrá-lo agora, dizem. Levam-no até o cemitério, quase aos arrastos, as mãos e os olhos estão demasiado arrepiados de nojo. Os aldeões surpreendem-se consigo próprios. Naquele lugar quando alguém morre, todos lamentam e choram, mesmo aqueles que nunca tiveram algum parentesco ou convivência com o morto, mas o que se passa hoje é qualquer coisa nova. Não se reconhecem, qual a razão desta mudança? Por que é que os seres humanos agem de maneira diferente perante acontecimentos iguais? É aqui que reside a chave da injustiça da vida, eles entendem. Pegam nas pás e fazem a cova. O trabalho é fácil, a terra está molhada, acaba de ser regada. Enrolam o infeliz na sua manta e aguardam a palavra do maior. O chefe da aldeia chega. Olha. Manda desembrulhar o corpo, quer confirmar a morte. O morto é um desgraçado, mas tem calças de ganga boa e sem nenhum buraco. A camisola que veste é forte e a manta nova. Os mortos não precisam de trajes, não falam e nem sentem frio. As roupas que usa podem servir a mais alguém. Vestir os mortos e deixar os vivos nus é um sacrilégio que nem Deus perdoa. De resto, o morto não sofria de nenhuma doença contagiosa, foi a chuva que o matou. Então ordena:

— Enterrem-no agora, mas com a roupa não.

Os aldeões entreolham-se surpreendidos, julgam que não ouviram bem. Pedem que ele repita a ordem. Não ouviram mal, as palavras é que não soaram como deve ser aos seus ouvidos. Discordam. Discutem. Argumentam, em toda a sua vida nunca assistiram a tamanha barbaridade. A ordem é uma selvajaria, vandalismo puro. O chefe da aldeia faz ouvidos de mercador e ordena. E o povo cumpre, palavra de rei não volta atrás.

José Nuvunga desce à terra mais nu do que no momento em que viu a primeira luz no mundo dos tormentos. Quando o corpo bate no fundo do coval, algo se quebra no coração dos que o rodeiam. As mulheres gritam e até os homens mais fortes choram, mas não pelo morto. Por raiva. Por ódio. Apressam-se a tapar a cova para poupar os olhos do cúmulo da vergonha. Arrependem-se de ter cumprido uma ordem tão macabra, tal como o aprendiz do assassino que, cheio de remorsos, deseja inutilmente devolver a vida à primeira vítima.

Abandonam o cemitério. Os olhos de pobreza divisam pobreza maior ainda. José Nuvunga merecia um funeral humano. Que o chefe da aldeia nos desse tempo, ó homens, que nos desse tempo e nós teceríamos uma mortalha de palha, é verdade. Uma mortalha deste capim ordinário que arrancamos das machambas para que as plantas cresçam mais fortes. O que acabamos de fazer, Deus não perdoará nunca, minha gente!

* * *

Não haverá cerimónia de lavar as mãos pela morte do Nuvunga. As mãos lavam-se com chá, açúcar e pão. A alma do defunto é levada ao paraíso acompanhada de cerveja de milho e mapira e, nessa altura tão má, quem tem cereal para isso? Resta apenas queimar a palha que fora a sua habitação, purificar o local, não está longe o dia em que chegarão as vítimas de novas tragédias que precisarão do lugar para fazer as suas habitações.

O elogio fúnebre é feito no caminho do regresso, os aldeões têm demasiada pressa de regressar. A cruz da campa será semeada amanhã, os tetos precisam de ser recompostos antes que a noite se aproxime. Já ninguém injuria o defunto. Porque a cobra não tem pernas e rasteja, não se deve rir do seu destino.

Na casa do chefe da aldeia ouvem-se vozes incandescentes, há algazarra, mas por quê? Um dos beligerantes abandona a casa em corrida, é um jovem, é o sobrinho-neto do Nuvunga. Os outros dois perseguem-no e agridem-no com uma violência brutal, mas o que é que terá havido? Os aldeões abandonam o trabalho e acodem. Ah, vergonha da nossa terra! O rapaz agredido está no seu direito, reclama a herança da pobreza e foi posto fora do combate. Os dois que o agrediram também discutem, afinal estão a disputar as vestes do morto com a ferocidade de cães famintos na presença de um osso carcomido. E como sempre, é o chefe quem fica com a melhor parte, o feiticeiro!

18.

No Monte há uma figura humana que abala o espírito. Um rapazinho. Uma imagem que transforma em água fervente os corações de gelo. Comovente. Arrepiante. Vagueia nas ruelas tortuosas em cada sol. Dorme à chuva, ao vento, ao frio e em qualquer lugar. A lixeira é a sua fonte de alimento, mas o que encontra lá se já nem há restos de comida? Mas se é verdade que na lixeira não existe nada, o que é que as galinhas procuram por lá? Deve haver alguma coisa, sim, porque essa raça de aves cacareja feliz ao lado dos namorados sobre a varredura, fica grávida, põe ovos e cria os pintos que crescem e engordam à custa da mesma varredura, perpetuando gerações e gerações.

O menino tem espírito maligno, tem uma sombra má, dizem. E toda a comunidade tem medo de coisas más. Rejeita-o. A irmã do rapaz, isto é, a sua meia-irmã, filha da madrasta e do pai, é que espalhou a notícia quando o expulsou de casa, essa negra suja e de mau carácter. Dizem que é neto do célebre Asa de Morcego, esse defunto misterioso falecido recentemente no último ataque a Changanine e por conseguinte o pobrezinho herdou os poderes mágicos que não utiliza porque ainda é pequeno. Dar-lhe um pedaço de alimento é o mesmo que aleitar o assassino que depois de crescer roubará a vida. Não se dê abrigo, que morra de fome, e no dia em que ele der o último suspiro, queimaremos o seu corpo e sobre a sua campa deitaremos uma tonelada de sal para impedir que o espírito abandone o túmulo, dizem os aldeões. O pior de tudo é que todos os que o injuriam por ser neto de um célebre mágico ontem o adoraram por ser o neto do mesmo mágico. E lamberam o cu dessa celebridade quando ainda lhe corria sangue nas veias. Procuraram-no, consultaram-no, ajoelharam-se perante ele pelos mais variados sortilégios.

No seu canto, solitária, Minosse pensa no funeral macabro a que acaba de assistir. Pensa no morto. Era velho como ela. Sozinho como ela. Sente que terá um fim igual, já que os velhos sós são maltratados pelos maiores do Monte. Um forte arrepio percorre-lhe as costas ao imaginar a sensação gélida da terra na hora do adeus, sabe que será enterrada nua. Abandona o macabro e devaneia no passado. A recordação do Dambuza desperta-a para uma realidade. Há um menino abandonado na aldeia por quem ninguém vela. Como deve estar a passar mal, debaixo desta chuva! Salta da esteira em corrida. Não chega a procurar muito e encontra-o de imediato encostado na árvore onde habitualmente descansa.

Minosse olha para o menino encharcado tremendo de frio e sente um nó na garganta. É tudo estupidez, pensa. Porque na panela não há comida, todos temem abrigar mais um estômago e inventam as fantasias mais absurdas deste mundo. Loucos. Alguma vez uma criança piou na noite como um mocho, como uma coruja ou um feiticeiro qualquer? Tratam desse menino como se alguém pudesse ser responsabilizado de ter nascido rei ou mendigo. Com o meu Dambuza foi assim. A mesma história, o mesmo ostracismo, a mesma infância. Aproxima-se da criança e fala-lhe com carinho.

— Vem, menino. Dar-te-ei pão e abrigo e tu dar-me-ás o conforto da tua companhia. És três vezes órfão, eu sei. Os teus pais morreram, os defuntos te abandonaram e o povo inteiro te renega. Quero ser a tua mãe e tua avó, não tenho medo das maldades que dizem que tens, porque sei que não tens nenhuma. A questão de fundo é a fome, meu filho, é a fome, todos sabem que albergando-te terão mais alguém para alimentar. Vamos, levanta-te, vem comigo.

O menino surpreende-se e não quer acreditar no que escuta. Por instantes parece estar atento às palavras da velha. Cerra as pálpebras simulando dormir mas não dorme. Exibe no cabelo e no rosto uma máscara de areia e lama. A velha Minosse insiste num diálogo que acaba sendo um monólogo porque só ela fala e o menino parece escutar mas nem escuta. De repente põe-se a rebolar ora para esquerda ora para a direita, de olhos fechados, como se as palavras da velha apunhalassem. Nos pequenos ouvidos, os gritos de terror e o detonar das bombas escutam-se perto. O menino volta a abrir os olhos e alarga-os para o horizonte das pedras. Olha para a alma que o ampara e para a natureza que o rodeia. Revive o passado que está na sua mente alheio ao chamamento da vida na sua presença. É uma criança ainda, mas tão desiludido, tão destruído, alma virgem de inocência perdida.

Minosse sacode a areia no cabelo do pequeno, suja as mãos, mas não se incomoda com isso. O menino reage de imediato. Deixa de rebolar e lança um olhar fulminante, agressivo. Arrasta-se até o tronco da árvore onde se encosta, fugindo das carícias que lhe recordam a vida passada. A velha não está disposta a perder a batalha. Esgota a língua, esgota as carícias que não são correspondidas. Num ato desesperado, tenta tomá-lo nos braços para

levá-lo ao conforto da fogueira. O menino agarra-se furiosamente ao tronco da árvore e tenta abraçá-lo. Não consegue. O diâme-
tro deste é superior aos dois pequenos braços. Tenta levantar-se
para fugir, mas não consegue, as pernas não obedecem, as ener-
gias não bastam.

A velha sente a mágoa de ser rejeitada. Olha para o menino
que a repele. Estuda-o. Nos olhos encovados coalham fiozinhos
de sangue. Os lábios pálidos estão rachados pelo cieiro. No pescoço alongado observam-se as veias intumescidas a aumentar e a
baixar o fluxo de sangue acelerado pelo nervosismo. O ventre
enorme, os braços finos, são testemunhas indiscutíveis da falta
de comida, o menino tem fome, qualquer cego o descobre. Minosse regressa a casa num passo apressado, aquece as papas e volta ao encontro do rapazinho que recebe a oferta sem o menor
protesto.

— Vens comigo, não vens?

— Não sei.

— Vem. Em minha casa tens um lugar só para ti.

— Tenho medo, todos me desejam mal.

— Eu não. Vem, e viverás na minha proteção.

O menino revive na imagem à sua frente a avó perdida recentemente. Ganha confiança. Tenta levantar-se mas cai. Minosse ergue-o, é um fardo leve, insignificante. Coloca-o na esteira enxuta ao pé da fogueira quente. Remexe a sacola velha onde
descobre peças de roupa que foram dos netos já falecidos e veste-
-as ao novo neto.

Minosse não tem pesadelos, hoje. A tenda é mais confortá-
vel porque tem aconchego humano. As insónias já não a assus-
tam. É quase madrugada e ainda não dormiu um nadinha. O
menino contou toda a sua verdadeira história que é igual à de

outras crianças da aldeia e já chorou todas as lágrimas. Minosse embala-o com historiazinhas fantásticas de coelhos, gazelas e elefantes. O menino gosta mais da esperteza do coelho e ri das suas diabruras, comenta-as, afinal, tem voz bonita, mais bonita quando se ri do que quando fala. Adormece feliz e sonha que é um vaga-lume que voa até o alcance das estrelas.

19.

Algo de maravilhoso aconteceu na vida da Minosse, reina uma grande paz no fundo do velho coração. Sente que a brisa do amanhecer é a mais fresca. Que a água é mais límpida. Que a música da vida é a mais maravilhosa de todos os tempos. De vez em quando senta-se no morro para olhar o céu e saudar o sol. Fica à beira do riacho e aperta a mão de todos os que passam. Pergunta-lhes se dormiram bem, se acordaram bem. Elas queixam-se da natureza porque é uma mãe ruim. Mandou as chuvas que estragaram as machambas que eram toda a sua esperança. Dizem que o tempo está mais agradável, o sol é mais amigo, mas as últimas torrentes trouxeram um surto de diarreia, e a aldeia está a enfrentar um novo perigo, a morte persegue novamente. A doença que ataca até parece não ser coisa de Deus, mas qualquer coisa de feitiçaria. Contam como morreu a filha da Rabia. Falam da agonia do velho Mongo. Falam da vila que fica perto mas distante, onde poderiam encontrar socorro médico. Falam das raízes que curam radicalmente as diarreias mas que não se podem alcançar porque se encontram no interior da savana e ninguém tem a coragem de enfrentar os perigos que nela residem. Depois das coisas ruins falam das coisas boas. Do sono angélico das crianças. Da temperatura maravilhosa do dia que vai permitir um trabalho agradável.

Minosse escuta com atenção porque o ritual de saudação é revestido de solenidade. Em cada pausa do interlocutor ela diz que sim, sim, sim, para testemunhar a sua atenção e respeito pelo relato que lhe é dado. E depois ela fala do seu sono e do seu estado de saúde. Diz que lhe doeram as articulações, a coluna e a barriga, se calhar é dessa diarreia de que se fala. Relata que o seu menino passou bem a noite e despertou feliz.

Olha para as mulheres que lavam. Escuta as conversas picantes e participa nas gargalhadas estridentes. Sorri para a vida que passa, deleita-se com a canção de vento. Sente de novo alegria de viver. Aproxima-se de toda a gente, conhece novos rostos, faz novas amizades porque quer construir uma nova família.

O menino órfão dá mergulhos múltiplos no riacho fresco. Bem no fundo da água tenta travar um diálogo amistoso com os peixinhos que fogem à sua aproximação. Cada dia que passa esquece que perdeu os seus progenitores e que suportou calvários intermináveis nas lixeiras do monte. Já disse à avó adotiva que quando for grande quer ser pescador, para viver no fundo do mar e passear ao lado dos peixes coloridos que correm sobre as algas.

Minosse lança-lhe um olhar terno. Os raios do sol incidem sobre o rostinho negro do seu menino dando-lhe tonalidades azuladas. Reina felicidade e luz nos olhos ressuscitados daquela criatura. O menino, já cansado de cabriolar nas ondas, abandona a água porque sente frio. Aproxima-se da sua protetora. Os olhos velhos sorriem para os olhos novos. As mãos novas acariciam o rosto velho na segurança de um amor correspondido. Uma nuvem negra desce do monte e ensombra a alegria do órfão. A mãe era boa do mesmo jeito e perdeu-a. O pai era doce e meigo como aquela avó e perdeu-o. Talvez hei de perder esta doçura como o rebuçado que se desfaz suavemente na boca, pensa ele. Abraça a velha com toda a sua força porque teme que a morte a leve. No dia que ela morrer morrerei com ela, quero acompanhá-la até o fim do mundo.

Telepaticamente os pensamentos comunicam. Minosse também pensa, vou morrer. E o que será desta criatura sozinha no mundo? Busca a resposta no céu, nas nuvens. Pede a Deus a bênção da longa vida. Mas o céu é um vácuo, é oco, não responde. Sente que Deus não está no céu, mas na terra entre os homens. Como encontrá-lo? Sente a alma aprisionada pela impotência humana perante o próprio destino. Boceja. Move os lábios num balbucio suave que o vento arrasta até o coração do universo e suspira: como seria bom esquecer para sempre as amarguras passadas. Como seria bom passar a vida a rir e a sorrir. Lançar à terra sementes de amor. Criar filhos e fazê-los homens. Encher o estômago. Vazar o estômago e a bexiga com segurança e prazer. Quem dera que as águas dos rios não desembocassem no mar, mas no deserto onde a água faz mais falta.

Minosse sente as asas quebradas e poisa num rosário de espinhos. O poiso no morro está demasiado desconfortável, o calor é forte. Procura uma sombra por perto. Senta-se. O órfão senta-se ao lado dela e tagarela. Conta uma história qualquer de gatos pretos e brancos. Minosse ri-se às gargalhadas e esquece os pensamentos que a torturam. O menino fala dos mergulhos, dos peixinhos e das algas. Há bichinhos muito interessantes no fundo do riacho, ele acaba de descobrir. A conversa esmorece e o órfão presta atenção às pessoas que passam. De repente, vêm-lhe recordações da aldeia materna. Recorda os amigos mortos ou desaparecidos e as brincadeiras antigas. Pensa na Sara, a sua parceira preferida dos jogos de outrora que sempre se colocava ao seu lado no jogo das escondidas e a quem escolhia como noiva quando brincavam ao casamento. Sara vive ali na aldeia, mas está tão mudada. Olha para ele como se já não o conhecesse. Nem ao menos lhe fala. Quando passa por ele nem se digna oferecer-lhe um simples olhar em memória dos velhos tempos.

A velha Minosse interrompe-lhe os pensamentos e pergunta-lhe a razão de ser seu rosto carrancudo, ausente, triste. O menino anda em rodeios, mas acaba confessando:

— Estava a pensar na Sara, minha amiga de infância.

— E onde se encontra agora?

— Aqui mesmo na aldeia, vivendo com uma mulher magra e feia.

— E por que pensas tanto nela?

O órfão conta aquela triste história de Sara e dos dois irmãos com todos os pormenores. Fala com inspiração e raiva porque falar de Sara é falar da sua própria história. A voz treme-lhe e ele não sabe por quê. Ele agora é feliz no novo lar, mas sente que só será verdadeiramente feliz quando todos os seus semelhantes o forem, porque a felicidade só é plena quando é partilhada. Falar de Sara é um desabafo que liberta, que alivia.

O menino diz que Sara vive com uma bruxa. Fala dos castigos e das humilhações que sofre. Conta como a maldosa a obriga a trabalhar sem descanso e no fim da tarde a despe, a amarra, bate-lhe e não lhe dá alimentos. Diz que a menina é colocada a dormir completamente nua e ao relento mesmo nos dias de chuva e frio. Minosse fica arrepiada com o relato, e o velho coração é acometido de ódio e raiva. Causar sofrimento aos inocentes é coisa que ela não consegue suportar. Não espera que o relato termine. Levanta-se decidida para falar com toda a gente a fim de entender melhor a história de Sara e dos dois irmãos. Mas é bem melhor falar com ela primeiro, ouvir a verdade da fonte e depois agir.

Sara estava a lavrar o canteiro que lhe fora atribuído para o dia quando Minosse a chamou. Ficou surpreendida e perguntou a si mesma o que a velha tonta quereria dela, ainda não sabia que tinha recuperado o juízo. Mal trocaram as primeiras palavras, a mulher má apareceu e interrompeu. Sara não estava autorizada sequer a levantar a coluna vertebral, muito menos falar fosse com quem fosse durante as horas de trabalho. Minosse tentou explicar-se e no lugar do entendimento saiu conversa azeda. A bruxa se diz dona das crianças e o que faz por elas é uma grande obra de misericórdia. Sara diz a Minosse que irá procurá-la no fim da tarde porque de momento tem que trabalhar para receber o seu prato de farinha podre e malcozida que irá repartir com os dois irmãozinhos que ainda não se podem sustentar. Minosse sente vontade de colocar um par de estalos nas faces magras e feias, mas afasta-se de imediato porque a raiva pode impeli-la a cometer atos inconvenientes. O órfão tem razão: a mulher é mesmo asquerosa, azeda, desagradável.

O órfão vagueia pelos campos. Vai colhendo flores aqui e folhas ali. De repente corre sobre as ervas perseguindo as borboletas e os grãos de areia pairando no espaço. Tenta disfarçar o seu remorso. Sabe que a avó ficou profundamente perturbada com aquela história da Sara. Censura-se. Não devia ter contado mais amarguras a uma pessoa que passou a vida submersa nelas. Minosse iria ter uma discussão com a bruxa, sem dúvida alguma. E talvez a coisa havia de acabar mal, a malvada é bem capaz de tudo, quem sabe até podia levantar a mão contra a sua avozinha. Continua a caminhar. Uma grande árvore chama a sua atenção. Da copa frondosa saem chilreios de diversas tonalidades, parece até que todos os pássaros do mundo se refugiaram nela. É uma árvore mágica, sim. De contrário, por que escolheriam todos empinar-se ali? Os pássaros são como os homens. Aquela árvore parece uma cidade. Os homens abandonaram a frescura e a liberdade dos campos para viver confinados nas colmeias das cidades.

Aproxima-se da árvore e espreita o seu interior. Esta árvore parece um rádio. Ouve-se música mas não se vê o rosto do cantor. Só não entende como a rapaziada da aldeia nunca fez as suas caçadas ali. Ele sim, vai preparar uma boa fisga e cola de nembo para fazer cajadadas grossas. Vai apanhar os bichotes às dúzias e tirar-lhes os ovos para boas petisqueiras. Começa a imaginar os assados de pássaro e a água cresce-lhe na boca. Decide apanhar alguns ovos. Sobe. Chega à bifurcação, levanta os olhos para ver o ramo que deve escalar. Vê uma imensidão de aves construindo ninhos, chocando ovos, cantando. Uma cobra dorme mansamente embalada pela frescura e música. A presença de um ser estranho no seu reino fá-la movimentar-se e procurar maior segurança nos ramos mais altos. Mais acima há outra cobra maior que levanta a cabeça ameaçadora. O rapaz procura descer com a maior rapidez do mundo. Cai estatelado no solo. Levanta-se e foge como se demónio o perseguisse. Longe do perigo inspeciona o corpo dolorido e não descobre nada de especial. Apenas algumas escoriações e arranhões resultantes da maldita queda. Agora entende por que é que as aves vivem ali. A fronteira do seu paraíso é defendida por soldados valentes.

Regressa ao riacho. O morro preferido pela sua avó está ocupado por uma outra pessoa: Emelina. E traz a sua filhinha às costas como sempre. Mesmo antes de a ver, o seu pequeno nariz farejou a presença dela. Essa jovem mãe tem a água debaixo dos pés convidando-a para o banho refrescante, mas não se lava, muito menos lava a criança. Lança-lhe um olhar prolongado. De repente sente-se irresistivelmente atraído por ela. Aquele perfil, aqueles olhos escondem um mistério que o menino não consegue ainda desvendar. Emelina está alheia ao olhar intrigado que a fulmina e diverte-se com o bebé ao seu colo. Balbucia algumas palavras à criança e ambos se riem. O órfão sente uma punhalada no peito porque acaba de descobrir. Emelina é a imagem viva da mãe que perdeu. Jovem como ela, magra, altura média, negra de pele bem negra que torna mais belas as mulheres da sua raça. Aproxima-se dela e saúda, mas Emelina não responde. Nisso ela é bem diferente da sua falecida mãe que tagarelava em qualquer esquina a qualquer pretexto. Ela era alegre e um verdadeiro espelho de limpeza. Emelina é suja e soturna, mas, quem sabe, talvez alguma coisa na sua vida tenha transformado o seu modo de ser.

O órfão abandona o local com o rosto húmido. Sente que a descoberta lhe roubou já o pedaço da paz conquistada. Vai à procura da Minosse para que lhe ajude a afogar bem fundo a angústia que o consome. Inútil. A velha meteu-se num canto qualquer. Regressa a casa e tenta adormecer apesar do meio-dia.

Na tranquilidade da noite Sara desvenda ao mundo a intranquilidade da sua alma. Diz que o pai era mineiro e a mãe camponesa. Que eram jovens. Que eram prósperos, porque tinham carro, um trator e uma machamba grande e em casa nunca faltava comida apesar da seca. Diz que a desgraça aconteceu naquela noite misteriosa em que se ouviram muitos estrondos. Diz ainda que o fogo da guerra não atingiu a sua casa e quando o ataque terminou tanto eles como os pais não tinham apanhado o mais ligeiro ferimento. Lá pela madrugada a sua casa ficou rodeada por numerosos homens todos furiosos de catanas na mão. Acusaram os seus pais de terem colaborado no ataque à aldeia. Os homens, furiosos, recolheram as crianças para protegê-las do trauma que poderiam sofrer se assistissem ao espetáculo macabro. Eles iam cometer um crime. Sara conseguiu escapar. Escondida num arbusto assistiu a tudo. O grupo furioso queria matar os pais com catanas e paus. Infelizmente, os que tinham poderes para decidir disseram que esse castigo não era suficientemente bom para o casal. Ordenaram a abertura de uma cova bem funda. Enquanto uns cavavam, outros amarravam com cordas fortes o casal que gritava pedindo clemência. E foram enterrados vivos naquela cova atrás da palhota. Sara vibra de convulsões e molha-se de pranto quando relata os gritos da mãe pedindo para não ser enterrada viva. Ela ficou transtornada, confusa porque na sua vida nunca ouvira falar de uma coisa daquelas. Chorou muito. Quis gritar, mas não o fez com medo de ser descoberta. Pouco depois a multidão abandonou a aldeia à procura de lugares mais seguros onde poderia reconstruir a vida em paz. Os seus dois irmãos foram arrastados para a grande marcha.

Quando a aldeia ficou completamente abandonada, Sara tentou reabrir a cova na esperança de lá retirar os pais com vida. Depois de concluir que o seu esforço fora inútil, começou a vaguear sozinha pela aldeia fantasma. Nos dias seguintes entrava nas palhotas abandonadas à procura de alimento e não encontrava nada. No quinto dia encontrou feridos abandonados nas palhotas. Um deles era o Muzondi, o seu amigo das brincadeiras. Por sugestão do próprio pai, a família acabou por abandoná-lo à sua sorte. Porque há muitas crianças pequenas para conduzir. Porque retardaria a marcha. Porque seria inútil, pois apesar de vivo era quase um cadáver. O próprio Muzondi dissera à Sara, antes de morrer, que ouvira o pai a dizer para a mãe: este vai já morrer, está quase morto. Não fiques triste, mulher, que amanhã faremos outro mais bonito, mais inteligente e mais forte do que este. Sara ainda prestou socorro aos últimos momentos de Muzondi que, praticamente, morreu nas suas mãos. Escutou os seus delírios na hora da morte. Deu-lhe a felicidade de uma morte digna ao lado de um ser semelhante.

Durante as noites, Sara dormia na sepultura dos pais na esperança de recobrar o conforto perdido. Viveu muitas semanas nessas condições. Comeu raízes e cactos venenosos. Tornou-se selvagem. As roupas esfarraparam-se. A sua pele tornou-se rija como uma couraça e as unhas enormes e curvas pareciam verdadeiras garras. Mais tarde foi descoberta por um grupo de soldados que patrulhavam a zona e levada ao Monte, onde se juntou aos dois irmãozinhos. À chegada, estes não a reconheceram. Estava completamente deformada, parecia um macaco, parecia um cão ou qualquer outra criatura selvagem. Só depois de alguns dias é que os pequenos reconheceram a irmãzinha mais velha que julgavam ter perdido para sempre.

Sara diz que agora vivem com a malvada porque não têm para onde ir. Diz ainda que a bruxa os acolheu com promessas de amor e carinho para pouco depois fazer deles pequenos escravos.

Minosse arrepia-se com o relato. Quer comentar, quer fazer perguntas, mas depressa conclui que seria exigir bastante, a menina está demasiado cansada para voltar a recordar acontecimentos desagradáveis. Abraça a menina com ternura e deixa que ela chore até a exaustão. Oferece-lhe mil carícias. A sua cabeça trabalha no sentido de encontrar uma solução para os problemas da menina. É pequena ainda e parece ter dez anos apenas. Os irmãos aparentam seis e quatro anos, são demasiado pequenos para enfrentar a vida e os seus tormentos. Toma uma decisão. Cuidará deles. Ela será a mãe, o pai e a esperança que eles perderam. A megera que fique com os seus campos por cultivar e todas as suas maldades. Convida os pequenos a viverem na sua proteção e estes aceitam. Minosse chora de alegria e dor. Sente em si a mulher mais feliz do universo. Nunca antes imaginara encontrar no desterro a família sepultada nas areias de Mananga.

Minosse conseguiu realizar um pedaço do seu sonho. Os meninos órfãos confiam nela. Vivem com a sua proteção. Semeiam os campos orientados por ela. Ensina-lhes as manhas da terra, os segredos da semente, as voltas da água e os movimentos do vento. Ela não pode ensinar mais do que isso. Lamenta o facto de não haver na aldeia uma escola onde possam aprender outros modos de vida porque o mundo moderno tem exigências que ela desconhece. As crianças deliram porque a velha apagou neles o fogo de terror. Quando a noite chega, sentam-se à volta da lareira e contam histórias. Falam do futuro. A Sara diz que não quer ter nenhuma profissão, mas quer ser esposa e fazer filhos. O Mabebene diz que quando for grande quer ser presidente da República para acabar com todas as guerras do mundo. O mais pequeno, o Joãozinho, quer ter um camião para meter os produtos da machamba e vender no mercado da vila.

Quando o sol nasce e quando se põe, a pequena família ajoelha-se e reza pela unidade e fraternidade porque sente que a sua união é ainda mais bela do que uma doce canção de amor.

20.

Um manto negro cobre o céu da aldeia, a noite invade novamente os destinos dos homens. O espetro da morte executa a dança macabra e os aldeões assistem, impotentes. A culpa foi da chuva que trouxe a maldição. Arrasou as casas. Afogou as plantas e as sementes. As águas da chuva arrastaram detritos para o riacho tornando-o num lodaçal imundo. E as pessoas bebem porque não têm poços. Os animais também ali bebem e as crianças se banham. A diarreia grassa e ceifa com uma violência sem precedentes. Nem as rezas, nem as oferendas aos deuses conseguem segurar tamanha epidemia. Os mais velhos juntam-se e conferenciam, é preciso fazer alguma coisa. É preciso pedir auxílio para o alimento que escasseia, para o remédio que falta, contara a morte que grassa, para a água limpa, para o pão, pela paz, por mais um dia de vida. É preciso arriscar a vida, chegar à vila e informar a cúpula que se não for prestada uma ajuda urgente na aldeia do Monte, não restará uma alma viva.

Os homens do Monte chegam à vila e informam a cúpula. A administração da vila diz que não tem recursos. Informa que não é só no Monte que o povo morre. Em Bacodane, em Nca-nhine, em Alto Changane, em todas as localidades o grito do po-vo é de horror e de pavor. Por sua vez, a cúpula da vila conferen-cia, é preciso fazer alguma coisa pelo povo que morre porque se não for prestada ajuda urgente em Manjacaze, não restará um só homem. Contactam a administração da província que, por sua vez, informa que não é só ali que o povo morre. O alarme se ou-ve em Mananga, em Macuácua, em Gilé, em Zobué, em todas as parcelas do território. É grave a hecatombe que caiu sobre a terra. Em todo o país o povo desesperado está de joelhos, esten-de a mão pedindo esmola.

A ajuda virá, dizem. E virá da Europa e da América, da Ásia, da Austrália e de outros países africanos a quem a sorte ainda fa-vorece. A notícia corre de boca em boca e a expectativa aumenta. Da Europa?, perguntam os mais velhos com ceticismo, ao que os mais jovens respondem com segurança: da Europa, sim!

Os mais velhos não ficam felizes, parecem preocupados. Fazem uma ponte entre a ajuda que vão receber e a coloniza-ção, alguns deles trabalharam no xibalo. Finalmente receberiam a ajuda daqueles a quem não conhecem, mas, mesmo desses, têm as suas reservas e há motivos de sobra para o efeito.

No passado, os grandes homens da Europa em sessões mag-nas, festins e banhos de champanhe dividiram o continente ne-gro em grandes e boas fatias, escravizaram, torturaram, massa-craram e deportaram as almas destas terras. Hoje, gente oriunda das antigas potências colonizadoras diz que dá a sua mão desin-teressada para ajudar os que sofrem. É preciso acreditar na mu-dança dos homens, eles sabem disso, mas a sabedoria popular ensina que filho de peixe é peixe e filho de cobra cobra é. Toda a gente sabe que, neste mundo cruel, ninguém dá nada em troca de nada.

Os mais velhos sentem o dever de instigar os novos a dizer não a essa ajuda. Mas a situação é crítica, eles sabem que para viver mais um dia terão que sofrer a humilhação da esmola que vem não se sabe de onde. Os velhos sentem que a outra face da ajuda é um mistério maldito que trará aos homens novas amarguras na hora da sua descoberta.

21.

Agência de socorros. De todos os lados chegam mensagens por via rádio, telex, telefone, informando a deterioração da situação na maior parte das aldeias. Os que estão no comando reúnem-se e decidem. Os operadores de dados estudam, sumarizam, computadorizam os números de vítimas em movimento crescente. As equipas de socorros preparam-se, treinam, planeiam, executam. Os motoristas reparam e testam as viaturas. Os carregadores enchem os camiões com caixotes de artigos diversos com rótulos de emergência bem visíveis, escritos com um vermelho forte. A atividade é frenética, a situação é grave, é preciso lutar contra o vento, salvar o povo que sucumbe sob as forças do Apocalipse.

São declaradas áreas de emergência. A província de Gaza é uma das mais afetadas pela guerra e pela seca. É eleito o distrito de Manjacaze como palco de operações dessa zona do país. Aviões, helicópteros, pairam no ar e pisam os solos inférteis para salvar vidas em perigo.

A bandeira do filantropismo flutua na aldeia do Monte hasteada pelos membros da Agência de Socorros, e todos os homens de bem contribuem com o seu saber e a sua devoção para aliviar o sofrimento da humanidade. Os filantropos, do seu pedestal, dão a mão desinteressada. As vítimas no abismo, de joelhos, recebem o auxílio de mãos erguidas no ar. Como na prece. Deliram, satisfeitos, porque recebem o maná vindo da misericórdia divina, Deus ouviu os nossos lamentos. Recebem roupas, mantas, panelas, medicamentos, farinha, sabão, peixe e feijão. Já não há pobreza nem sofrimento na aldeia do Monte, o mundo está cheio de almas bondosas. Todos comem até saciar e esquecem o trabalho da machamba, para quê trabalhar se os homens bons nos dão tudo? Quando esta comida acabar, receberemos outra. O povo não exerce os seus deveres, as suas tradições, e espera pela esmola, nova forma de colonização mental. Mas nem tudo o que vive no mar é peixe. A desgraça de uns é a sorte dos outros. Alguns indivíduos neste grupo de boa gente com o pretexto de ajudar, ajudam-se. Os produtos de primeira necessidade são escassos no tempo de guerra, têm muita procura e são bem pagos. Desviam-se. Vendem-se nos mercados clandestinos. Os desonestos enriquecem. Os pobres depauperam. Os esfomeados recebem apenas migalhas dos alimentos a eles destinados. Os desempregados empregam-se. Os poetas encontram no sofrimento dos outros a melhor fonte de inspiração e fazem carreiras de pompa na arte de escrever. Se um dia a guerra terminar e a vida voltar à normalidade, o que será feito dos filantropos de ocasião? A aldeia do Monte foi assaltada por bandos de humanistas de meia-tigela que se proclamam verdadeiros salvadores como se, para salvador, não bastasse a imagem de Cristo.

A equipa de emergência está em ação. O enfermeiro está com os homens cuidando das questões do saneamento do meio ambiente por causa das epidemias. A jovem enfermeira cuida da área de saúde materno-infantil e os restantes membros cuidam da distribuição de víveres e tantas outras coisas necessárias naquela situação. O Langa é um enfermeiro competente e vê-se que tem experiência para tratar desses casos. Reuniu os homens numa grande banja e conversa com eles sobre os problemas da terra, numa conversa amigável, fraterna, conversa de homens. Estão todos sentados no chão e em círculo. Há muitas mortes na aldeia, informam o enfermeiro. Por causa da guerra, da doença e do feitiço. Por causa do sofrimento. As febres entram pela boca, correm para os intestinos e espalham-se pelo corpo todo. O estômago está vazio, está oco, não consegue fechar a porta à invasão da doença. Mesmo os que chegam ao Monte com muita saúde apanham logo as febres e lombrigas, vomitam muito e têm uma diarreia mortal. Há feitiço no ar que assalta indiscriminadamente qualquer habitante. O chefe da aldeia, esse velho simpático a quem todos os cegos consideram boa peça, pode explicar tudo bem direitinho quando devidamente apertado. É o principal responsável pelo luto na aldeia. Os sorrisos que distribui durante o dia são para camuflar o canibalismo da noite, explicam os mais sabidos, cortando-lhe na casaca. É o maior feiticeiro da zona. Domina a chuva e a trovoada e dá cabo das vidas.

A água pode ter a sua contribuição nas doenças, concordam os homens em banja. Todos bebem no riacho. A água é adstringente. É fétida. Tem o cheiro dos detritos putrefactos que nela se arrastam. É da mesma fonte que todos se banham e a roupa se lava. Pode a água contribuir para a doença, mas não, porque é nesse riacho que os possessos se banham, se purificam dos maus espíritos e se salvam. Essa água é sagrada e não pode causar a morte a ninguém. A água é sinónimo de paz e pureza, é por isso que os curandeiros a usam, os padres a usam, não pode matar. O chefe da aldeia é mais perigoso do que esse pobre pedaço de água.

O Langa diz que sim, que concorda com eles, entende que

as crenças de um povo não se modificam num dia e só por vontade dos outros. Lança a mensagem, quem quiser que aprenda, que escute. Fala da água benta e da água assassina. Fornece a fórmula mágica para derrotar o feitiço da água. O Langa é hábil, conduz a conversa com inteligência e todos chegam a um acordo. É degradante, para um homem que se preza, beber ao lado das cabras. Beber onde se banha é o mesmo que defecar na panela onde será preparada a própria refeição. Os aldeões prontificam-se a abrir um poço e, de resto, já tinham pensado nisso. Nada fizeram até o momento porque lhes faltou tempo e, algumas vezes, força e entusiasmo. Os problemas eram vários e de solução urgente, por onde deveriam começar primeiro? Pela construção do teto ou do poço? Pela abertura de uma machamba ou da latrina? Preferiam começar pelo teto e pela machamba, o riacho é boa alternativa, uma solução inesgotável.

O trabalho com as mães e com as crianças precisa de uma preparação prévia, e o chefe da aldeia encarregou-se de organizar a população. Danila, a enfermeira responsável por esse trabalho, aproveita os momentos de espera para tomar o contacto com a realidade da vida da aldeia e dá largos passeios pelos carreiros desordenados.

A sua primeira reação é de choque, nunca antes imaginara o ser humano sobrevivendo em condições tão degradantes. Ouvira contar várias vezes, vira imagens televisivas, mas as reportagens sempre lhe pareceram um sonho, uma imaginação fantástica dos seus autores. O sentimento de choque cede lugar à meditação. No meio da miséria, Danila sente-se arrebatada pela frescura da terra que lhe inspira sentimentos altruístas: vou contribuir com a minha força para aliviar o sofrimento do mundo, aqui hei de sentir-me realizada, sim. Gosto disto. Liberdade, pureza, trabalho fora das quatro paredes da enfermaria ou do escritório. Este pobre povo está completamente submerso na escuridão da ignorância e eu serei a sua luz.

O sol é forte. Tira os óculos escuros do saco de tiracolo, leva-os ao rosto e caminha tranquila. Move os braços como asas para permitir a ventilação dos sovacos. Move os pés com leveza e elegância, os homens cochicham quando passa, a sua boa figura recorda-lhes momentos felizes, quando as suas damas ostentavam a beleza que a vida roubou. O chefe da aldeia chama-a, as mulheres já estão organizadas, é tempo de iniciar o trabalho.

Aproxima-se da sombra da grande árvore onde a população a espera. Mães e filhos formam uma massa compacta, ostentando uma apatia de morte. Distribui sorrisos forçados na esperança de uma reação. Inútil. De pé, perante a multidão que a aguarda, está num lugar de destaque. Medita. Que palavras dizer primeiro? Fala de coisas banais. Lança perguntinhas, e o silêncio é a resposta. Explica os motivos da sua presença e aguarda algum comentário. Sente os olhos dos presentes faiscando fogos que convergem nela. Sente-se ridicularizada. Esfrega as mãos nervosamente. Folheia o bloco de notas à procura de nada. Sente-se insegura. Faz um último esforço, tenta sorrir, gracejar. Os olhos das mulheres são vagos, mortos. Num canto e noutro canto há uma criança que ri e outra que chora. Os mais crescidos saltitam, arranham-se, disputando qualquer coisa, irrequietos. Danila sente-se repudiada e retribui o mesmo sofrimento. Olha-as com altivez e desprezo, afinal de contas são seres inferiores. De resto, eles nem têm a menor noção daquilo que lhes falta e daquilo de que precisam para serem gente. Os corpos deles só conhecem a fome e o espírito a miséria constante. Parece que até adoram aquele modo de vida, passaporte garantido para a felicidade celeste. Para eles a terra é apenas uma passagem, por isso exibem orgulhosamente a coroa de espinhos na fronte. Que se lixem! Levanta a voz arrogante e grita:

— Formem uma fila bem ordenada. Primeiro as mulheres com bebés de peito, depois as crianças mais crescidas.

As mulheres permanecem apáticas. Uma delas, mais atrevida, ergue a voz e argumenta forte:

— Quando nos chamaram, pensámos que ia acontecer alguma coisa. Trazer-nos aqui a fim de ver o peso e a altura das crianças para quê? Basta apenas um olhar para compreender que morremos de fome. É infantil, esta gente da cidade. Não temos alternativa, precisamos da vossa esmola, satisfaremos os vossos caprichos. Ainda se trouxessem a comida necessária para os nossos bebés!…

O chefe da aldeia, que até ali se mostrara calmo, teve uma reação pior do que a do maior brutamontes. Obriga as mulheres a levantarem-se aos empurrões e aos pontapés e arruma-as rapidamente. Os ajudantes são eficientes e o trabalho corre com rapidez. Não existe o movimento demorado de tirar a roupa da criança porque nenhuma a tem. Usam apenas a tanguinha de trapos mijada ou borrada de fezes. Outros estão completamente nus desde a nascença. As mães também estão assim. Meio nuas. Oferecem as costas ao sol e as mamas caídas a quem as quiser ver. Sem beleza. Demasiado frias para excitar. Da cintura para baixo envolve-as um pano esfarrapado, um pedaço de saco, um tecido de fibra dura que se extrai da casca do tronco das figueiras, a mesma fibra dura que os antepassados usaram antes do aparecimento do tecido de algodão. Danila sente-se tentada a abandonar o trabalho, não consegue enfrentar a verdade amarga em que vivem os homens da nossa terra, mas as ordens têm que ser cumpridas. Engole em seco e tenta controlar a tristeza que a invade. Trabalha com maior rapidez para mais depressa se afastar do terrível pesadelo. Vai fazendo as leituras do peso. Da altura. Do perímetro do braço. Os bebés com mais de um ano têm o peso do tamanho de gatos, cabem numa mão aberta. São muito pretos e luzidios com cabelos alourados de fome. São fedorentos como as mães. Têm olhos purulentos e pele ulcerada, a blenorragia e a sífilis foram seus companheiros quando ainda residiam no ventre materno. Estão todos enfeitadinhos com amuletos coloridos que orlam o pescoço, os pulsos e os tornozelos. Danila segura as crianças e coloca-as na balança com o nojo bem visível no rosto. A boca enche-se de saliva e o estômago revolve-se com ameaças de vómito. Esses seres parecem gatos, parecem ratos, parecem toupeiras, parecem tudo, menos seres humanos. Danila comove-se com a ternura com que as mães nuas cuidam dos seus filhos nus. São mulheres como ela. Aqueles filhos enfezados foram gerados por amor como os dela. Aquelas pobres mães amam com o mesmo amor que ela. O desprezo dá lugar ao amor. Desprende-se do presente. Sonha, vagueia pela estrada do futuro, vaticinando o futuro de cada alma. Alguns desses bonecos enfezados escaparão da foice do diabo e serão homens de valor. Serão professores, serão lavradores, políticos e homens de negócios. Outros serão médicos e cuidarão da saúde do mundo. Os olhos já não enxergam bebés raquíticos, mas homens do novo mundo caminhando viris na estrada do futuro. Vê-os já homens, trajados de macacão e de ganga azul. Vê outros trajados de batas brancas, outros ainda com roupas elegantes, engravatados, de óculos, sentados nas bibliotecas folheando livros de mil páginas. Vê uns gordos e uns magros, altos, baixos, calvos, ao lado de elegantíssimas damas vestidas de seda e cambraia. O futuro será melhor, sim, estes são os verdadeiros combatentes, geração da nova consciência. Nas pequenas almas incubam-se sementes de ódio pelas guerras e nos peitos germinarão flores. Essa geração tudo fará para eliminar a desarmonia do mundo asfaltando o caminho de espinhos para que os homens caminhem na estrada da paz e da tranquilidade.

O grupo de mulheres entrega os bebés para avaliação, mas

Emelina recusa-se e ninguém entende por quê. Está muda. Isola-se num canto, temerosa. Lê-se no seu rosto o receio de qualquer coisa misteriosa. Danila observa-a. Está triste, está só, a angústia alimenta-se de solidão e silêncio. Está de pé, hirta como uma estaca seca semeada no chão, com o rosto mais tenso do que um punho cerrado de raiva. Os olhos rubros são um dique reprimindo o rio fundo com ameaças de desabar. No seu peito há um abutre escondido que lhe suga o ânimo. Os olhos chamejam, faíscam, parece que é doida, mas não, doida não deve ser, está apenas tonta. O ponteiro da cabeça deve ter virado para o lado esquerdo perdendo o balanço com o detonar das bombas. A guerra deve tê-la traumatizado a fundo. Danila coloca o último bebé de colo na balança e aproxima-se da mulher muda.

— Vamos, mamã. Por que tem medo? Coloca o bebé na balança que não faz mal nenhum.

Emelina abraça a sua criancinha com toda a força, quase que a sufoca, parece que tem medo de que alguém a roube. Danila intriga-se. Mas por que é que aquela mãe não quer pesar a criança? Faz um novo esforço, fala com a mulher, implora, vamos, mãezinha, coloca o bebé na balança. Emelina não responde, está mais estática do que os montes mais altivos da cordilheira dos Libombos. A multidão reage. As outras mães aguardam a sua vez e veem o seu tempo tomado em conversas inúteis com uma louca. Os murmúrios crescem e gradualmente transformam-se em trovoadas, vai haver esturro. As mães protestam tentando afastar a Emelina das atenções da enfermeira. A coisa está feia, a excitação corre mais veloz do que um trago de cachaça. Cumpre-se o ditado popular: estômago vazio produz rufadas de tambor oco. Uma das mães, mais prudente, tenta acalmar as companheiras sem resultado. A comunidade inteira trata Emelina com um desprezo total. Uma mulher aproxima-se de Danila e murmura-lhe em segredo:

— Não leve a mal a pobrezinha, os espinhos da vida ensurdeceram-na. São problemas da vida, entenda.

Danila agradece a informação. Vira-se para Emelina e diz:

— Não é obrigada a pesar a sua criança, mas, se quiser, podemos ter uma conversa amiga depois do trabalho.

Ela faz que sim com a cabeça. Danila retoma a sua atividade e o calor dos ânimos esmorece, fogueira acesa perdendo a força da combustão. Mas ainda restam os gritos de cólera das mães colocando os filhos mais crescidinhos na balança, já que toda a prudência é necessária para abafar a arrelia das mães, verdadeiras fúrias. Mesmo assim, não escapam dos gritos ásperos das gargantas da fome. Os desgraçadinhos recebem sopapos distribuídos à socapa numa cólera incontida, violência da miséria, a ousadia de virar a cabeça para sorrir ao vizinho de trás. Danila já não lhes pede para que se calem. As palavras de nada servem quando a razão abandona o cérebro e se instala no estômago oco. A solução ideal é terminar o trabalho para libertar os pequenos das agruras dos progenitores.

A enfermeira termina o trabalho, aproxima-se da Emelina e diz: vem. E ela obedece como um cordeiro. E caminham juntas em silêncio e sem pressa. Chegam ao pé de uma sombra, podemos sentar-nos aqui. Ajoelham-se em simultâneo e poisam o traseiro sobre a erva. Danila dá um pulo e leva a mão esquerda para o traseiro esquerdo, esfrega-o com violência, ai, meu Deus, que ataque feroz, espero que não seja picada de cobra mamba. As duas mulheres agitam a cabeça em todas as direções, a maldita deve andar por perto. A criança nas costas da mãe diverte-se e lança gargalhadas sonoras. Logo a seguir as duas mulheres fazem coro ao riso da criança, qual mamba, qual carapuça. No reino vegetal há seres insignificantes, rasteirinhos, que, como os homens, lutam pelo direito de viver. Defendem o seu território com dignidade e valentia, o mundo é para aqueles que lutam. A plantinha espinhosa sorri, vitoriosa. Não é uma, são várias e estão espalhadas por todo o lado. Danila baixa a mão e colhe uma delas por vingança. Olha-a com ternura e diz: és o herói anónimo no mundo dos verdes. Atira-a ao chão, despreocupada, o traseiro ainda arde. Convida a Emelina a procurar outro poiso na mesma sombra, e acomodam-se no tapete suave de erva dócil e submissa.

Agora as duas mulheres estão sentadas frente a frente e o silêncio abate-se sobre elas. Os olhos são a arma com que se debatem no duelo de fêmeas, uma tentando cerrar as cortinas do seu mundo, outra procurando rasgar o véu da mesma muralha. Identificam-se. São ambas negras e mães e a diferença entre elas reside nas fronteiras do destino. Nasceram na mesma terra que aquela árvore, aquela sombra, aquelas perdizes que cantam ao longe.

De repente, Emelina perde a rigidez de há momentos. As pernas e os braços agitam-se em movimento desordenado, frenético. Tremem os lábios gretados de cieiro e fome. Tremem os maxilares até os dentes se abaterem, se triturarem. O rosto desfaz-se das pregas e as chamas dos olhos afundam-se na fluidez das lágrimas. Emelina não é louca nem tonta, ó gente, sente necessidade de ouvidos que a escutem e de palavras que a consolem. A mente de Danila é uma máquina em movimento acelerado. Procura descobrir palavras especiais para um diálogo especial. Descerra os lábios e da garganta não brota uma só palavra. Volta a cerrá-los simulando um suave bocejo.

Perdizes e pombos cantam nos horizontes do mundo. Canto vulgar, tão igual a todos os outros, mas tão amigo, porque preenche o vazio das almas. A criança de Emelina mergulha a vista na copa da árvore. Alguma coisa lhe agrada e ri, fazendo coro com os sons da natureza. Levanta mais a cabecinha. Volta a baixá-la e descobre os seios da mãe. Enche a boca com o mamilo. Não tem fome, é mero prazer. É uma chupeta, um brinquedo na boca, da mesma forma que os adultos enfiam um cigarro entre os lábios para satisfazer necessidade nenhuma. A criança chupa e larga, chupa e larga, sorri, grita, e volta a chupar outra vez indiferente aos conflitos da mãe, a paz é a dádiva da inocência. Danila ganha coragem e fala.

— Mãe da menina, não deixa o cancro da dor roer o teu peito. Vomita toda a angústia sobre a terra para que o vento a sepulte. Vamos, chora, desabafa, que eu te escuto.

A história que vou ouvir é igual a de todos os tempos, karingana wa karingana. Mas a tradição está quebrada, os tempos mudaram, os contos já não se fazem ao calor da fogueira. As histórias de hoje não começam com sorrisos nem aplausos, mas com suspiros e lágrimas. São tímidas e não ousadas. São tristes e não alegres. Era uma vez...

A infeliz baixa os olhos e trava uma guerra com o seu íntimo. A vida ao sol, os movimentos do mundo fazem remoinhos na sua mente e procura o repouso nas trevas. No simples gesto de cerrar as pálpebras abraça a noite. Sem estrelas. Sem a lua incómoda. Segue em retrospectiva outros sóis já sepultados. Revive o vendaval que a arrancou da terra que a viu nascer, aquelas ribombadas de fogo que transformaram num só pó o sangue dos homens, os gritos do povo, os ramos das árvores, o ladrar dos cães, poeira e terra. A mulher rememora de olhos cerrados bocados doces, salgados, a fonte de lágrimas tem um fluxo constante. A respiração torna-se fraca e o coração desfalece. Tem sede de afeto, de consolo, de uma voz amiga, uma voz irmã. Precisa de um Deus confessor para desabafar. A pessoa na sua presença é uma simples mulher, mas que importância tem? Luta, resiste, o silêncio quebra-se e a voz cansada vem das profundezas da alma num suave delírio.

— Ah, meu Dale, minha Nanau, minha Vovoti!

Danila também percorre o silêncio da angústia, quer à viva força dizer uma só palavra, mas a garganta expele uma tossezinha seca, despropositada. Há momentos em que toda a sabedoria do mundo se resume apenas numa partícula de cinza e pó perante problemas humanos.

Emelina abre os olhos, sacode o corpo arrepiado emergindo das profundezas das trevas. Olha para todos os lados na reidentificação do mundo porque acaba de despertar de um pesadelo. E o relato vem. Ambíguo. Confuso. Intrigante.

— Sabe, enfermeira, todos nós nascemos com uma estrela emigrante. Quando está na testa nós brilhamos e tornamo-nos vistosos, famosos. Quando emigra para o peito ficamos altruístas e todo o mundo nos rodeia. Outras vezes a estrela emigrante percorre a linha divisória das nádegas, entala-se no cu e sentamo-nos sobre ela. Essa é a situação em que me encontro agora. Estou sentada sobre a estrela da minha salvação.

Danila surpreende-se. O discurso que escuta, embora confuso, é filosófico, profundo. Alarga os olhos espantados e reidentifica a sua interlocutora. Não é velha nem estúpida. É jovem, é bonita, é inteligente. É uma semente bem culta caída nas pedras do destino. Emelina continua o seu relato.

— Eu fui feliz enquanto o meu homem existiu. Foi o homem mais belo e mais corajoso que encontrei na superfície da terra.

Emelina suspende o discurso de repente, parece que não quer chegar aos detalhes. Fica uns tempos com os olhos perdidos no ar, talvez para encontrar a melhor forma de desabafar a mágoa que lhe rói o peito. Talvez reconheça que os segredos mais íntimos não foram feitos para serem revelados. Cada ser humano tem o seu nu perfeito mas não o ostenta. Ela sabe que todos defecam, mas nunca ninguém o faz na praça à vista de toda a gente. Mas aquela enfermeira tem um magnetismo extraordinário, quase lhe arranca do peito a verdade que nem ela própria quer recordar. Há uma razão para isso. A enfermeira não é da aldeia, é quase estrangeira. Ao estrangeiro, ao caminhante, podem contar-se todos os segredos porque não ficam remorsos, partirá, e são muito poucas as possibilidades de novos encontros. Danila está desiludida. Afinal não se trata de um trauma de guerra, mas de recordação dos amores perdidos. Um caso de amor efémero causando a desgraça eterna. Emelina não é louca, mas está transtornada.

— E o que aconteceu com o teu homem, mãe da menina?

— Não sei dele, enfermeira, não sei dele. Só sei que ele partiu e não voltou. Pouco depois houve um ataque à minha aldeia, fui capturada e tive que fazer aquela marcha de tortura com este bebé dentro da minha barriga. Ver com os nossos olhos a cor da morte é qualquer coisa especial, difícil de escrever, senhora enfermeira. É como voar sem sentir o peso do corpo. É como sentir a alma a desprender-se da gente como nos sonhos. Eu sentia-me como uma morta-viva baloiçando no vácuo. Todos nós parecíamos folhas do outono na ceifa do vento.

Os poetas cantam a mulher como símbolo de paz e pureza. Os povos veneram a mulher como símbolo do amor universal. Porque ela é uma flor que dá prazer e dá calor. Mas há exceções, têm que existir, para confirmar a regra. Senão não haveria crianças abandonadas nas ruas chorando as amarguras do destino. Não haveria também recém-nascidos atirados nas lixeiras, nas valas, nos esgotos das grandes cidades. O que os poetas esqueceram é que, para além do símbolo do amor, a mulher é também parceira da serpente.

Emelina é dotada de grande beleza, isso está à vista apesar dos andrajos. Era altiva, fogosa e de ambição desmedida. Obrigou que ficassem de joelhos todos os homens que a quiseram desposar, mas só se entregou ao que tinha mais dinheiro e poder.

Teve três filhos. Quando ainda amamentava a pequena Vovoti, o diabo começou a rondar a sua alma tranquila preparando-se para lhe quebrar definitivamente a paz. Um dia chegou à aldeia um príncipe galopando um cavalo dourado. Tinha o rosto de uma beleza divinal. Tinha um coração nobre. Um carácter nobre. Ia à aldeia cumprir uma missão nobre, tal como os seus sonhos que eram também nobres. Dizem que o homem enlouqueceu aldeia inteira com a sua nobreza e seduzia qualquer mulher com um simples olhar, um simples gesto. Ele gostava das mulheres... e as mulheres dele.

Foi assim que Emelina conheceu o homem. Afinal não era um homem qualquer, era um líder poderoso e tinha muitos homens reles obedecendo às suas ordens. E tinha dinheiro. E tinha comida aos sacos em quantidades que podiam encher todos os celeiros da aldeia. Encontraram-se. Amaram-se. Voaram no universo do sonho suspensos nas frágeis asas da paixão, mas não alcançavam a felicidade plena. Porque o homem era casado e polígamo. Porque Emelina também era casada e tinha três filhos. Viverem juntos até a separação da morte era o sonho de ambos, mas essa felicidade estava longe do seu alcance.

Emelina comparava o marido e o amante. Separar-se do marido é sempre fácil, mas como separar-se dos filhos? Havia de encontrar uma forma para se libertar destes. Um dia houve um ataque na aldeia, um daqueles ataquezinhos sem nenhuma importância, mas suficientemente importante para pôr em prática o plano macabro. Na hora do ataque, trancou os três filhos na palhota e incendiou-os. E depois começou a gritar para que a vizinha a acudisse, mas só depois de ter a certeza de que os filhos estavam bem mortos. Já na intimidade com o amante suspirou aliviada: agora sou mais livre para o amor. E o homem respondeu: dar-te-ei outros filhos que terão a tua beleza e a minha valentia. E fizeram amor com o maior prazer do mundo.

Emelina viveu momentos de grandeza como uma grande senhora. O homem, mais louco ainda, satisfazia-lhe todos os caprichos, e a ambiciosa exigia provas de amor cada vez mais impossíveis. Quero-te só para mim, dizia Emelina. Contra a minha vontade manténs ainda as tuas duas esposas. Mata-as da mesma forma que eu matei os meus filhos. Elas odeiam-me, qualquer dia acabarão por enfeitiçar-me.

O homem estava quase a cumprir a promessa quando a consciência o chamou à razão. De repente, compreendeu que o amor por Emelina o inspirava ao crime. Decidiu fugir do tormento. Desapareceu, talvez tenha morrido, mas não se lhe encontrou nem cadáver nem osso. Quando viu o seu castelo afundado, Emelina começou a percorrer os caminhos, desorientada. O homem desaparecido levou-lhe a alma com ele, não se recupera mais Emelina. Num dos múltiplos ataques à aldeia, acabou sendo capturada e viveu com os seus captores mais de um ano. Depois regressou à aldeia na esperança de que o povo tivesse já esquecido o escândalo que gerou. Mas a comunidade não a perdoa. Só que ela não compreende como é que simples seres humanos são capazes de guardar tanto rancor. Ela já dialogou com Deus e pediu perdão. Este fez-lhe a remissão dos pecados porque ele é o criador das fraquezas humanas. Não se sente de modo nenhum responsável pela morte dos filhos, pelo contrário, sente muito ódio pelas pessoas que não a querem perdoar.

É esta história que Emelina conta à enfermeira na esperança de ser compreendida. Mas apenas partes dela, é claro. Gente da cidade tem outra visão do mundo. Talvez encontre naquela enfermeira a palavra de consolo que ainda não recebeu desde o desaparecimento do seu amado. Danila não diz nada. Apenas lança uma pergunta fria, cortante:

— E essa filha é do tal homem?

— Sim. Tirou-me os outros e deu-me esta. É muito parecida com ele.

— Mas como foi possível, Emelina?

— Não sei, eu…

— Bem, não precisas de dizer mais nada, chega.

Danila está atordoada pela narração fantástica, macabra. Envolve-se no mundo da história e a história no mundo dela num envolvimento de comunhão, recíproco. Como o abraço e o beijo. Os seus cinco sentidos agitam-se como num pesadelo. Inadmissível, incrível, Emelina é mesmo louca, o povo tem razão de a desprezar. Já se sente protagonista da mesma história e pergunta ao coração como iria reagir perante um caso semelhante. Olha para a narradora com um misto de ódio e piedade. Os olhos de Emelina procuram o auxílio de qualquer Deus porque compreende que quem a escuta não partilha do seu universo de loucura. O seu semblante demonstra sofrimento. De saudades do amor que perdeu. Dos filhos que pereceram. Do marido que a abandonou fugindo da humilhação. Danila procura na mente um rótulo para aquele romance louco, incrível. Talvez se intitulasse "O ódio que gerou o amor". Ou "Deliciosa tortura". Mas ficava melhor "Dois loucos que se apaixonam num duelo de morte". Mas talvez Emelina tenha razão, só Deus é que tem motivos para a condenar, os seres humanos não conhecem a origem do amor e da loucura.

Emelina agora chora. A recordação viaja passo à frente, passo atrás, que o presente é pedra morta. O que resta de prazer é uma sucessão de recordações sepultadas. Ela odeia todo o povo da aldeia e jura que se vai vingar, mas todos se riem dela, não conseguem imaginar que espécie de vingança pode ser feita por uma louca.

O jornal falou da mulher raptada, violada, assassinada. A televisão mostrou imagens de uma criança chorando ao lado do cadáver da mãe que tinha a cabeça decepada. A rádio falou da mulher a quem obrigaram a incendiar os filhos com as próprias mãos. Ninguém ainda falou da mulher que se apaixonou pelos olhos do assassino e fez do inferno seu ninho de amor. O jornalista esqueceu-se de relatar o caso fantástico de uma mulher que abraça apaixonadamente o homem que destruiu os seus descendentes e geme de amor rebolando sobre as cinzas dos filhos que gerou. Há queixas na aldeia. Os seus habitantes dizem que ultimamente já não há boa segurança, mas ainda não sabem quem os trama. A Emelina está fora de questão, durante a guerra ela vive o amor, recordando a paixão fugaz ou verdadeira, um pedaço de felicidade conquistada no momento em que o Demo baixou a força das suas chamas.

22.

Minosse pensa nos mistérios da vida. Nos destinos dos homens. A força do pensamento coloca-a no centro do mundo. Fá-la girar em órbita cuja trajetória alcança e ultrapassa o perímetro da terra, acabando por navegar num espaço sem princípio nem fim. Recorda o dia em que o grupo de emergência lhe veio comunicar a morte do Sianga no hospital da vila. Aproximaram-se, levaram-na para o interior da sua tenda, sentaram-se ao lado dela e deram-lhe a notícia. Minosse olhava para o chão. Desenhava riscos no chão. Sentiu um tumulto forte no fundo do peito. Levantou o rosto exibindo a transparência dos olhos. De repente sentiu um grande peso a desprender-se do peito e sentiu-se tão leve como se estivesse a respirar todo o oxigénio do planeta. Levantou-se, correu, desceu a encosta enlouquecida de alegria. Mergulhou no riacho e tomou o banho mais fresco do mundo porque acabava de descobrir o fundo do universo. O espetáculo que dera deixara todas as pessoas perplexas. Ela mesma não sabe justificar a razão da sua atitude, que é para ela um verdadeiro mistério. Para ela, as atitudes dos homens, os sonhos dos homens, o destino dos homens, os caminhos dos homens, são mistérios. E os mistérios são tão diversos como a imensidão dos caminhos. A sua presença na aldeia do Monte é um mistério. A sobrevivência humana naquelas condições tão inóspitas é um mistério. Os olhos da Emelina, a sua vida, a sua história de paixões, crimes e ambição desmedida são um mistério que só Deus pode decifrar. Pensa no Sianga, nos caminhos tortuosos que seguiu durante a sua existência, e conclui. A vida é um longo caminho. Algumas vidas são caminhos de pedra, outras de asfalto, outras de areia tostada, de ervas, de tronco, de barco, de estrelas e curvas celestes. Mas todos os caminhos desembocam no mar, nas águas do oceano. Os caminhos por vezes ganham nomes e glórias quando o vento corre a favor da gente. E ficamos com a ilusão de que o mundo nos pertence e até a terra é nossa propriedade. Mas a terra é uma mãe estranha. Os mistérios dos homens acontecem nos olhos dela. Os caminhos dos homens traçam-se no dorso dela, mas esta mãe olha para tudo com uma indiferença absoluta, não protege nem desprotege e deixa que os insensatos se matem por ela e se proclamem heróis. Mas no seu eterno silêncio, parece que ela proclama ao vento: herói será aquele que mudar o caminho do sol, a direção dos ventos e a estrada das nuvens. Sianga foi régulo, marchou no caminho das estrelas, conquistou mundos e construiu impérios. Mas o que conquistou ele realmente? Nem o pedaço de terra para a sua última morada. Acabou na vala comum, como um gato, como um rato ou uma folha perdida.

Os meninos interrompem a meditação da avó e pedem que esta lhes conte histórias. Ela fica contente, os meninos aliviam-na dos pesadelos. A sua cabeça está quente, está tonta. Sorri. A fogueira tremeluz enfraquecida. Sara mete-lhe mais ramos secos. Conta e reconta histórias de papões e dragões. Depois conta as dos bichos domésticos. Os meninos riem, falam e acabam adormecendo. Minosse também tenta adormecer, mas em vão.

Volta a pensar nos mistérios da vida e pensa no Sianga. E pensa no homem masculino, aquele que dirige os destinos da vida, que, segundo se diz, foi criado à semelhança de Deus. Para ela o homem é mesmo Deus, porque ele faz vir um filho ao mundo e diz: é meu. Em seguida vira-se para o Nascente e diz: eis uma nova vida gerada por mim. Ele dá abrigo, carinho, alimento e fá-lo crescer. Depois coloca-o no paraíso e determina: desta árvore não comas; desta água não bebas; segue este caminho que Deus me mostrou e que eu segui, caminha, caminha sempre sem nunca olhar para trás. E o filho desorientado, perdido, deseja loucamente desistir de caminhar, voltar ao ventre materno como se isso fosse possível. Por vezes o caminho indicado não leva a lugar nenhum, até que acaba sentado à beira da estrada e decide: hei de fazer o meu caminho. E faz. Hei de construir o mundo. E constrói, quando os deuses protegem.

Minosse redefine a vida e reescreve o seu destino com o dedo nu no lençol de areia. Faz o balanço da sua triste vida e pensa: vou morrer! Quando chegar ao céu hei de encontrar Deus e haverá ajuste de contas. De certeza irá perguntar o que andei a fazer nesta vida errante. Ordenará aos seus ministros que lhe mostrem a ficha da minha existência. E os ministros trarão esse lençol que dizem que há e que está escrito com letras de sangue. O que estará lá registado? De certeza deve estar escrito assim: obedeceu, serviu e morreu. O que sempre desejei não está lá escrito porque os desejos da mulher não podem existir e nem são permitidos. Durante toda a minha vida satisfiz os desejos dos homens. Primeiro do meu pai e depois do meu marido. Na adolescência o meu pai ensinou-me a guardar as cabras e a guardar-me para pertencer a um só homem em toda a minha vida, e cumpri. O Sianga comprou-me com lobolo, que é uma cerimónia solene mas um negócio, porque se faz com valores e dinheiro vivo. Entreguei o meu corpo aos prazeres do meu senhor porque na realidade nunca senti nenhum. O meu sexo foi apenas uma latrina em que Sianga mijava quando a gana vinha. Nos momentos de mágoa ainda me ajoelhei pedindo a Deus a paz que não vi. E chorei diante do meu homem, por mim, por ele, para ele, embora sabendo que as lágrimas que deitava eram para ele iguais à urina que despejava quando a bexiga sofria a pressão do líquido depois de um serão de cerveja e sura. Levei uma vida madrasta e uma carreira brilhante na área do sofrimento. Cansa-se de rebolar. Senta-se. Segura a almofada contra o peito, querendo abraçar o amor que não conheceu. A cabeça pesa. Atiça a fogueira e vê com mais clareza, a luz expulsa os maus pensamentos. Os meninos dormem e roncam. Olha para a Sara. Entristece. Tem agora dez anos e quando atingir os catorze terá uma beleza perfeita. Mesmo assim, já é uma mulherzinha e os mamilos começam a engrossar no peito. Sinto que vou morrer. E em breve. Ela não terá ninguém para lhe desvendar os segredos da vida. De onde virá a voz amiga que lhe falará das coisas deste mundo na hora do despertar? Recorda os tempos da sua puberdade, rodeada de mães, tias, avós, dizendo-lhe de mansinho: já és mulherzinha, querida Minosse. Quem irá aconselhar a Sara e todas as meninas sozinhas no mundo? De onde virá a voz doce, viril e máscula para iniciar os rapazinhos no mistério do crescimento, intercalando os ensinamentos com as aventuras da adolescência? Fecha os olhos agoniada. Causa-lhe arrepios a indiferença dos rapazes em relação à vida e à morte. Falam da morte e dos mortos com um à-vontade tão extraordinário como se falassem da própria vida. As crianças pequenas são mais felizes, ainda não compreendem a dor de perder um pai ou uma mãe. À noite dormem tranquilos embalados pelo cantar dos galos, não conhecem o prazer de serem embalados por uma canção de amor, cantada pela voz suave de uma mãe. Não tiveram tempo de ficar sentados à volta da lareira nas noites frias de junho a ouvir as histórias fantásticas dos tempos em que o avô era novo e bonito. Pela manhã, despertam com o cantar dos pássaros, não conhecem o amanhecer com um sorriso de uma mãe a saudá-los para o novo dia. Minosse pensa com insistência: vou morrer. Talvez os meninos encontrem uma tia dedicada, uma família substituta e, quem sabe, talvez o governo tome conta deles e crie leis. Durante a infância talvez tenham proteção. Mas um dia serão homens, serão mulheres, abandonarão os orfanatos para conhecer o mundo, vaguearão desorientados sem destino e lutarão para sobreviver. Não têm família, não têm escola, e toda a sociedade lhes fecha as portas. Emprego não terão, com certeza. Que farão eles para sobreviver se todas as portas lhes estão vedadas? Primeiro tentarão viver com decência, mas sem resultado. Depois virá a revolta, a vingança e finalmente o crime. Eles matarão injustamente como os seus pais foram mortos. Revoltar-se-ão contra a vida. Insultarão os ventres que os trouxeram ao mundo ignorando que todos eles foram gerados com suspiros de amor. Vê-los-emos nas grades das prisões condenados a oito, doze, vinte anos de cadeia, por assassinatos, assaltos à mão armada, e os justos gritarão em nome da lei: matem os assassinos, prendam os malfeitores, torturem esses monstros!

Mas o que significará a prisão e a tortura para estes pequenos homens? A prisão é um albergue de criminosos e eles conhecem o sofrimento desde a primavera da vida. Na prisão há privações, mas eles têm uma trajetória louvável e rica na carreira de privações. A velha chora de desespero: os monstros serão o Mabuluco, o Mabebene e o Muzondi que eu criei. À minha Sara, minha pequena órfã, o mundo dará os apelidos mais incríveis: prostituta, bêbada, desavergonhada. Chamarão desavergonhada à filha que eu cuidei.

23.

Terra de promissão. Campos verdes. Montanhas cobertas de erva e flor. As sementes fizeram-se plantas, fizeram a flor e agora são fruto. Fruto maduro. Os choros dos homens são substituídos por sorrisos e o marfim da boca corre abundante. O canto dos ndlazis escuta-se à distância, tão suave como a flauta de cana, chegou o momento de paz, a felicidade é agora maior do que nunca. Os camponeses estão libertos de todas as preocupações, finalmente chegou a época da colheita. A canção dos pilões escuta-se em cada fim de tarde. As fogueiras acendem de madrugada. O estômago até se tornou caprichoso, ordena que se preparem papas de milho com que se irá deliciar ao nascer do sol. Os gritos das crianças são de fartura, e não de tortura. As dores das mulheres são de parto, e não de amargura. O sangue que corre é de mênstruo, e não de golpes mortíferos. No ar pairam perdizes e pombos, as vozes arrepiantes dos abutres e corvos abandonaram definitivamente os céus do Monte. Os sopapos dos maridos abrandaram, nas mulheres os sorrisos aumentaram e as noites são mais amorosas do que nunca.

Antes do sol do meio-dia o aroma bom exala de todos os cantos do Monte. É o cheiro do caril de amendoim que apura. É a galinha gorda que tosta. É o milho que assa e a verdura que coze. Cada camponês colhe os seus frutos livremente, a inviolabilidade dos campos e a bênção dos mortos foram já garantidas pela cerimónia ritual da colheita realizada na semana finda. As pessoas organizam-se em grupos de amigos e um dia colhem na machamba de um e outro dia na machamba de outro. As quantidades de alimentos produzidos são tão grandes que não há no Monte quem tenha um celeiro suficientemente grande para guardar tanto cereal. No final de cada jornada, os camponeses ficam ainda mais incrédulos, não conseguem acreditar que tudo o que se encontrava à sua frente foi produzido pelas suas próprias mãos. E não se cansam de agradecer aos deuses, aos defuntos e ao Deus de todos os deuses pela fartura da colheita. Se não fosse o problema da guerra, produziriam não só para sobreviver, mas também para render, pensam. E com os excedentes comprariam coisas boas: sapatos, bicicletas, motos, tratores e automóveis em segunda mão.

A colheita é um trabalho tão duro como o desbravamento ou a sementeira, mas parece ser mais leve porque o resultado está mais próximo do estômago. A colheita é o prémio, é o preço, é o fim dos tormentos: desbravar, semear, sachar, tirar dia a dia as ervas daninhas para que as sementes cresçam mais revigoradas. Espantar pássaros. Colocar espantalhos. Correr com os macacos à paulada. Fazer armadilhas para reduzir os efeitos nocivos das toupeiras nos canteiros de mandioca. Vigiar os campos para que os malfeitores não os assaltem. Fazer rezas, bruxedos contra as más correntes, espalhar cinzas, semear conchas marinhas nas fronteiras das machambas para que os feiticeiros não dancem sobre o verde nas noites de lua.

24.

Os homens felizes sentam-se à volta da mesma árvore de sempre. Para conversar. Para conviver. Para reanimar as forças com um pedaço de cachaça. Conversam sobre o passado e o futuro. Enquanto bebem vão petiscando forte. Vem a mulher do Womba e traz uma panela de wupsa. A do Timane traz aguardente de papaia. A do Leveni traz galinha assada. Todas as mulheres casadas vão em procissão e levam comida e mais comida para os seus senhores e estes não cabem em si de contentamento porque as suas esposas são as melhores cozinheiras do mundo. E comem cada vez mais. E bebem. E petiscam. Mas todos gostam mais do nhambi, porque esse peixe-cobra é bastante saboroso.

Falam e falam. Brindam. Riem. Levantam os copos e entornam no chão a gotinha sagrada para os deuses da família. Metem um naco de carne na boca e agradecem aos defuntos. Enchem a pança e louvam o Deus do Céu. Dão uma dentada no saboroso peixe-cobra e elogiam as esposas, melhores cozinheiras do mundo.

— Deus é bom, ó gente. A resposta divina foi tardia mas sempre veio, o Senhor escutou os nossos lamentos.

— Sim, Deus responde por vezes tarde, mas sempre responde.

— Homens, temos que fazer uma ação de graças por esta alegria. Superámos a desgraça à força poderosa de todos os deuses.

— A ideia é boa, que seja feita a ação de graças.

Planeiam os pormenores da festa de ação de graças. Será uma festa grandiosa que ficará bem marcada na história do Monte. Irão convidar o padre da vila para fazer a missa. Alguém sugere que seja feita uma festa aos defuntos à semelhança do mbelele que se realizou em Mananga.

Os homens reunidos estão extralúcidos, o álcool proporciona-lhes momentos de inspiração e espiritualidade. Lançam palavras soltas. Proferem baboseiras e sabedorias. Analisam a vida. Conceptualizam. Profetizam. O novo confronta o velho, o pequeno confronta o grande sem cortinas, sem complexos nem compromissos, a verdade sai da boca das crianças, mas também da língua embriagada porque o álcool ajuda a tirar vergonha. As palavras soltas num ambiente de bebedeira são peças que, quando bem tratadas, moldadas e emolduradas, vaticinam como verdadeiros oráculos.

Na reunião dos homens só os mais velhos é que falam e os jovens escutam. É a tradição. Mas à medida que o álcool corre, quebram-se as regras do jogo. O jovem Mundau é o primeiro a destravar a língua e a falar com uma arrogância sem limites.

— Uma cerimónia para os defuntos? Vós sois mais casmurros que os burros, ó velhos. Os mortos são para ser esquecidos.

Os velhos levantam vozes agressivas. Estão ofendidos. Repreendem. Condenam. Recordam os velhos tempos da boa moral e respeito. Por instantes, gera-se um conflito de ideias expressas com palavras azedas. É o conflito de gerações. Os jovens estão contra os velhos. Na família polígama a mulher nova está sempre contra a mulher velha. A galinha nova é sempre mais saborosa do que a galinha velha.

— É preciso respeitar os defuntos, gente nova. Eles são os nossos guias.

— Velhos, olhemos para a trajetória da nossa vida. Façamos o balanço. Durante séculos ensinaram-nos a adorar os defuntos. Nos momentos de aflição chamámos por eles. Não respondem. Em Mananga, chegámos ao cúmulo de oferecer cabras malhadas, cereais, sacrifícios, pedindo auxílio a esses defuntos cegos e surdos. Queimámos incensos, fizemos exorcismos para afastar os demónios e maus espíritos. Qual foi a recompensa? A resposta foi a guerra, a fome e o sofrimento. Já é tempo de sepultar as crenças antigas. O culto aos antepassados é coisa para os velhos, e não para os novos.

A barba do velho Mungoni ondula ao vento. Levanta a mão magra e acaricia-a. O tronco alto cedeu ao peso da idade, está curvo. Endireita-o. As pessoas à volta observam-lhe os gestos. Suspendem as vozes. Conhecem-no. A esse sinal imobilizam-se porque o velho vai proferir uma sentença importante.

— Minha gente. Falar dos defuntos não é falar dos corpos mortos, das caveiras, dos ossos, da cinza e do pó. Falar dos antepassados é falar da história deste povo, da tradição, e não do fanatismo cego, desmedido. Não há novo sem velho. O velho lega a herança ao novo. O novo tem a sua origem no velho. Ninguém pode olhar para a posteridade sem olhar para o passado, para a história. A vida é uma linha contínua que se prolonga por gerações e gerações. Aquele que respeita a morte respeita também a vida. Acreditar nos antepassados é acreditar na continuidade e na imortalidade do homem.

— Explique-se melhor, pai Mungoni.

— Comparemos então as tradições antigas e as novas. Todas as religiões novas têm celebrações especiais em datas especí-

252

ficas. Celebram o nascimento e a morte dos seus profetas. Oferecem sacrifícios, pedem-lhes bênção e a clemência, rendem homenagem aos sacerdotes, vivos e mortos. Os povos de todo o mundo constroem mausoléus e estátuas e depositam flores em homenagem aos seus heróis. Todas essas realizações não são mais do que uma nova face do culto aos antepassados. Fazer uma cerimónia dedicada aos defuntos da família, da tribo ou do clã é render uma homenagem à tradição, à história, à cultura, minha gente!

— Pai Mungoni. Eu acredito em Deus. Creio também na continuidade da vida e na imortalidade da alma, mas não creio nos defuntos. Olhar para trás e para a frente em simultâneo atrasa a marcha do homem. Não, não se pode viajar para o futuro de olhos voltados para trás.

— Entendo-te, meu jovem. Bebeste muito do pensamento estrangeiro. Os nossos antepassados vingam-se de todos aqueles que desprezaram e abandonaram os seus ensinamentos. Olhemos em nosso redor. A fúria dos antepassados reside à nossa volta e está à vista. Verifica-se uma decadência total em todas as esferas da vida. São guerras, são cheias, são secas. Os casamentos já não duram. A esposa prostitui. O pai dorme com a filha, o filho mata a mãe. O povo está coberto de doenças que nunca mais curam. Nas cidades as pessoas são queimadas vivas na presença das crianças, porque roubaram um pato ou uma laranja. Já não se respeita a vida, muito menos a morte. Até os cães têm a liberdade de penetrar nas morgues dos hospitais para se banquetearem de carne humana porque os cadáveres já não são tratados com respeito nem dignidade. Vive-se um clima de instabilidade por todo o lado. Os novos dirigentes já não morrem de doença nem de velhice. São assassinados muito antes de atingirem a meia-idade. Há devassidão por todo o lado. Desordem. Vergonha. Corrupção. É a vingança dos espíritos.

— Por favor, pai Mungoni. Uma coisa é a crise, a outra é o negócio dos defuntos. Não sei como é que consegue misturar os dois assuntos na mesma panela.

— A crise existe porque o povo perdeu a ligação com a sua história. As religiões que professa são importadas. As ideias que predominam são importadas. Os modos de vida também são importados. O confronto entre a cultura tradicional e a cultura importada causa transtornos no povo e gera a crise de identidade. Estamos tão sobrecarregados de ideias estranhas à nossa cultura que da nossa génese pouco ou nada resta. Somos um bando de desgraçados sem antes nem depois. O jovem que é eleito para a nova liderança leva dentro de si o conflito que irá desencadear a crise no sistema por ele dirigido. Vêm daí a ineficiência e a decadência. Se ele não sabe quem é nem de onde vem, logicamente que não saberá por onde deve caminhar. Qualquer desenvolvimento só é perfeito quando tem uma raiz que o sustenta. A árvore cresce bem quando repousa sobre o solo fértil e seguro.

— Acreditamos em si, pai Mungoni, mas já é demasiado tarde para voltar atrás. Nada mais se pode fazer.

— É verdade que muito se perdeu, mas nós ainda existimos. Deve-se procurar melhor a vida tendo como base o que há de bom na nossa cultura. A mudança rápida de hábitos provoca decadência, e a instabilidade será o preço. Os espíritos vingar-se-ão.

— Pai Mungoni, somos seus filhos, não se canse de nos ensinar. Que análise faz da história de Mananga?

— Muito simples. O que aconteceu em Mananga foi um confronto do novo com o velho. Se para o Sianga o problema foi o poder, para o povo foi um problema de identidade, um problema de cultura. Foi o povo que manteve acesa a discórdia entre o velho e o novo. Separaram-se da raiz, aderiram ao novo porque trazia a boa nova. Quando os problemas atingiram o extremo, regressaram ao velho porque está mais próximo da sua visão da vida e do mundo. Voltaram a abandonar o velho porque já não correspondia às suas expectativas. Como penas de ave, voavam para cá e para lá ao sabor do vento porque se desprenderam da raiz. O que o povo queria era achar o ponto de equilíbrio. É assim que se manifesta a vingança dos espíritos. A instabilidade é o preço de todos os pecados.

— Então, na sua opinião, os régulos deviam voltar ao poder?

— Gente, não é o régulo que está no centro da questão. O fulcro da história é o homem. Que venham os régulos, ou reis, ou outros com qualquer outro nome. Que sejam, como agora, estrangeiros à tribo e ao clã. Que sejam espíritos vindos do espaço. O mais importante é que sejam homens de bem que deixem as pessoas viver de acordo com as marcas da sua identidade. Que saibam harmonizar o velho e o novo. Que sejam capazes de transmitir mensagem da paz e fraternidade entre os homens. Quero que me deixem crer que sou filho de Licalaumba e de Nsilamboa, primeiro homem e primeira mulher do universo da nossa tribo, e não filho de divindades estrangeiras. Só assim é que o povo conhecerá a dimensão da liberdade e paz.

Mungoni termina o discurso e bebe o seu trago. Os homens à volta bebem o sabor das palavras. Refletem. Admiram a obra das palavras sensatas que constroem o espírito. Lá do horizonte a lua surge e a Terra mergulha no silêncio.

25.

Chegou o momento da grande festa. Os que acreditam nos defuntos fazem as suas orações com devoção, pedem perdão e remissão dos pecados, aproveitando a ocasião para uma saudação ao sol levante, ritual que deixou de ser praticado desde os meados deste século. Zuze, o grande espírito, responde certo lá do além-túmulo, os crentes sentem-no. As oferendas aos mortos, os aldeões deixam-nas na base de qualquer árvore, numa cerimónia simbólica, as árvores dos deuses da família ficaram na aldeia de origem.

O sol despontou, a hora do ofício religioso aproxima-se, o padre acedeu ao convite do povo com muita satisfação e vem a caminho. Terminam o ritual dos mortos apressadamente e regressam às palhotas. Trajam-se convenientemente debaixo de uma grande pressão nervosa, a coisa correrá bem? Os mais tímidos tomam a pinguinha amiga para acalmar o nervosismo e tirar a vergonha. Lá fora, um grupo de homens esfalfa-se. Levantam e baixam as mãos à força da construção. Desde a tarde de ontem que martelam, cortam, serram, limpam. Aumentam o espaço circular à volta da grande árvore, o lugar tem que receber todos os habitantes da aldeia. O altar e o púlpito foram erguidos com troncos de ramos frescos cortados ontem e que ainda sangram seiva. Os ajudantes do ofício cristão também chegaram ontem e dão uma mão nos preparativos. Adornam o altar, colocam jarras de flores silvestres e todos os objetos do culto. O altar está belíssimo, fantástico, divinal, parece mesmo um pedaço de céu.

Ouve-se o ruído do motor de um carro em direção à aldeia. A viatura aproxima-se rápido, o padre vem aí, mãe da Vovoti, apressa-te, não podemos chegar depois do mensageiro de Deus que isso é falta de vergonha e respeito e nós, gente do Monte, somos um povo de boas tradições. Mãe da Vovoti, não me ouves? O que é que te fez demorar? Ainda estás a calçar os sapatos, ah, sim, estão um pouco apertados, mas não, tu é que és trapalhona, não viste que colocaste o pé esquerdo no direito? Tens razão, esposa minha. Este par de sapatos é o primeiro de tua vida e não tens experiência nenhuma nestas coisas, a culpa está comigo, devia ter-te ensinado.

O povo chega ao local do culto antes do padre. Os que se vão batizar estão à frente. Os que pretendem a bênção do matrimónio também estão à frente. A viatura do padre escala o último degrau do Monte e estaciona, o povo inteiro o aguarda mais disciplinado do que um batalhão do exército na frente do combate. O padre desembarca, os maiores da aldeia recebem-no enquanto a população inteira entoa as canções da colheita. Ouvem-se culunguanas, batem-se as palmas, a missa será grandiosa.

Toda a aldeia se encontra reunida, menos uma pessoa bem notória. A Emelina e o filho nas costas, onde andam? Os aldeões passaram pela casa dela e não está, os vizinhos confirmam que não dormiu lá. Lamenta-se, murmura-se e conclui-se: ela é desmiolada, é estranha, esquisita, é melhor deixá-la no seu mundo. De resto, só viria manchar o ambiente. Está esfarrapada e malcheirosa, não se lava desde que chegou ao Monte há mais de dez meses, deixai-a em paz, não faz falta aqui. Mas a Emelina é uma louca tenebrosa, misteriosa. Enquanto nós trabalhamos ela dorme. Enquanto nós dormimos ela desperta, vagueia pela rua todas as noites, vai ao matagal e volta, até parece que está a informar os passos da nossa vida a qualquer outra pessoa. A sorte dela reside na loucura, porque se assim não fosse, seria bem controlada e obedeceria aos princípios de segurança e vigilância do povo do Monte. Nós aqui construímos a paz e não permitimos comportamentos estranhos. Mas há qualquer coisa de misterioso nos movimentos da Emelina, é lamentável, devia-se desconfiar, mas aos loucos tudo se perdoa.

A missa já vai começar. O povo olha para o padre, mede-o. O padre faz o mesmo. Estuda o estado psicológico dos que aguardam a sua palavra. É gente humilde e simples. Estão todos trajados de roupa nova, roupa simples, de pobreza. Com gestos calmos, o padre veste a batina sobre o corpo. É de cetim branco, puro, imaculado, e os reflexos da luz dão-lhe tonalidades divinais. Na parte da bainha, a batina vai-se sujando de negro e pó, é tão comprida que até varre o chão. O padre está feliz, o ofício vai ser nobre e gratificante. Sorri. Coloca os óculos no rosto. Abre a Bíblia mas não a lê, ainda não é chegado o momento. Ajoelha-se. O povo inteiro o imita. Todos juntos fecham os olhos, levam as mãos junto ao peito. A voz do padre faz-se ouvir:

— Deus. Ajudai-nos a ser bons e a esquecer o passado. Acendei a vossa luz no coração negro dos homens. Ajudai-nos a ter esperança e a acreditar no futuro...

O povo extasia-se com aquela pose, aquela estatura, aquela beleza e perfeição. O padre é branco, é loiro, é culto, tem olhos azuis, está ao lado da gente, sofrendo o sofrimento da gente e ainda por cima fala na língua da gente! É mesmo representante, de Deus, mas não, ele é mesmo Deus, Jesus Cristo desceu às terras do Monte, minha gente! Devaneiam, deixando o padre e a sua oração. Meditam. Os olhos de todos vão-se humedecendo gradualmente no vaivém ao passado e ao presente. Constroem fantasias do futuro. Os rostos trajam uma expressão sisuda, facilmente decifrável. Há suspiros de silêncio, testemunhas da sublimação do espírito. O pestanejar dos olhos é a única confirmação de vida e movimento. O amor sepulta o ódio. Os corações enchem-se de alegria e vazam, enchem e vazam, numa confusão de sentimentos.

O vento assobia de mansinho, massajando o rosto dos homens em solenidade completa. O horizonte é azul, as nuvens são montículos brancos, isolados, no céu esvoaçam pombos.

O padre continua a orar. A sua voz é grave e emerge da tristeza abissal. Evolui. Agora é comovente como o choro de uma criança esfomeada e doente, vem da alma e da amargura do homem negro. Volta a ouvir-se mais grave como os rugidos dos leões da selva. Roga. Fulmina. Serena. Agora a voz é suave como o murmúrio da água e faz eco nas palhotas, nas folhas verdes, nos ouvidos, no coração dos homens que o escutam.

Mungoni, o célebre adivinho, não fecha os olhos. Olha para o padre, para os presentes, e um sentimento estranho apunhala-lhe o peito. Recorda Mananga e a farsa do Sianga. Chora. Os dias não são iguais, os homens também não. Levanta os olhos para a natureza e contempla o sol. Aquela mancha maldita cresce, cresce na velocidade da tempestade. A mensagem do Céu deixa-o de semblante carregado. Treme convulsivo como uma vara de amoreira. Aproxima-se do vizinho e segreda:

— Compadre. Sinto-me mal. Os malditos espíritos querem possuir-me aqui e agora. Dá-me um pouco do teu rapé para acalmá-los, é urgente, não quero estragar a solenidade do momento.

O compadre oferece o frasco que Mungoni aspira enquanto reza. Fala na linguagem dos mortos. O padre fala na linguagem dos vivos. Duas orações distintas mas iguais, para o mesmo fim: a prece da paz.

Um corvo empoleira-se na árvore principal e canta a canção agouro. Um burro zurra. Uma galinha cacareja junto ao ninho. O sol aquece e amadurece, é quase meio-dia. O ofício continua. O padre já batizou, agora efetua matrimónios.

Um vendaval surge inesperadamente e cobre o céu de cinzento-negro numa fração de segundo. O céu ribomba numa trovoada medonha e a chuva cai. Aleluia, grita o povo embriagado pelo acontecimento. Aleluia, responde o padre num coro solitário enquanto termina a bênção do matrimónio. Todos se molham, mas ninguém se move, Deus mandou a chuva para apagar o fogo dos cavaleiros do céu. As vozes do povo se erguem numa canção forte, testemunho da emoção exacerbada:

Mandai chuva senhor
Mandai chuva senhor
E batiza o meu coração!
....

A canção suspende-se no ar. Ouve-se grito de criança nas cercanias do riacho. Mungoni entra em possessão total. Treme, fala, berra, grita, numa linguagem que só os eleitos entendem. Aproximam-se dele e dialogam.

— Thokosa, Mungoni, thokosa!

— Fogo no ar, fogo que me queima!

— Siavuma. Mas de onde vem o fogo?

A chuva para de cair, tão inesperadamente como surgira, mas foi a tempo de fazer pocinhas de lama, molhar as gentes e apagar as fogueiras lá na cozinha onde as mulheres preparam o grande banquete.

— O chão tem um tremor estranho, há gente que nos cerca.

O pânico começa a crescer. Os que conhecem o Mungoni perderam já a fala. A cabeça de todos procura movimentos estranhos em redor. Tudo está em silêncio.

— Thokosa, Mungoni, Thokosa, de onde vem o fogo?

— Está ali à volta do sol, não veem? Não sentem?

O povo desorientado tenta olhar para o sol. Outro grito, dessa vez de um adulto, se ouve no lado contrário ao do riacho. Um grito aflitivo. Arrepiante. Um grito apenas, seguido de silêncio total. Mungoni treme descontroladamente, vai desmaiar, desmaia.

Uma figura andrajosa projeta-se no ponto mais alto do Monte, todos a veem: Emelina! Emelina esboça um sorriso nunca visto e ri, ri, até perder o fôlego. A força do riso esgota-lhe as forças. Ajoelha-se. Ri. A violência do riso desprende-lhe a bexiga e a urina liberta-se molhando as pernas e o chão. Continua a rir e peida de tanto riso. O esfíncter do ânus é mais forte mas também acaba desorientado, as fezes líquidas abandonam o continente, correm pelo traseiro, pelas pernas, pelo chão, Emelina perde o domínio completo de si, cai, rebola sobre os seus excrementos e ri um riso que não acaba e que fica marcando no coração dos homens, cujo eco ainda continua a ouvir-se nos céus do Monte.

O padre tem pena dela, porque está louca de todo. Aproxima-se da infeliz e ampara-a, ignorando o nojo e o mau cheiro. Ordena a alguém que lhe traga um balde de água imediatamente. Os outros aldeões cuidam do Mungoni desmaiado. A confusão é total.

De todos os lados surgem homens trajados de verde camuflado, de armas em punho ostentando nos rostos o sorriso da morte. Ouve-se um violento estrondo acompanhado de uma saraivada de balas que se abatem sobre as cabeças que dispersam procurando abrigo.

Armagedon, Armagedon, grita o padre em corrida, transportando um fardo pesado. Leva a Emelina nos braços e o bebé nas costas dela, numa tentativa desesperada de salvar a louca que ainda se ri. As fezes correm e borram a batina de cetim branco, e o padre corre como um louco. Cai. Levanta-se. Cambaleia. Volta a correr. E borra-se de fezes, de urina e de sangue, a bala acertou em Emelina pelas costas, perfurando a mãe e o filho. O padre corre, cai e corre. Emelina já não se ri, delira, agita-se na última agonia. O padre sente uma forte vertigem, cai e descansa, o roquete de bazuca decepou-lhe a cabeça loira. O povo em debandada grita em nome de Emelina. Chora em nome de Emelina. Sucumbe debaixo do fogo da traição de Emelina. Foi ela quem conduziu a fogueira que incinerou a vida, acabando também queimando-se nela, foi ela e não outra, e nós a pensarmos que era doida, ó gente!

Descem do poente os cavaleiros do Apocalipse. São dois, são três, são quatro, o povo inteiro cava sepulturas. O quarto, o terceiro e o segundo já aterraram. O primeiro está quase a aterrar. O seu cavalo reverbera no céu ofuscando a vista, gira, balança-se, rodopia, ginga, toma a posição de aterragem, os pés do cavalo estão a um milímetro do chão, o cavaleiro nobre sorri satisfeito, Deus, tende piedade deste povo inocente! Perante o espanto do galhardo cavaleiro, o cavalo encolhe os pés, bate as asas para o alto e sobe, sobe, acabando por ficar suspenso nas nuvens.

E a aldeia do Monte recebe o seu batismo de fogo.

Agradecimentos

A autora expressa o seu reconhecimento a todos os que, de uma ou de outra forma, contribuíram para tornar real esta obra.

Glossário

Banga: bar.
Banja: reunião.
Capulana: pano.
Changane: tribo do Sul de Moçambique.
Chingombela: dança dos namorados.
Chope: tribo.
Culunguana: aclamação.
Galagala: lagarto.
Guche: tipo de hortícola.
Guemetamusse: horizonte.
Gugudja: abre-me.
Honra: espécie de hóquei sem patins.
Hosi: rei.
Khokhole: fortaleza.
Licalaumba: primeiro homem (mitologia tsonga).
Lobolo: preço de noiva.
Machamba: horta.
Mafundisse: padre pé-descalço.
Malanga: tubérculo comestível.

Mambo: Deus, senhor.

Mapira: sorgo.

Massala: fruta esférica de casca dura.

Massinguita: azar.

Mbawa: nome de árvore.

Mbelele: cerimónia da chuva.

Micaia: nome de árvore.

Muravarava: jogo masculino semelhante ao xadrez.

Muzimo: Deus.

Ndau: tribo do centro de Moçambique.

Ndlazi: nome de pássaro.

Ndirikuza: escuta-me.

Ngalanga: batucadas e dança.

Nembo: cola extraída da árvore.

Nguni: tribo.

Nhamussoro: adivinho ou curandeiro.

Nsilamboa: primeira mulher (mitologia tsonga).

Ntchuva: jogo masculino da família do xadrez.

Rand: minas da África do Sul.

Sathana: satanás.

Siabamba: luta, força.

Siavuma: amém.

Suca: sai.

Sura: seiva de palmeira.

Thokosa: às suas ordens.

Timbila: marimba.

Tsonga: etnia do Sul de Moçambique.

Uputo: cerveja.

Wupsa: papas grossas de milho.

Xibalo: trabalho forçado.

Xipalapala: búzio.

Zuze: divindade das águas.

ESTA OBRA FOI COMPOSTA EM ELECTRA PELO ESTÚDIO O.L.M./ FLAVIO PERALTA E IMPRESSA EM OFSETE PELA GRÁFICA PAYM SOBRE PAPEL PÓLEN SOFT DA SUZANO S.A. PARA A EDITORA SCHWARCZ EM MAIO DE 2023

A marca FSC® é a garantia de que a madeira utilizada na fabricação do papel deste livro provém de florestas que foram gerenciadas de maneira ambientalmente correta, socialmente justa e economicamente viável, além de outras fontes de origem controlada.